Belenka

Tome 1

EDILIVRE
COUP DE COEUR
COLLECTION

Marilyn Greiner-Maffli

Belenka

Tome 1

Roman

Éditions ÉDILIVRE APARIS
Collection Coup de cœur
75008 Paris – 2009

www.edilivre.com

Édilivre Éditions APARIS Collection Coup de cœur
56, rue de Londres, 75008 Paris
Tel : 01 44 90 91 10 - Fax : 01 53 04 90 76 - mail : actualites@edilivre.com

ISBN : 978-2-35335-276-0
Dépôt légal : Mars 2009

A Martine. Nul doute que tu as ta place dans les étoiles. A tes côtés veille un grand chien noir…

Je veux tout d'abord remercier mes lecteurs. Ceux qui m'ont accompagnés durant l'extraordinaire aventure de mon premier roman et ont su patienter pour lire le second. Bien sûr aussi, ceux qui vont nous rejoindre maintenant. J'espère ne pas vous décevoir.

J'ai envie de dire à mon mari, Stéphane, que sans lui rien ne serait. A ma fille, Anastasia, neuf ans aujourd'hui, qu'elle est celle dont je rêvais. Tu es un ange, si sage déjà… A mon Stanislas, l'autre homme de ma vie, quatre ans : unique, drôle, calme et si bougon ! Je vous aime, mes amours.

Un message particulier à ma tante, Murielle Greiner. Merci pour ton soutien, tes conseils et tes talents de correctrice. Quelle patience… ! Nous avons partagé de merveilleux moments.

Je ne pourrai clore ces remerciements sans parler de mes parents, Eliane et René. Merci de croire en moi, malgré mes doutes constants. A Olivier et Magali, parce qu'être frère et sœur, ce n'est pas toujours simple. Je trouve qu'on y arrive plutôt bien ! Je vous aime et suis fière de vous. Je ne peux oublier ma « sœur de cœur », ma petite Céline, si grande pourtant…

M.G.M

CHAPITRE I
« Pennkenetl »[1]

La femme est de dos. Elle semble jeune. Sur sa hanche droite, elle tient un panier. À l'aide de son autre main, elle attrape quelques pommes qui font plier une branche. Elle chantonne distraitement, fort prise par son ouvrage. Elle ne perçoit d'ailleurs pas le cheval derrière son dos. L'homme qui le monte s'arrête et la regarde, amusé qu'elle n'entende rien. Il attend quelques secondes, puis son irritation monte car il n'est pas très patient.

– Holà ! La femme ! la hèle-t-il.

Elle se retourne aussitôt mais la frayeur que lui a causée ce cri lui fait lâcher son panier. Les fruits roulent, s'éparpillent et ses sourcils se froncent d'agacement. Elle ne dit pourtant rien en voyant sa mise.

– Où est ton mari ? demande-t-il d'un ton qui semble habitué au commandement.

---

[1] le chef de clan

– Je sais pas toujours où il est ! répond-elle, un peu insolemment.

Soudain, il la regarde étrangement, et s'exclame :

– Mon Dieu, Marie, est-ce toi ?

Elle porte une main à sa bouche et recule jusqu'à s'adosser contre l'arbre, les souvenirs affluent et la bouleversent aussitôt.

– Armand ?

Il descend de sa monture qui en profite pour s'éloigner vers des touffes d'herbe verte fort appétissantes. Il s'approche doucement, comme s'il avait peur qu'elle disparaisse. Marie le regarde venir vers elle et ne peut retenir plus longtemps ses larmes. Elle se jette alors dans ses bras où il l'accueille sans aucune retenue.

– J'ai grand-peine à croire que c'est toi, Marie ! Tu avais quel âge quand je suis parti ?

– Onze ans…

Elle s'éloigne un peu de lui et l'admire en soupirant. Le jeune homme de dix-sept ans est devenu un très bel homme.

– Quel âge peut-il avoir ? se demande Marie.

– Il y a déjà quinze ans que je suis parti…

Marie rougit, sûre que son regard a trahi ses pensées. Elle baisse les yeux et il reprend :

– Ma petite Marie « souris » est donc devenue la femme de Yann.

– C'est que j'ai un peu grandi durant ton absence.

Des larmes brillent toujours dans le regard de Marie en entendant Armand l'appeler sa petite « souris ». C'est le surnom qu'il lui avait choisi, car elle n'aimait rien tant que les coins de paille pour se blottir et espionner les conversations des « grands ».

– Tu as fini par rentrer au pays, Armand ?

– La terre me manquait trop finalement et puis avec la mort de mon père, il a bien fallu…

– Sa disparition est un grand malheur pour nous tous. Mais je ne peux pas te cacher que te revoir me cause la plus grande joie. Dommage que les circonstances ne nous permettent pas de fêter ton retour dignement.

– Tu es gentille et je sais que mon père avait beaucoup d'estime pour ton mari. Ce que je ne m'explique pas, c'est pourquoi il ne m'a jamais donné de tes nouvelles.

– Peut-être n'as-tu pas pensé à lui en demander ! réplique Marie en riant tristement.

– Dans chacune de mes lettres depuis quinze ans, je n'ai jamais oublié de lui en réclamer. Il m'a toujours répondu pour les autres… Je ne savais même pas que tu étais mariée avec Yann.

– Ça fait pourtant cinq ans.

– Tu as des enfants ?

– Oui, j'ai deux gars. Et puis j'ai perdu une belle petite fille. Elle n'avait que trois jours mais je ne l'oublierai jamais. Elle s'appelait Adèle.

– Je te comprends. Ma femme et moi, avons eu le malheur de perdre notre premier enfant. C'était un garçon.

Elle lui prend doucement la main et toute la tendresse de leur enfance les enveloppe de douceur.

– Tu es marié alors ? lui demande Marie, une vive angoisse dans le regard.

– Oui, Marie. Je ne suis pas rentré seul de Russie.

– Comment s'appelle-t-elle ? continue-t-elle en retirant vivement ses mains de celles d'Armand.

– Alexandra.

– Est-elle… belle ?

Il ne répond pas et Marie lui sourit.

– Je dirai à Yann que tu veux le voir.

Armand comprend qu'elle met fin à leur rencontre. Il la regarde avec affection, réalisant à cet instant qu'il est très heureux d'être rentré.

– À bientôt, Marie…

Elle ne répond pas et s'agenouille pour ramasser les pommes, tombées auparavant. Il attrape les rênes de son cheval qui tente un brusque coup de tête pour une dernière touffe d'herbes. Une fois en selle, trop distrait par cette rencontre, il manque de tomber quand l'animal fait un écart au grand galop.

– Eh ! Jupiter ! Toi aussi te voilà tout remué ! Bah ! Au diable tout cela.

Il reprend vigoureusement ses rênes et lance Jupiter au triple galop. Le cheval s'élance fort mécontent dans cette course folle, mais ne tente plus d'écart un peu fourbe, car il connaît la poigne de son maître.

Armand du Pommeau Desbally est sans conteste une force de la nature. Pas très grand mais large d'épaules, son regard bleu piqueté de gris, il en impose par sa présence et sa noblesse. À l'époque où le sou se faisait rare, avant que son père ne l'envoie en Russie, il s'amusait à paraître dans les noces, non sans apporter ses vœux, l'œil espiègle et la moue belliqueuse. Les hommes présents savaient ce qu'il voulait et se débrouillaient pour le lui apporter. À quinze ans et malgré son rang, il affrontait donc les jeunes gars des fermes de son père à la lutte. Il lançait son défi en attrapant la jeune mariée qui riait trop pour avoir l'air effarouché. Le mari faisait semblant d'en prendre ombrage et relevait la provocation. Les deux « adversaires », se tenaient alors face à face en manches de chemise, les pieds nus et les cheveux attachés sur la tête. Ils prononçaient quelques phrases rituelles, au plus grand bonheur de l'assemblée, avant de se frapper trois fois dans la main, en faisant trois signes de croix. Ils s'empoignaient alors par leurs chemises et en conjuguant puissance, souplesse et équilibre, ils tentaient de jeter l'autre par terre, de manière à ce qu'il tombe sur ses deux épaules. Armand était imbattable à ce jeu-là, et il remportait à tous les coups la mariée qui lui offrait une danse et même quelquefois un chaste baiser sur la joue ! Personne ne se serait offusqué car il avait une bonne réputation de droiture, et secrètement les jeunes mariés espéraient bien qu'un jour il se ferait battre. Mais lorsqu'il quitta la France à dix-sept ans, personne ne put se vanter de l'avoir terrassé. Lui, par contre, pouvait s'enorgueillir d'un bon nombre de danses et de baisers « volés ».

Marie est bouleversée par cette rencontre et s'assied au pied du pommier. Sous ses traits d'homme mûr, Armand a gardé cette douceur dans le regard qui lui est propre, et elle soupire en caressant la petite coccinelle de bois qu'il lui a taillée lorsqu'elle était enfant. Elle ne l'a jamais enlevée et lorsque Yann lui a demandé ce qu'était cette drôle de chose, elle lui a répondu que ça lui venait de son frère Martin, et qu'elle y tenait beaucoup. Elle se décide enfin à regagner la maison et lorsqu'elle entre, son panier sous le bras, elle frissonne dans le couloir étroit et sombre. Les cloisons de bois, de chaque côté semblent se rapprocher et elle s'adosse une seconde au lit clos pour reprendre son souffle. Personne ne doit deviner son trouble. Elle avance sur la terre battue de la salle commune, pose son panier sur la table et va directement vers l'immense cheminée. Là, au-dessus des braises, sur un trépied, mijote la marmite. Elle tente vainement d'effectuer les gestes quotidiens, lorsqu'elle se rend compte que sa mère et ses deux petits, Antoine et Pierre, l'observent bouche bée.

– Et bien ! commence-t-elle. Les poulpiquets vous ont arraché la langue ?

Au nom de ces nains noirs et velus, les deux garçons se mettent à pleurer. Leur grand-mère les prend dans ses bras pour les réconforter.

– Qu'est-ce qui te prend Marie de leur parler de ça ? Tu sais qu'ils en ont peur !

Marie s'en veut aussitôt car elle ne supporte pas de les rendre tristes.

– Venez là mes anges, leur répond-elle aussitôt en les prenant contre elle sous le regard bienveillant d'Isabelle.

– C'est vrai, Maman, que les lutins volent les bébés ? demande Antoine du haut de ses cinq ans.

– Oui, mon chéri. Il ne faut jamais laisser un berceau sans surveillance, sinon ils volent le nouveau-né et le remplacent par un de leurs affreux rejetons.

– Il faut faire très attention à Pierre alors ?

– Mais Pierre a trois ans tu sais, ce n'est plus un nourrisson !

Léna choisit ce moment pour entrer. Marie ne la supporte pas mais elle est mariée à Allan, le grand valet dont Yann ne peut se passer.

– Devinez qui je viens de voir ? crie-t-elle.

– Tu ne sais donc que crier ? lui lance Isabelle qui ne peut, elle non plus, guère la souffrir.

– Armand du Pommeau Desbally ! dit-elle toujours trop fort.

Isabelle comprend aussitôt le trouble de Marie, et cette dernière ne peut éviter le rouge qui s'étale sur ses joues sous le regard de sa mère. Elle continue de préparer le repas sans s'émouvoir plus longtemps. Quelle folie lui passe donc par la tête ? Armand est rentré ? La belle affaire ! Elle ne peut plus le voir comme le jeune homme qu'elle a si bien connu, il devient le maître incontesté, celui qui d'une parole peut changer le cours des vies. Il est le châtelain, le noble représentant de la famille du Pommeau Desbally, famille séculaire et tant respectée : il est plus que tout cela, il est le chef de clan. Et elle devra s'en souvenir à l'avenir !

À l'heure du déjeuner, les hommes rentrent des champs. D'un coup, la salle paraît toute petite, écrasée par leur présence et leurs voix. Yann lance à peine un regard à Marie et ignore ses deux fils, intimidés par ce grand « monsieur » toujours distant.

– Yann est réservé sur ses sentiments, a dit un jour Marie à sa mère pour se rassurer. Je ne lui en veux pas. Après tout, mon père était pareil avec toi, maman.

Isabelle s'emporte car elle n'accepte pas la comparaison entre Yann et son cher mari disparu.

– Ne les compare pas, s'il te plaît ! Je sais bien que ton père, comme n'importe quel homme honnête au village, était pudique sur ses sentiments. Il n'avait des égards de tendresse envers moi que dans l'intimité, mais tout de même ! Un sourire, un mot aimable, ça n'est pas compliqué !

Devant le regard triste et les épaules voûtées de sa fille, Isabelle regrette d'avoir parlé ainsi. Elle se promet à l'avenir, de modérer ses propos sur son gendre.

Allan, debout lui aussi, éclaire la pièce comme à son habitude. Il est grand par rapport à Yann, bien plus large d'épaules encore et une crinière blonde lui tombe sur les épaules. C'est un bel homme, bien bâti et d'une gentillesse qui ne lui fait jamais défaut. Personne n'a compris son mariage avec cette Léna, si quelconque et vulgaire, mais tous l'acceptent car il a gardé son air heureux et bienveillant.

Allan et Yann se connaissent depuis toujours car son père a été, lui aussi, le grand valet de Josselin Menguy, le père de Yann. Lorsque ce dernier a repris la métairie du père de Marie, Allan a trouvé tout naturel de le suivre.

Yann prend place en bout de table. À ses côtés, s'assoit Allan. Un jour, quand Antoine aura l'âge, c'est lui qui tiendra cette place privilégiée auprès du maître des lieux. Tous deux, chapeaux toujours enfoncés sur la tête, commencent à manger. Ils écrasent chacun leurs pommes de terre, pendant que Léna leur sert du lait froid. Ils trempent ensuite chaque cuillerée brûlante dans le liquide blanc, qui est aussi la boisson de tous les repas. Marie mange debout, tout en surveillant chacun à leur tour, ses enfants assis avec leur grand-mère sur la pierre du foyer et qui se gavent de pommes de terre, ou la table que préside son mari, pour s'assurer qu'ils ne manquent de rien. Léna, quant à elle, est plus affalée qu'assise sur le banc du lit clos. – Cette femme n'a décidément aucune éducation, pense une fois encore Marie.

– C'est aujourd'hui la Saint Michel, annonce Yann une fois son repas terminé. Marie, prépare-moi mes affaires pour que j'aille au château.

On paye toujours le loyer le jour de cette fête et Yann entend bien respecter la tradition.

– On dit qu'Armand est rentré, lance Allan.

– Avec une femme même ! continue Yann.

– Je le sais, répond Marie. Je l'ai vu ce matin.

– Comment ça, tu l'as vu ? Je peux savoir où ?

– Holà ! Yann ! Qu'est-ce qui te prend de crier comme ça ? dit Isabelle en espérant calmer cette brusque colère.

Il s'approche de Marie, l'air menaçant. Il connaît parfaitement les liens particuliers qui ont baigné leur enfance.

– J'étais juste aux pommes et il a demandé à te voir.

– C'est tout ?

– Comment, c'est tout ? Que veux-tu qu'il y ait d'autre, Yann ? As-tu perdu la tête ?

Cette peste de Léna détourne l'attention de Yann et pour une fois, Marie lui en est reconnaissante.

– Moi aussi je l'ai vu, dit-elle crânement.

– Ah ! Toi aussi ? demande Allan à son tour.

– Oui, parfaitement ! Et je l'ai trouvé très beau, affirme-t-elle très fière.

Allan éclate de rire.

– Tu devrais rire comme Allan, mon Yann. Je suis une femme mariée, tu sais, et nous ne sommes plus des enfants. Je te rappelle qu'il est le riche propriétaire et nous ses métayers, qui plus est. Il ne m'a même pas reconnue tout de suite !

– Et toi ?

Le ton déplaît à Marie qui commence à perdre patience. Que signifie cette scène absurde ?

– Quoi moi ? Que veux-tu insinuer devant nos enfants ? Nous sommes mariés devant Dieu, je te le rappelle ! Que veux-tu de plus ? M'enfermer peut-être ? Je ne suis plus une enfant et il était un frère pour moi !

– Un frère ? Voilà autre chose !

– Oui, un frère ! dit en s'interposant une fois de plus Isabelle. Que j'ai nourri de mon lait en même temps que mon fils aîné. Un fils pour moi et un frère pour Marie.

Yann respecte beaucoup Isabelle et cesse ses questions, mais Marie sait très bien qu'il n'en restera pas là. Il s'enfonce dans son mutisme et part pour le château sans avoir prononcé un mot. Dans la maison règne une atmosphère lourde. Allan sort enfin et Isabelle envoie Léna au bourg avec des galettes pour le curé. Elle compte sur cette commission pour la tenir éloignée un petit moment car elle veut en profiter pour questionner sa fille.

– Antoine, commence Isabelle en s'adressant à son petit-fils. Emmène ton petit frère courir dehors.

Les deux enfants, trop contents d'aller jouer au grand air, ne se posent aucune question. Les conversations entre adultes sont bien trop ennuyeuses à leur goût de toute façon.

Marie appréhende cette confrontation avec sa mère. Elle se sent déjà suffisamment mal, pour ne pas subir en plus, des questions insidieuses.

– Que s'est-il passé Marie ? Pourquoi ne m'as-tu pas dit qu'Armand était rentré ?

– Il n'est plus le bébé que tu as allaité maman ! Je n'ai donc pas jugé utile de te prévenir, je n'y pensais déjà plus en rentrant des pommes… Et puis, que veux-tu qu'il se soit passé ? Que croyez-vous donc à la fin ? Qu'il s'est allongé sur moi pour fêter nos retrouvailles ?

– Ne te mets pas en colère Marie. Je me demandais simplement ce que tu as éprouvé en le voyant.

– C'est pour ça que tu as envoyé tout le monde dehors ? Pour savoir ce que je ressens ?

Isabelle se sent toute bête. De quoi se mêle-t-elle après tout ? Ne va-t-elle pas semer le doute dans l'esprit de sa fille avec ses questions ?

– Que veux-tu que je ressente maman ? J'étais une enfant lorsqu'il est parti. À présent nous sommes mariés et… voilà, c'est tout, il n'y a rien à ajouter.

– D'accord Marie, excuse-moi. Dis-moi juste si aujourd'hui tu es heureuse avec Yann. L'aimes-tu un peu ?

Marie a l'impression qu'on la poignarde.

– Yann est un bon époux. Il est sérieux, courageux et ne ménage pas sa peine. Je dois l'aimer… à ma façon.

Isabelle hausse les sourcils, étonnée d'entendre une telle description de Yann. Elle comprend que sa fille se rassure en disant cela.

– J'espère que tu t'en souviendras.

– Pourquoi dis-tu cela, maman ?

– J'ai une expérience de la vie que tu n'as pas encore ma belle, et je sais que l'amour que tu portais à Armand n'était pas celui d'une enfant. Tu n'as jamais cessé de penser à lui, je le sais très bien.

Marie ne répond pas, elle se sent lasse. Sa mère a toujours su lire en elle et il ne sert à rien de lui mentir.

– Je ferai attention maman, je te le promets.

– Très bien, alors n'en parlons plus.

Marie va embrasser sa mère. Elle ne lui en veut pas car elle sait qu'Isabelle agit ainsi pour son bien. C'est une mère très attentive et Marie l'adore.

La porte s'ouvre un peu plus tard, laissant entrer le rire des enfants.

– Tante Jeanne est là ! Tante Jeanne est revenue ! crient-ils à tue-tête.

– Tout s'est bien passé Jeanne ? lui demande Marie.

– Très bien, mais il y avait beaucoup de monde au lavoir. J'ai bien cru un moment que je ne pourrais pas finir notre lessive. Et cette conversation !

– Quelle conversation ? demande Isabelle.

– Nous n'avons parlé que du retour de notre châtelain et de sa mystérieuse femme russe ! Vous saviez qu'il était rentré ?

– Nous l'avons appris ce matin. As-tu mangé ? l'interroge Isabelle pour changer de sujet.

– Oui, Pierrette m'a invitée pour le repas.

Jeanne et Pierrette sont les sœurs aînées de Marie. La première est restée fille et fêtera ses trente ans cette année. Elle a un beau visage, malheureusement enlaidi par un vilain bec-de-lièvre et n'a pas trouvé de mari qui aurait oublié cette disgrâce. Elle vit donc auprès de Marie et Yann et aide autant qu'elle le peut. La seconde, Pierrette, a deux ans de moins que Jeanne. Elle a épousé Benoît, un jeune homme très gentil qui lui a fait trois enfants. Un seul n'a pas survécu, mort du croup à six mois à peine.

– Pierrette est enceinte, annonce fièrement Jeanne.

Isabelle court jusqu'à elle.

– C'est vrai, elle te l'a dit ?

– Oui, maman ! Tu peux aller embrasser ta fille pour la féliciter.

Isabelle a déjà attrapé son châle et sort de la maison. Sur le chemin, elle pense à sa Pierrette qui doit être tellement heureuse d'avoir un nouvel enfant. Il ne lui fera pas oublier le drame de son fils, mort étouffé par cette horrible maladie, mais c'est une nouvelle vie et un grand bonheur.

– Le plus grand qui soit, dit Isabelle à voix haute, tout en marchant vivement.

Elle est très fière de ses enfants. Martin, son aîné, le frère de lait d'Armand est devenu le curé de la paroisse voisine. Marie et Pierrette sont mariées et même si Jeanne ne l'est pas, elle est une bonne fille, une sœur aimante et aimée, et une tante adorée. Son seul regret est qu'elle ne reverra jamais son Albertine. Comme ses filles, elle a vécu le drame de perdre un enfant. Albertine est morte à vingt ans, dans d'horribles conditions. On l'a trouvée un matin, noyée dans une mare au bord de la forêt. S'est-elle suicidée, comme on le murmurait derrière le dos d'Isabelle ? Elle ne veut y croire. Elle préfère penser que la mélancolie qui baignait ses yeux n'était due qu'à une mauvaise vue. Comme à chaque fois, elle verse quelques larmes en essayant vainement de se remémorer les traits de la chère disparue.

Lorsqu'à la nuit tombée, elle rentre de chez Pierrette, une heureuse surprise l'attend. Elle trouve attablé dans la salle commune son « petit » Armand, comme elle aimait l'appeler. Il se lève aussitôt pour venir jusqu'à elle.

– Que tu as grandi ! lui dit-elle comme s'il n'était qu'un enfant qui aurait pris de la taille.

– Vous êtes toujours aussi jolie !

La tendresse les pousse dans les bras l'un de l'autre.

– Que fais-tu là, mon « petit » ?

– Je suis venu vous voir. Yann m'a invité.

Isabelle lance un regard reconnaissant à son gendre mais comprend qu'il est contrarié. Veut-il tester sa femme, se demande-t-elle, ou bien profiter de la situation comme d'habitude, et tenter de se mettre au mieux avec le châtelain ? Les autres ne se posent aucune question et regardent avec un sourire ce grand monsieur, vouvoyant avec un infini respect cette femme aux cheveux grisonnants, pourtant simple paysanne. Isabelle a envie de lui poser mille questions, mais son premier réflexe est de regarder sa fille, Marie. Celle-ci tient son rôle de femme et de mère à merveille et un instant, Isabelle croit même qu'elle est indifférente. Elle comprend qu'il n'en est rien, car sa façon de baisser les yeux ne lui est pas habituelle.

– T'a-t-on servi à boire, mon petit ?

– Pas encore. Nous vous attendions.

– Tu me tutoyais dans le temps, Armand…

– J'espérais que tu me le demandes !

Tout le monde rit et on s'attable autour d'un pichet de cidre.

Yann est jaloux. Fier d'un côté de pouvoir se vanter de recevoir avec tant de simplicité le châtelain mais malgré tout, il est jaloux. Ça le ronge. Lui aussi a toujours connu la famille du Pommeau Desbally mais de loin, au fond de l'église, les enviant sur leur banc privé. Il en veut à sa femme d'avoir une telle relation. Pourquoi lui n'a-t-il pas été reconnu pour son simple mérite ? Il aurait préféré ne rien devoir à Marie et l'avoir épousée sans intérêt, pour une simple question d'amour. Mais ce n'est pas le cas et il ne saura jamais ce que Marie a pu deviner. La seule façon d'avoir cette ferme splendide était d'épouser une des deux filles Guézennec. Par chance, la plus jeune était jolie et encore libre mais s'il avait dû épouser la Jeanne et son bec-de-lièvre, il n'aurait pas hésité. Leur père était mort en trente-deux et le seul garçon de la maison était curé. Le mari de Pierrette avait déjà une bonne ferme et travaillait avec son père, et même s'il faisait son possible pour aider sa belle-mère et ses belles-sœurs, il fut impossible au bout de deux années de continuer ainsi. Yann avait attendu patiemment ce moment pour faire sa demande à Marie. Pourquoi lui avait-elle répondu oui, alors qu'elle avait repoussé bon nombre de prétendants ? Il avait meilleure conscience en pensant qu'elle avait agi par pur intérêt elle aussi. Elle se devait d'accepter pour mettre sa mère et sa sœur à l'abri. Bien sûr, elles auraient été recueillies par leur famille mais quand on a vécu toute sa vie comme Isabelle, dans la ferme la plus importante, avec une certaine influence dans la communauté et des relations très amicales avec le châtelain en personne, quelle déconvenue de se retrouver à la charge de gens plus modestes ! Yann aurait parié que Marie avait accepté sa proposition de mariage pour cette raison. Elles ne donnèrent donc pas leur congé, et purent continuer leur vie comme du temps du père de Marie. Aujourd'hui, il est heureux de son choix car outre la ferme, Marie est une épouse obéissante et une bonne mère. Peut-être la conduirait-il à l'autel sans tout le reste aujourd'hui, qu'il en est réellement amoureux ? Il sourit malgré lui, tout à ses pensées, en direction d'Armand. Ce dernier se méprend sur ce sourire, et pense qu'il lui est destiné. Il se réjouit alors de constater que son métayer fait preuve d'un peu d'amabilité. Il sent bien que Yann n'est pas franc.

– Il est jaloux, se dit Armand. Mais ne le serais-je pas à sa place ?

Il est sûr que oui. Il observe alors discrètement Marie et elle ne lève pas une fois les yeux vers lui. Il se demande pourquoi elle a épousé ce Yann ? Il sent très bien qu'il ne pourra avoir avec lui, les relations qu'il y avait entre son propre père et celui de Marie. Yann est sur la défensive, il lui fait penser à un petit coq trop nerveux et si fier…

– Pour qui se prend-il après tout, songe Armand, il ne doit pas oublier qui il est, qui je suis, et puisqu'il veut jouer les prétentieux, je saurai bien le lui rappeler.

Il se radoucit en regardant Marie et ses fils. Qu'elle est jolie ! pense-t-il. Pourtant sa femme Alexandra l'est bien plus, mais son côté poupée en porcelaine ne possède pas le charme de la rustique Marie. Il se reprend car il devient nostalgique. Mais de quoi d'ailleurs ?

– De nos enfantillages ? pense-t-il en réprimant un rire. Il la regarde comme s'il l'avait toujours connue femme ! Pourtant, à onze ans, on ne peut pas dire que ce soit le cas…

– Armand ? Où es-tu ?

Isabelle se moque de lui car il est complètement perdu dans ses pensées.

– Pardon, Isabelle, tu disais ?

– Parle-nous de ta femme. Du pays d'où elle vient.

– Je l'ai épousée en Russie, c'est son pays. Elle ne parle pas un mot de notre langue. La Russie, c'est inimaginable pour qui ne l'a pas vue de ses yeux… C'est si grand, si différent.

– Mais qu'as-tu fait là-bas ? Nous ne l'avons jamais su.

– Mon grand-père a gagné une mine en jouant contre un ambassadeur russe avant la révolution.

– Une mine ?

– De soi-disant pierres précieuses. Mon père ne m'en avait jamais parlé. Quand j'ai eu dix-sept ans et que nous n'avions plus un sou pour reboucher les fuites dans la toiture, il s'est souvenu de cette mine. Il voulait y aller mais je ne voulais pas qu'il laisse ma mère et ma sœur. Alors j'ai eu l'idée d'y aller moi-même ! J'ai eu du mal à la trouver cette mine, je peux vous le dire. Heureusement que ce n'était pas l'hiver là-bas, sinon je ne serais pas là pour vous en parler ! Durant mon périple, j'ai appris à parler russe. Une fois la mine découverte, j'ai pu constater qu'elle n'était pas seulement soi-disant précieuse ! J'ai donc engagé de la main-d'œuvre avec les dernières ressources de la famille et je l'ai exploitée.

Tout le monde fait silence. Même Marie a cessé son ouvrage pour écouter et Yann semble soudain avide d'en savoir plus.

– Alors vous êtes riche ? lâche Léna, exaltée par tant d'exotisme et d'aventure.

– Léna ! la rabrouent Marie et Isabelle d'un même élan.

– Laissez, ce n'est pas grave. Après tout, c'est la question que tout le monde se pose au village. Disons simplement que la toiture du château a pu être totalement réparée… que je ne suis plus dans le besoin et que je vais pouvoir vivre de mes rentes. Mes enfants aussi, et certainement encore mes petits-enfants… voire après… encore !

Plus personne n'ose ouvrir la bouche.

– Et bien ? Vous êtes déçus ?

Et soudain c'est un concert de voix, un brouhaha tel qu'on ne comprend plus qui dit quoi. Armand éclate de rire et Marie pense en le regardant qu'elle n'a jamais ressenti ce trouble en voyant rire son mari.

– Qu'il est beau, pense-t-elle.

– As-tu toujours ta mine ? demande Isabelle.

– Non, je l'ai vendue. Mais il se fait tard, je vais devoir rentrer. Ma femme m'attend.

– Comment est-elle ? demande encore Léna.

– Vous la verrez dimanche à l'église. Je peux juste vous dire qu'elle est enceinte. Le docteur nous l'a confirmé aujourd'hui.

Il part sous un concert de félicitations. Même Yann paraît joyeux de cette nouvelle.

Pendant le souper, autour de la table, tous gardent le silence en pensant à ce qu'Armand leur a raconté. Isabelle le brise en prenant la parole.

– J'ai oublié de lui demander des nouvelles de sa mère.

Yann lui répond :

– Madame Constance est partie à Paris.

– Comment ? s'exclament en chœur les convives.

– Elle a quitté le domaine avec sa fille Aude et j'ai entendu dire qu'elles allaient loger chez le frère de Madame.

– C'est étrange, pense tout haut Isabelle, une femme si simple… Que peut-elle aller faire à Paris ?

– N'oublie pas qu'ils ont retrouvé leur fortune, alors pour ce qui est de la simplicité… Peut-être va-t-elle tenter de marier sa fille à la cour ! Ou le débonnaire Louis-Philippe cherche-t-il une maîtresse bretonne ?!

– Tu parles, continue Léna, qui voudrait de cette peste d'Aude ?

– On dit qu'elle ne peut pas oublier son fiancé alors ne soyez pas si dure avec elle, répond Isabelle.

– Elle était fiancée ?

– Oui, Léna. Et bien fiancée en plus avec un comte comme il faut : Gontrand de Brieux. Mais cet idiot n'a rien trouvé de mieux que de mourir… par un matin brumeux, sur un champ désert, une balle entre les deux yeux !

– Un duel ? continue Léna au bord de la crise de nerfs.

– C'est ce qu'on dit.

– On dit aussi que c'est pour laver l'honneur d'une putain, termine Yann en riant sous l'œil réprobateur d'Isabelle.

Jeanne termine de lire son passage sur la « Vie des Saints » quand tous s'approchent du foyer pour la veillée. Les hommes bourrent leurs pipes, Isabelle s'installe sur son banc à l'intérieur de la cheminée, serrant fort contre elle ses deux petits-fils. Jeanne, Marie et Léna s'assoient devant l'âtre avec leurs quenouilles. Chacun attend une histoire de fantôme ou de diable, mais ce soir-là, personne n'ouvre la bouche et le silence règne. Les enfants finissent par s'endormir et on les couche. Allan et Léna quittent la maison pour rejoindre leur pennti[2] qu'ils améliorent petit à petit. Au printemps prochain, ils espèrent bien pouvoir exploiter les cinquante ares que Yann met à leur disposition. Quant à Jeanne et Isabelle, elles ne tardent pas à rejoindre le lit qu'elles partagent. Isabelle a laissé à son gendre et sa fille le lit clos dans lequel elle a dormi avec son mari durant vingt-quatre années.

Yann et Marie se retrouvent alors seuls devant le foyer. Le silence est total autour d'eux. Marie se tait toujours, attend. Elle sait que Yann veut parler mais il ne se décide pas à prendre la parole. Marie s'apprête à se lever quand il commence enfin :

– Je n'aime pas cet homme, dit-il durement.

Marie est très surprise car elle ne s'attendait pas à ça.

– Pourquoi dis-tu cela, Yann ? Armand est très gentil pourtant.

---

[2] « bout de maison » : demeure de domestique

– Très gentil ? Il voudrait surtout être gentil avec ma femme oui !

– Je vais me coucher Yann, tu deviens complètement fou avec ça.

– Tu restes assise, Marie !

Il parle violemment et Marie n'aime pas.

– Alors tu te calmes, Yann.

– Tu crois qu'une femme parle ainsi à son mari ?

Il s'est levé et se tient près d'elle, l'air menaçant. Marie se lève à son tour et se tient bien droite face à lui.

– Mon père n'a jamais levé la main sur ma mère, Yann, et il l'a toujours respectée. J'entends bien que mon mari fasse de même. Sinon ne t'étonne pas de te retrouver un jour au fond du puits !

– Ce sont des menaces ? continue-t-il incrédule.

– Parfaitement.

– Tu as quelque chose à te reprocher pour te conduire ainsi Marie. Tu ne m'as jamais parlé comme ça auparavant.

– Je n'ai rien à me reprocher, Yann. Rien du tout. C'est toi qui poses des problèmes là où il n'y en a pas. Armand est propriétaire de nos terres, ne l'oublie pas. Tu m'as épousée pour les avoir tes foutues terres, alors tâche de les garder, et prends garde à ton comportement envers lui. En un mot, il peut te mettre dehors !

– Et sa chère Marie avec ? Tu plaisantes !

Marie n'a jamais autant regretté de l'avoir épousé qu'en cet instant.

– Je vais me coucher Yann, et n'essaye pas de me retenir. Je ne te comprends pas, nous avons eu trois enfants et nous avons la chance d'en avoir gardé deux. Nous nous entendons bien après tout, alors pourquoi tout gâcher par tes insinuations malsaines ? Tu as remarqué comme Armand était heureux de nous annoncer la grossesse de sa femme ?

Yann respire un grand coup pour se calmer. Elle n'a jamais haussé le ton devant lui et il doit lui apprendre à ne jamais recommencer.

– C'est vrai, Marie.

Sa façon trop douce de lui répondre, la met aussitôt en alerte mais elle ne peut cependant éviter la gifle qu'il lui envoie. Il ne l'a jamais frappée. C'est la première fois. Une main sur sa joue devenue chaude, elle l'entend siffler :

– Ne me parle plus jamais comme ça ! Compris ?

Son visage est déformé par la colère qui l'anime, cependant, en rassemblant tout le courage dont elle est capable, Marie ne recule pas et ne verse pas une larme. Il se sent alors un peu stupide et en se forçant à sourire, il lui dit :

– Allons nous coucher et oublions ces stupides querelles.

Une fois enfermés dans leur lit, Yann embrasse Marie et elle doit se forcer pour lui répondre. Il a été odieux, pense-t-elle et elle a même eu peur de lui un instant. Il lui a révélé son côté violent et elle ne s'attendait pas à cela. Il lui malaxe les seins sans tendresse et Marie se demande s'il va avoir l'affront de se mettre sur elle. Elle ne répond pas à son désir et reste indifférente. Il ne se gêne pourtant pas et lui remonte sa chemise de nuit. Sous l'assaut de Yann, Marie retient ses larmes. Elle n'oubliera jamais cet instant et quand il se retourne pour dormir, elle se jure bien de le lui faire payer.

Durant des mois, puis des semaines on ne voit Armand qu'à l'église. Sa femme est très belle, d'une beauté peu commune. Ses cheveux, tressés en une couronne d'or sont d'un blond presque blanc. Ses yeux sont comme la glace, ni bleus, ni gris, ni verts, ils sont transparents comme de l'eau et comme elle, changent de ton au soleil ou à l'ombre. Sa bouche petite mais pleine est rouge comme le sang et éclate sur la blancheur de sa peau.

Elle a l'air si jeune, constate Isabelle en la voyant pour la première fois.

D'autres lui trouvent l'air trop fragile.

– Pourtant elle devrait être solide, réplique le vieux Ferdinand. Moi, c'est que j'y étais en Russie avec le Corse et je peux vous dire que des gars, j'en ai vu tomber comme des mouches tellement qu'il y fait froid. Alors, c'est pas notre petite Bretagne qui va lui faire peur à notre comtesse !

Un enfant, présent à ce moment-là, tire la manche de sa mère en demandant :

– C'est qui le Corse, maman ?

Il l'avait dit encore trop fort et Ferdinand sursaute :

– Qu'est-ce que tu lui apprends à ton Louis ? Il sait même pas qui c'est le Corse ?

– Il est trop jeune pour qu'on lui parle d'une brute !

Ferdinand, rouge de colère, s'approche de la mère et l'enfant qui reculent.

– N'écoute pas ta mère petit ! Le Corse, c'était le Napoléon. Un empereur…

Le petit Louis se met à pleurer pendant que sa mère et Ferdinand se disputent. Marie, qui a suivi l'altercation, s'éloigne en riant.

– Encore deux familles qui seront fâchées pour un moment, pense-t-elle.

En rentrant chez elle, comme à chaque retour de la messe, elle pense à Alexandra. Encore une fois, cette dernière lui a envoyé un signe de la main auquel elle répond distraitement. Elle sait à quel point elle fait preuve d'impolitesse mais ne peut se résoudre à aller la saluer. Voir Alexandra si jeune et si belle, accrochée au bras d'Armand, lui poignarde à chaque fois le cœur.

– J'irai plus tard, pense-t-elle en imaginant que sa jalousie passera.

Armand, lui, a bien compris que Marie les évite. Il est un peu déçu car il pensait que les deux femmes pourraient s'entendre. Alexandra ne lui a rien dit mais elle doit trouver cela étrange, car il lui avait si bien parlé de Marie. Et elle s'obstine, chaque dimanche, à lui envoyer un petit signe de la main en guise d'invitation, et comme toujours Marie fait mine de ne pas comprendre. Lui aussi pense que bientôt Marie viendra saluer Alexandra.

Mais jamais les deux femmes ne se connaîtront. Marie veut trop de temps et Alexandra sans le savoir, n'en a plus beaucoup. Une rumeur grossit dans le village, on dit que la jeune châtelaine est malade, alitée. Un médecin doit venir de Paris pour la soigner et rester à ses côtés jusqu'à la délivrance. Le médecin s'absente le temps d'aller chercher des remèdes.

– Que Monsieur le Comte ne s'inquiète pas. Je vous laisse mon infirmière… et puis de toute façon, le bébé ne sera pas là avant un bon mois.

Armand le croit et le laisse partir. Après tout, un médecin de Paris ne peut pas se tromper. Malheureusement, le bébé en a décidé autrement et viendra plus tôt que prévu. Les premières douleurs commencent en plein mois de février alors que la neige s'apprête à tomber.

CHAPITRE II
Un ange au paradis…

Un cheval galope dans la nuit. Son cavalier le pousse chaque minute qui passe à aller plus vite. Ils traversent des champs mais les lourds sabots n'abîment rien, puisqu'en ce mois de février, il n'y a que la terre complètement gelée à cette heure-ci. Les premiers flocons s'écrasent sur l'homme et sa monture, alors qu'ils atteignent enfin le bourg.

– Reste avec moi Alexandra ! Regarde, c'est ton pays qui t'envoie de la neige ! crie-t-il désespéré.

Le cheval n'a même pas le temps de s'arrêter que déjà son maître frappe sur une porte close.

– Ouvrez ! hurle-t-il. Bon sang, il y a quelqu'un ?

La porte du docteur reste silencieuse : il n'y a personne. Une larme glisse sur la joue d'Armand, sa femme Alexandra va mourir cette nuit, il en a la certitude.

– Non ! se dit-il. Je ne peux l'accepter.

Levant un poing vers le ciel, il murmure les dents serrées :

– Laisse-moi le temps Seigneur ! Elle est si jeune.

Il repart sur son cheval qui semble comprendre qu'un drame se joue et il va de plus en plus vite, il semble même voler durant un instant.

La neige est dense lorsqu'il arrive à la ferme plongée dans le noir. Évidemment à trois heures du matin, tout le monde dort. Armand ne sait pas vraiment pourquoi il est venu ici mais peut-être que quelqu'un saura pour lui.

– Ouvrez ! hurle-t-il à nouveau.

Cette fois la porte s'ouvre rapidement. Yann a du mal à reconnaître Armand qui disparaît sous un énorme manteau de fourrure qu'il a ramené de Russie.

– Que se passe-t-il ?

– Isabelle ! crie-t-il encore en bousculant Yann au passage. Isabelle !

Isabelle est déjà debout.

– Que se passe-t-il Armand ?

– C'est ma femme…

Le sang d'Isabelle se fige devant l'expression d'Armand.

– C'est ma femme, répète-t-il bêtement.

– Mais parle, bon sang ! le commande-t-elle.

Marie ouvre son col, lui dégage le visage et sans que personne ne s'y attende, elle lui envoie une gifle magistrale qui lui rend aussitôt ses esprits.

– Ma femme est en train de mourir, j'en suis sûr. Elle est si faible…

– Pourquoi l'as-tu laissée ? Tu es fou ?

– Il me fallait le docteur.

– Et tu ne pouvais pas envoyer un domestique ?

– Je voulais le trouver le plus vite possible. Un domestique aurait forcement traîné…

– Et que crois-tu faire en ce moment ! Marie, va chercher Allan.

– Pourquoi ?

– Ne pose pas de questions et dépêche-toi ! Yann, tu nous emmènes au château et envoies Allan chercher le docteur. Je pense qu'il doit être auprès de la vieille Louison qui est en train de passer.

Allan part promptement dès qu'on lui explique l'affaire. Yann, lui, emmène Isabelle et Armand sous la neige jusqu'au château.

– Mais où est passé ton docteur de Paris ? lui demande Isabelle en arrivant frigorifiée devant la bâtisse complètement illuminée.

Armand lui explique et Isabelle soupire.

– Et ta mère, n'est-elle pas là ?

– Elle doit arriver la semaine prochaine… On ne s'attendait pas à ce que le bébé vienne si vite.

– Où est ta femme ? demande Isabelle dans le vestibule.

Armand la guide et la laisse entrer dans la chambre. Elle ferme la porte et découvre la jeune et belle Alexandra, perdue au milieu des dentelles dans un immense lit à baldaquin. L'infirmière est là, et regarde Isabelle les yeux ronds.

– Expliquez-moi depuis quand le travail a commencé.

– Les douleurs ont débuté… hier après-midi, je crois.

– Vous croyez ou vous êtes sûre ? Et puis, qui êtes-vous ?

– Je suis l'infirmière, dit-elle en se rengorgeant.

Isabelle la regarde avec méfiance. Son air écervelé ne la rassure pas. Elle s'approche d'Alexandra et constate qu'elle a perdu connaissance et qu'elle est en nage. Son front est brûlant de fièvre.

– Mais elle est inconsciente ! dit-elle en se tournant vers la jeune fille.

– Oui, je sais et elle n'a pas repris connaissance depuis un moment.

Son sourire glace Isabelle.

– Et cela vous fait rire ? Vous êtes folle ?

Isabelle s'approche d'elle, menaçante.

– Vous rendez-vous compte de ce que vous avez fait ?

L'infirmière éclate alors en sanglots.

– C'est pas ma faute Madame ! Le docteur a dit qu'il reviendrait et il n'est pas revenu ! J'y connais rien moi à une femme qui va accoucher !

Isabelle comprend alors que la situation est pire que ce qu'elle imaginait.

– Bon, en attendant le docteur, tu vas m'aider.

– Oui, Madame, répond piteusement l'autre entre deux hoquets.

Relevant ses manches, Isabelle s'approche du lit. Armand entre à ce moment-là.

– Que fais-tu dans cette pièce Armand ? Tu n'as rien à faire ici !

– Mais elle ne parle que le russe !

– Je n'ai pas besoin de toi. Ne t'inquiète pas, nous nous comprendrons très bien.

Il sort la tête basse.

– De toute façon, continue Isabelle pour elle-même, elle n'est plus en mesure de parler. Va à la cuisine, ordonne-t-elle à la jeune fille et tu vas m'apporter plusieurs choses…

Elle demande qu'on lui prépare une décoction de plusieurs plantes qui peuvent soulager la douleur. Quoiqu'elle se demande si elle va beaucoup lui servir, au vu de l'état d'Alexandra. Elle souhaite aussi des draps propres et de quoi laver la comtesse.

Quelques minutes suffisent pour obtenir ce qu'elle veut. Avec l'aide d'Odette, la jeune infirmière, elle lave Alexandra toujours inerte. Isabelle est très inquiète et attend avec impatience l'arrivée du médecin. Elles la calent ensuite sur des oreillers propres et elle essaie de lui faire boire un peu de tisane.

– Elle a trop de fièvre… il faut au moins sauver le bébé.

Odette l'a entendue.

– Madame ne va pas mourir, n'est-ce pas ? dit-elle trop fort.

– Tais-toi donc, espèce de sotte ! Tu veux que Monsieur t'entende ? Si tu avais fait ce qu'il faut, on n'en serait pas là !

Isabelle sait qu'elle est injuste envers la jeune fille. Qu'aurait-elle pu faire de toute façon ? Odette se met à geindre doucement et Isabelle comprend qu'elle est au bord de la crise de nerfs.

– Allons, calme-toi ! Je ne voulais pas dire ça. Et cesse de pleurer, on dirait un veau ! Je sors voir Monsieur, attends ici et reprends tes esprits, le médecin ne va plus tarder maintenant.

Elle trouve Armand, assis dans les escaliers, la tête entre les mains. Il règne un silence de mort, comme si tout le monde devinait l'inéluctable.

– Comment va-t-elle ?

Le regard douloureux de son « petit » lui saigne le cœur.

– Elle a trop de fièvre, Armand. Elle est très faible… Le docteur va te poser une horrible question et je veux que tu t'y prépares.

– Laquelle ? demande-t-il pour confirmer ce qu'il sait déjà.

– Qui doit-il sauver : la mère ou l'enfant ?

Ses yeux grandissent de stupeur et dans un cri de bête étouffée, il bredouille :

– Je ne peux pas… ce n'est pas possible…

– Je sais Armand, dit-elle en lui prenant fermement le visage entre les mains, mais ne commets pas d'erreur, ton bébé peut être sauvé, on ne sait jamais.

– Elle est perdue alors ?

– Je ne sais pas Armand. Je ne peux pas être sûre…

– Mais tu le sens, toi aussi.

– Je ne veux pas te mentir.

– Je veux la voir avant que le docteur n'arrive.

Il entre dans la chambre, et Isabelle fait signe à Odette de sortir.

– Il faut les laisser.

La porte refermée laisse échapper les sanglots d'Armand et Isabelle enfonce ses ongles dans la chair de ses mains.

– Que la vie est injuste, pense-t-elle.

Le docteur arrive enfin. Il regarde Isabelle de haut.

– Bon, que se passe-t-il ici ? demande-t-il sans émotion.

Isabelle lui explique calmement la situation. Elle doit se maîtriser pour ne pas le gifler.

– Et que faites-vous là, Madame Guézennec ?

– Je suis là où on me demande d'être. Monsieur le Comte souhaitait m'avoir à ses côtés.

– Vous avez bien de la chance, répond-il la moustache tremblante.

Isabelle comprend enfin pourquoi le médecin, d'habitude si aimable, est à cet instant fort mécontent. Il n'a pas apprécié qu'Armand fasse venir de Paris, un de ses confrères. Isabelle se radoucit aussitôt.

– Ne prenez pas comme un affront personnel le fait que Monsieur le Comte ne vous ait pas fait appeler avant. Je suis d'ailleurs certaine qu'il le regrette en ce moment. Je vous en prie, Docteur, un véritable drame se joue dans cette pièce et le comte a plus que jamais besoin de vos services.

– Vous avez raison, répond un peu gêné le médecin en toussotant. Allons-y vite maintenant, nous perdons du temps !

Isabelle est soulagée de voir le médecin en meilleure disposition. Il entre dans la pièce et prend les choses en main avec beaucoup d'efficacité.

– Je dois ausculter votre femme, Monsieur le Comte.

Armand pense à remercier le médecin d'être venu avant de sortir de la chambre. Alexandra n'a toujours pas ouvert les yeux et n'a aucune réaction lorsque le médecin la touche. Elle ne semble même pas avoir senti sa présence.

– Elle est perdue, annonce-t-il, et je ne réponds pas de la vie de l'enfant. Il faut faire vite. Je vais voir Monsieur le Comte.

– Demandez-lui qui il veut sauver, s'il vous plaît, l'implore Isabelle.

– Mais elle est perdue !

– Faites-moi confiance, Docteur, il vous répondra l'enfant. Qu'il ait juste l'illusion que c'est un sacrifice pour le sauver. S'il la sait condamnée de toute façon, ce sera encore plus difficile pour lui.

– Je vois…

En attendant le docteur, Isabelle comprend qu'elle doit agir vite de son côté. Elle envoie Odette, légèrement surprise, chercher un cierge béni à la Chandeleur pour éloigner les démons. Elle ouvre discrètement une fenêtre pour que l'âme d'Alexandra puisse s'échapper, afin que l'agonie ne se prolonge pas.

– Sortons ce bébé à présent. Vous sentez-vous prête à supporter une césarienne ? demande le docteur à l'adresse d'Isabelle.

– J'en ai vu d'autres Docteur, vous pouvez compter sur moi.

Elle a déjà assisté la sage-femme lors d'un accouchement par césarienne. Il s'agissait du même cas, la mère était perdue et il fallait rapidement sauver l'enfant. On ne pratiquait cette méthode que pour des mères mourantes ou même décédées.

C'est une fille. Une très belle petite fille. Le docteur la donne à Isabelle qui lui façonne doucement la tête et après l'avoir nettoyée, l'emmaillote dans des langes et des bandelettes qui lui emprisonnent les bras et les jambes. Elle la dépose ensuite dans le luxueux berceau, non sans avoir déposé au préalable, un chapelet pour écarter les démons qui peuvent rôder autour du bébé qui n'est pas encore baptisé.

– Elle n'est pas trop petite, constate le docteur. Je pense que mon confrère n'est pas très au fait de ces choses ! Je vais aller voir le comte, mais avant, tâchons de rendre son apparence à la comtesse.

– Est-elle…

– Oui, elle n'a pas supporté l'opération.

Isabelle essuie une larme et se reprend aussitôt.

– Ce n'est pas le moment de se laisser aller. Armand va avoir besoin de moi. Allons ! Odette, viens m'aider à laver tout ce sang. Le comte ne doit pas garder cette image de sa femme. Elle était si belle…

Une fois la toilette d'Alexandra terminée, Armand entre dans la pièce. Il évite de regarder le lit et s'approche rapidement du berceau. Isabelle retient difficilement ses larmes lorsqu'il prend le petit paquet qui s'est mis à pleurer depuis quelques minutes.

– Elle a faim ! Il faut lui trouver une nourrice !

– Ma fille Pierrette, vient d'avoir une petite fille, lui dit Isabelle. Veux-tu que je lui demande qu'elle s'occupe de ton enfant ?

– Ce serait merveilleux et un très grand honneur que ma fille soit nourrie par Pierrette.

Il s'approche alors du lit de sa femme, et Isabelle fait mine de partir.

– Reste Isabelle, ta place est avec nous.

Elle se tient en retrait du lit et ne bouge plus.

– Regarde Alexandra, c'est notre fille. Elle a tes yeux et ta bouche.

Il rit nerveusement.

– Tu vois comme elle te regarde ?

La petite a cessé de pleurer et semble sentir la tension de ce moment.

– Les bébés ont vraiment un sixième sens, pense Isabelle.

Armand éclate en sanglots et lui donne sa fille, pour prendre les mains de sa femme dans les siennes.

– Merci, Alexandra, merci de me l'avoir laissée. Je l'élèverai en mémoire de toi.

Isabelle le laisse seul avec sa femme et pleure aussi en arrêtant les horloges. Les domestiques voilent les miroirs et vident les récipients qui contiennent de l'eau, afin que l'âme de la défunte ne vienne pas s'y noyer. On appellera bientôt une personne qui fera la toilette mortuaire d'Alexandra et on dressera la chapelle blanche.

Isabelle prépare le nécessaire de la petite pour l'emmener dès ce soir chez sa fille. Pierrette aura bien assez de lait pour nourrir sa petite Soazic et l'enfant d'Armand. Ce dernier la regarde faire, mais il est complètement ailleurs. Isabelle vient l'embrasser sur la joue et lui tend sa fille. Il la serre fort contre lui quand elle se décide à demander :

– Comment vas-tu l'appeler ?

– Comme sa mère, elle s'appellera Alexandra.

Le cercueil est emmené au bourg sur une charrette qu'Armand a fait entièrement fleurir. Il marche juste derrière les roues et pense à chaque pas que c'est sa jolie jeune femme qu'il va porter en terre. Il la revoit, toute souriante dans sa belle robe blanche, lors de leur première rencontre. Lui, le petit comte breton était reçu par le tsar Nicolas Ier lors d'un grand bal à Saint-Pétersbourg. La noblesse russe s'était montrée fort curieuse de rencontrer ce jeune Français qui faisait effrontément fortune sur leur territoire et les invitations tombèrent par dizaines. Il eut beaucoup de succès auprès des femmes, et profita de relever bon nombre de jupons, à diverses comtesses et autres duchesses peu farouches aux joies de la cuisse. Il put même compter parmi ses conquêtes une princesse qui ne voulut jamais lever sa voilette de peur qu'il la reconnaisse. Mais lorsqu'il vit Alexandra pour la première fois c'en était fini du marivaudage. Elle seule compta alors à ses yeux. Elle était pure comme un lys et ses yeux lui rappelaient le cours d'eau qui traversait ses terres. Il avait vingt-neuf ans et Alexandra quinze. Elle le regardait avec timidité, mais il sentait bien qu'elle n'était pas indifférente. Il lui fit la cour durant une année, et son père Vassili finit par accepter que cet aventurier français lui enlève sa fille.

– Tu la mérites plus que n'importe qui, Armand, et elle t'aime tellement ! Je te donne ma fille car je sais d'avance qu'elle sera heureuse avec toi, lui avait dit le père d'Alexandra.

Armand pense au chagrin qu'aura Vassili en recevant la lettre qu'il a rédigée la veille. Alexandra était sa fille préférée, il l'appelait son bouton de rose et sa mort lui fera plus de mal qu'à n'importe qui d'autre. Armand n'a pas su la rendre heureuse comme il l'avait promis, il l'a tuée. Il se sent comme un meurtrier en marchant derrière le cercueil.

Derrière lui, sa mère et sa sœur Aude, rentrées de Paris le matin même, marchent doucement sans cesser de penser. Aude remercie le Seigneur d'avoir laissé vivre l'enfant, et elle se retient avec peine de ne pas le remercier d'avoir tué Alexandra. Ce matin, son frère est venu la trouver pour lui demander de rester auprès de lui pour élever l'enfant.

– Elle aura besoin d'une femme, Aude, et je n'ai que vous et mère.

– Resterez-vous veuf mon frère ?

Armand ploie sous le choc de cette question qui lui paraît plus que sacrilège en un tel moment.

– Je me demande Aude, si j'ai raison de vous faire confiance.

– Il faut me comprendre mon frère, si je sacrifie ma vie pour cette enfant et que dans dix ans vous décidez de vous remarier, je n'apprécierai pas trop que votre nouvelle femme me mette à la porte.

– Que proposez-vous alors ?

– Il faut me promettre de ne pas vous marier… au moins jusqu'à ce que l'éducation d'Alexandra soit terminée.

– Très bien, vous avez ma parole.

Aude s'en va dignement en maîtrisant sa joie. C'est une femme dure et sèche. Elle n'a que vingt-sept ans et en paraît dix de plus. Armand n'a pas compris qu'elle détestait sa femme, mais que grâce à la petite fille, elle pourra prendre une revanche sur la vie.

– Chère, très chère enfant, pense-t-elle en suivant le cortège funèbre, dire que je ne t'aurais même pas regardée si ta mère était en vie !

Constance, la mère d'Armand, est réellement triste. Cette jeune femme russe qu'elle n'a presque pas connue, lui paraissait douce et gentille. Son fils avait l'air vraiment amoureux et même si elle l'avait trouvé d'abord un peu fantasque d'épouser cette étrangère, elle avait vite compris en les voyant, qu'un fort lien les unissait. Et puis Alexandra avait l'air d'un ange même si Aude affirmait le contraire. Cette dernière ne supportait pas la femme de son frère, aussi Constance l'avait-elle emmenée à Paris pour qu'elle se calme. Aude lui enviait sa beauté, sa grâce et bientôt sa grossesse. Elle lui rappelait trop ce qui lui manquait et où elle avait échoué. Elle est un peu inquiète de savoir qu'Armand lui a demandé de l'aider à élever sa fille.

– J'espère qu'elle l'aimera un peu, pense-t-elle tristement.

Elle regarde le dos de son fils, il se tient droit et ne verse pas une larme.

– Il est fort, se dit-elle encore, il ne laissera jamais personne faire du mal à la petite Alexandra.

Elle ne peut s'empêcher d'espérer qu'un jour son fils trouvera une autre femme. Derrière la famille du Pommeau Desbally, c'est tout un village qui suit, silencieusement.

Après la messe, on se rend dans le petit cimetière qui se serre entre l'église et les maisons du bourg. Le caveau de famille des châtelains se trouve ici, ils n'ont jamais souhaité s'isoler de leurs paysans. Alexandra a une plaque marquée en russe et en breton mais ce qui fait encore plus mal, ce sont ces deux dates sans appel : 1822-1840. À peine dix-huit ans… Une fois le cercueil mis en terre, Armand rassemble ses dernières forces et invite le village au château, où un buffet sera servi. C'est une tradition et malgré leur tristesse pour le comte, les gens sont secrètement heureux de pouvoir entrer dans la vieille bâtisse qui fait partie de l'histoire de leur village. Surtout qu'on se demande ce qui a bien pu changer depuis l'enterrement du « vieux », c'est-à-dire le père d'Armand. Depuis son retour de Russie, la nouvelle de la fortune du jeune comte a largement fait le tour des fermes et alimenté le sujet de bon nombre de veillées.

Marie se sent mal au milieu de la foule. Elle a l'impression d'étouffer et attend avec impatience de pouvoir rentrer chez elle. Elle a décidé qu'elle n'irait pas au château car cela lui fend le cœur de voir le chagrin d'Armand. Elle rentre seule sur le chemin et ne cesse de pleurer. Elle se sent lâche.

– Il ne remarquera même pas mon absence, pense-t-elle pour se rassurer.

Dans le doute, elle décide de retenir cette solution.

– Tant pis ! dit-elle tout haut. De toute façon ça ne changera plus rien pour cette pauvre femme.

Elle essuie ses larmes et entre chez elle où Léna l'attend. Elle a gardé les petits durant l'enterrement et Marie sait qu'elle va lui poser mille questions désagréables pour obtenir les détails de la sordide cérémonie.

Durant les jours qui suivent, Marie effectue ses tâches comme un automate. Elle d'habitude si adroite, ne cesse de renverser ou de casser. Les journées lui paraissent longues et elle ne se sent bien que dans son lit, même si elle ne ferme l'œil de la nuit. Elle sait que sa mère lui en veut de ne pas avoir été au château pour porter ses condoléances à Armand, mais Isabelle n'a rien dit. Elle lui parle moins et va tous les jours chez Pierrette voir les deux petites filles. Yann n'a pas remarqué l'absence de sa femme lors de la veillée mortuaire au château. Il trouve normal qu'elle soit rentrée s'occuper de leurs enfants. Il ne voit pas plus, au fil des jours, le malaise grandissant qui habite Marie. Petit à petit, cette dernière comprend qu'elle doit aller affronter Armand. Elle doit lui parler et surtout lui dire combien elle est désolée. Sans cela, elle ne trouvera plus le repos.

Dès le lendemain, elle se lance à sa recherche. Elle prétexte une soi-disant visite chez une amie qu'elle n'a pas vue depuis longtemps. Isabelle plisse les yeux mais Yann est bien trop occupé à penser au printemps qui approche pour se méfier. Sur le chemin qui s'enfonce dans la grande forêt, elle pense à chaque pas, à faire demi-tour.

– Quelle folie me pousse ainsi… commence-t-elle tout haut.

Le vide autour d'elle, malgré les arbres, l'impressionne et elle se tait.

– Si on m'entendait, pense-t-elle, on me prendrait pour une folle.

Elle sait, pour l'avoir entendu d'Allan, qu'Armand est chaque jour à la chasse. Elle ne devrait pas être ici. C'est très dangereux car s'il la prend pour du gibier… Cela ne l'incite pas davantage à faire demi-tour. Ses sabots s'enfoncent dans la terre humide et ses jupes traînent derrière elle. Elle a froid malgré sa course, la peur la transperce et elle commence à fatiguer. Enfin, au bout d'un moment, elle entend des chiens. Elle tente de courir, mais ses pieds refusent de lui obéir et s'enfoncent chaque fois un peu plus dans la masse boueuse.

– Nom de Dieu ! blasphème-t-elle. Excusez-moi mon Dieu, je ne voulais pas jurer, reprend-elle en exécutant un signe de croix.

Les aboiements approchent.

– Pourvu qu'il soit seul, pense-t-elle.

S'il est accompagné, Yann risquerait d'apprendre son escapade, et puis que dirait-elle à Armand en présence d'autres personnes ? Elle entend enfin sa voix, s'arrête et attend. Les chiens vont forcément le mener jusqu'à elle. Elle est pétrifiée lorsque les trois truffes humides viennent lui sentir les mains en grognant. Armand se débat avec des branches un peu plus loin, il râle un moment et se dégage enfin.

– Marie ? Que fais-tu là ?

– Je dois te parler, Armand.

Elle voit ses traits se crisper d'angoisse et comprend qu'il craint une catastrophe.

– Que se passe-t-il, Marie ? Il y a eu un malheur chez Pierrette et on t'envoie ?

Elle s'en veut aussitôt de ne pas avoir pensé au choc que pourrait lui causer sa visite.

– Non, Armand. Tout va bien chez Pierrette, ne t'inquiète pas. Ma mère a vu ta fille tout à l'heure. Il n'y a aucun problème. Je suis désolée de te causer cette frayeur, je veux juste te parler.

Il se détend et appelle enfin ses chiens qui viennent se coucher docilement à ses pieds. Marie ne sent plus le froid, c'est autre chose qui la paralyse : l'émotion.

– Je t'écoute, Marie…

– Je suis venue réclamer ton pardon, Armand.

Il semble aussi surpris qu'agacé.

– Je veux d'abord te dire que je suis vraiment triste pour toi… pour ta femme. Et pour ta petite Alexandra, aussi.

Il est nerveux à présent et Marie s'en veut de lui faire mal. Elle continue pourtant devant son silence.

– Je ne suis jamais venue lui parler.

– Je sais. Elle en a beaucoup souffert. Et moi aussi.

Marie se sent mal. Armand la regarde sans chaleur et elle hésite sur la conduite à tenir. Doit-elle continuer ?

– Elle était vraiment très belle.

– Mais elle était surtout très gentille et je suis sûr que vous vous seriez bien entendues toutes les deux. Pourquoi me dis-tu tout ça ?

– Parce que je m'en veux. Je m'en veux de ne pas être venue la saluer, je m'en veux de ne pas être venue au château te présenter mes condoléances et te dire combien j'ai du chagrin pour toi… et je m'en veux d'avoir eu de si vilaines pensées. Peut-être que si elle est morte, c'est ma faute, je lui ai lancé le mauvais œil et…

– Tu n'y es pour rien Marie, la coupe Armand dont la souffrance devient intolérable. Nous avions déjà perdu notre premier enfant, j'aurais dû la laisser. C'est mon orgueil qui l'a tuée à vouloir à tout prix une descendance.

– Tu l'aimais tellement, Armand ! Et elle aussi ! Ça se voyait. Ne mélange pas l'amour et l'orgueil.

Il observe Marie un instant, et lui demande :

– Quelles étaient tes vilaines pensées ?

– Ne me le demande pas.

Elle se retourne pour s'enfuir mais en deux enjambées il la retient. Elle n'ose le regarder mais il lui lève doucement le menton.

– Réponds-moi, Marie.

– Pourquoi veux-tu savoir ? Ça ne changera rien de toute façon.

Le regard insistant d'Armand ne la lâche plus. Elle comprend que c'est presque un ordre.

– Sais-tu qu'à la mort de mon père, j'ai accepté d'épouser Yann pour rester à la ferme ? Ton père est venu me voir pour me parler. Il m'a dit qu'il ne voulait pas nous mettre dehors mais qu'il fallait se rendre à l'évidence, nous n'étions pas capables, ma mère, Jeanne et moi, d'exploiter convenablement les terres. Il m'a dit de me trouver un mari. Un gars sérieux. Yann m'a fait sa demande à ce moment-là… et j'ai accepté.

– Tu l'aimais Marie, n'est-ce pas ?

– Non, Armand. Je n'avais qu'un seul homme en tête et il remplissait entièrement mon cœur. Nul autre que lui n'y a jamais eu sa place.

Armand s'éloigne d'elle.

– Tu t'es sacrifiée pour mettre ta famille à l'abri ?

Elle ne répond pas. Ses yeux s'écarquillent et il demande encore :

– Cet homme… dans ton cœur… Qui est-ce ?

– Celui que j'ai choisi enfant.

Il recule encore, balbutie des mots incohérents. Elle se met à pleurer en le voyant si perdu. Elle lui tend la main, il l'attrape et la tire jusqu'à lui. Il la serre alors dans ses bras.

– J'étais morte de jalousie, Armand. Je suis désolée, tellement désolée. Je n'ai jamais souhaité qu'il t'arrive cette horreur. Elle, je ne la détestais pas mais je l'ai tellement enviée, si tu savais.

– Je sais, répond-il en la berçant. Calme-toi maintenant et arrête de t’excuser. Tu n’y es pour rien.

Il essuie tendrement ses larmes, lui caresse les cheveux et sans que rien ne le présage, il l’embrasse sur les lèvres. Marie est un peu surprise mais se laisse faire. Elle a attendu ce baiser toute sa vie et elle ne pense même pas qu’elle devrait l’arrêter. Au contraire, elle se laisse complètement aller dans les bras d’Armand. Il la caresse d’abord timidement mais cela ne dure pas. La situation bascule subitement. Il ouvre son corsage et caresse la belle poitrine généreuse. Il se baisse pour en mordiller les bouts roses et Marie s’accroche à lui pour ne pas hurler de plaisir. Il l’attrape sans plus attendre, remonte ses jupons crasseux et la bloque contre un arbre. Il descend son pantalon et elle monte une jambe contre la sienne pour sentir le contact de sa peau. Ils se regardent une seconde, cette petite seconde qui peut encore tout changer. Mais ni l’un, ni l’autre ne font un geste et il la prend à cet instant.

– Marie ?

– Oui, Armand ?

– Tu ne regrettes rien ?

Elle rajuste ses vêtements et le regarde.

– Non, Armand. J’ai vécu jusqu'à aujourd’hui pour vivre ce moment et je ne le regretterai jamais.

Armand, lui, ne sait que penser. Il s’est conduit comme une bête et comprend que son désir d’homme a pris le pas sur ses pensées.

– Je me suis mal conduit envers toi. Je t’ai prise comme un sauvage. Ne me dis pas que c’est ce que tu attendais de moi ?

Il est assis sur une souche et se prend la tête dans les mains. Elle le rejoint et s'accroupit devant lui.

– Je me suis aussi mal conduite que toi, tu sais. Je pouvais dire non et tout mon corps ne disait que oui. Je t'aime Armand. Et je n'aimerai que toi, toute ma vie. C'est ainsi et personne n'y peut rien. Mais si tu regrettes ce qui vient de se passer, s'il te plaît, ne me dis rien.

– Mais je ne regrette rien, Marie !

– Alors tout va bien, répond-elle en se relevant.

Il se lève à son tour.

– Comment peux-tu être si sereine ?

– Je ne suis pas sereine, Armand, je suis heureuse, voilà tout !

– Et Yann ?

– Quoi Yann ? Il n'est pas là que je sache ? Je vais vivre toute ma vie à côté d'un homme que je n'aime pas, c'est suffisant je crois !

– Tu sais ce que je veux dire.

– Yann ne saura jamais.

– Je l'espère.

Lorsqu'elle s'en va, il reste seul quelques instants. Il pense à Alexandra. Il s'en veut de lui être déjà infidèle. Puis il pense à Marie et il se pose une question. Une seule question. Est-ce que ce serait arrivé si Alexandra était toujours en vie ? La réponse est oui et il le sait. Un jour ou l'autre, Marie et lui auraient eu une histoire ensemble, malgré l'amour qu'il portait à sa femme. Le trouble qu'il ressent à chaque fois qu'il se trouve en sa présence, lui prouve qu'il n'a pas oublié la petite fille qu'il aimait tendrement. L'amour qu'il a pour elle n'a jamais été fraternel comme il voulait le croire, mais bien celui qu'un homme porte à une femme. Il comprend mieux pourquoi il l'a prise ainsi tout à l'heure. C'était bien un désir refoulé qu'il laissait enfin éclater dans toute sa sauvagerie. Il se sent mieux lorsqu'il décide de rentrer chez lui.

– Aimer deux femmes, pense-t-il, c'est magnifique, mais l'une vient de mourir et l'autre est déjà mariée… Connaîtrai-je un jour, un bonheur tout simple ?

Il sourit en pensant à Alexandra et lui demande de veiller sur lui depuis le paradis, où il ne doute pas qu'elle ait trouvé une place parmi les anges.

Elle le rejoindra six fois. Six merveilleux moments qu'ils passent dans une cabane de chasse. Ni l'un, ni l'autre ne sont assez raisonnables pour cesser cette relation. Marie déborde de bonheur mais ne laisse plus son mari la toucher, au début du moins. Yann a fini par piquer une crise et se pose des questions. Marie préfère rester sourde aux remontrances de son époux et ne pense et ne vit plus que pour son amant. Armand a des doutes dès qu'il quitte Marie, mais dès qu'il la retrouve, il se réfugie dans l'amour qu'elle lui porte, et cela lui fait oublier durant quelques heures son veuvage trop récent. Leur histoire dure deux mois à peine et Armand ne s'attend pas du tout à ce que Marie va lui annoncer ce matin-là.

– Je ne peux plus venir Armand. C'est la dernière fois que nous nous voyons ainsi.

Armand panique un peu devant son air calme.

– Que se passe-t-il ?

– Je suis enceinte.

Il se retient au mur de la cabane et attend que Marie continue.

– Cela fait quelques jours que je m'en doute et j'en suis certaine depuis hier. Après notre dernière rencontre, j'ai repris certaine relation avec Yann… au cas où.

– Tu rougis comme une gamine, Marie ! Il est ton époux, je te le rappelle !

Il lui parle brusquement et s'en veut aussitôt devant le regard blessé de sa maîtresse.

– C'est difficile pour moi de te dire ça, voilà pourquoi je rougis, Armand.

– Excuse-moi, Marie. Je ne voulais pas te parler ainsi, mais quelle folie aussi t'a poussée à cesser ton devoir conjugal envers Yann ?

– Je ne pensais qu'à toi, je ne pouvais plus… C'était au-dessus de mes forces.

– Sais-tu depuis quand tu es enceinte ?

– Je crois que ce bébé a été conçu dans la forêt… la première fois que nous… nous sommes rencontrés.

Armand calcule et prend peur.

– Il y a déjà deux mois ?

– Oui, j'en suis quasiment sûre.

– Depuis quand… toi et Yann… ?

– Il y a une semaine maintenant.

– Mon Dieu, Marie, tu te rends compte de ce que cela veut dire ? explose Armand.

Marie sanglote doucement mais reste sereine devant sa colère.

– Comment vas-tu expliquer à ton mari que l'enfant va arriver avec deux mois d'avance ? Quelle folie, mais pourquoi n'as-tu pas continué bon sang ! Tu devais te protéger !

– J'avais l'impression de te tromper !

– Mais ce n'est pas moi qui suis trompé, le cocu dans l'histoire, c'est ton mari !

– Je m'en fiche, Armand ! Je me fiche de tout ! Je savais que nous devrions arrêter de nous voir, un jour ou l'autre ! Je ne serai jamais ta femme mais j'aurai ton enfant et je trouve ça merveilleux, quoique tu en penses, ou Yann ou n'importe qui d'autre.

Il la prend dans ses bras et ils restent ainsi quelques instants. Juste le temps de se calmer.

– J'ai peur pour toi Marie, c'est pour ça que je me suis emporté.

– Ne t'inquiète pas pour moi. Tout ira bien.

Elle a vraiment l'air sûre d'elle, pense Armand, très impressionné. Une autre à sa place, dans cette situation plus que délicate, aurait hurlé, pleuré… Mais Marie reste toujours aussi calme.

– Comment pourrai-je intervenir dans la vie de… notre enfant ? demande-t-il.

Elle semble surprise par la question et pour la première fois, il aperçoit un doute dans son regard.

– Je ne comprends pas. Que veux-tu faire ?

– Choisis-moi comme parrain !

Il semble heureux d'avoir trouvé une solution. Au fond de lui, il sent qu'il souhaite cet enfant autant qu'il voulait sa chère petite Alexandra.

– C'est un cadeau inespéré que tu me fais là, Marie. Nous ne nous verrons plus comme aujourd'hui, alors promets-moi d'intervenir autant que tu le pourras afin que je puisse faire sa connaissance.

Elle s'éloigne de lui brusquement.

– C'est impossible ! Tu dois oublier cet enfant ! C'est Yann le père !

Elle est hystérique et Armand la regarde sans comprendre.

– Calme-toi Marie !

– Yann devinera tout de suite !

– Mais pourquoi ? Je suis un ami de la famille après tout !

– Non, tu es le comte du Pommeau Desbally !

– Tu ne pensais pas ça quand tu étais dans mes bras.

Elle rougit encore et il comprend qu'elle est morte de peur. La façade qu'elle affichait au départ, s'effrite doucement et laisse entrevoir ce qu'elle endure vraiment : une vraie panique.

– N'en parlons plus, Marie. Rentre chez toi maintenant, il est temps.

Elle va finir pas se sentir mal, pense-t-il. Elle le regarde une dernière fois et s'enfuit plus qu'elle ne le quitte. Une fois à l'abri, Marie s'écroule par terre, la tête sur les genoux. Elle pleure ainsi quelques minutes. Le calme qu'elle avait réussi à conserver cache une profonde déchirure. La conversation avec Armand la laisse pantelante, et elle a bien failli craquer à plusieurs reprises. Il l'a deviné de toute façon, elle le sait bien. C'est pour ça qu'il lui a dit de partir ainsi. Plus jamais elle ne se trouvera dans ses bras, plus jamais elle ne sentira l'odeur de sa peau… Plus jamais… Elle se relève et s'en va, ne se doutant pas que tout ce temps-là Armand était à quelques mètres d'elle. Il a compris en voyant sa détresse qu'il ne doit pas l'approcher, pourtant il aurait tellement voulu la prendre une dernière fois dans ses bras ! Lorsqu'elle repart, il serre les poings et attend un instant avant de reprendre, lui aussi, son chemin.

Les mois qui vont suivre, Marie les vit dans un état second. Tout le monde attend la venue de l'enfant pour le début de l'année 1841 et elle est certaine à présent qu'il viendra avec beaucoup d'avance. Yann était très heureux lorsqu'il apprit cette nouvelle grossesse. Il s'est posé bon nombre de questions durant les semaines qui ont précédé. Marie n'était plus la même femme, ni avec lui, ni avec les enfants. Elle refusait même de se plier à ses assauts.

– Cet enfant va remettre les choses dans l'ordre, pense-t-il.

Marie, elle, est très émue par la réaction de Yann. Lorsqu'elle a annoncé cette nouvelle grossesse, il l'a prise dans ses bras devant les autres, qui sont restés fort surpris par cette démonstration de tendresse. Marie en vient même à regretter cet enfant qu'elle a tant désiré et se montre mal à l'aise devant l'affection et le regard attentif de son mari. Pour aucune de ses précédentes grossesses, il n'avait montré tant de gentillesse. Isabelle, sa mère, regarde son ventre un peu trop rond mais ne dit rien. Elle attend de voir si ses soupçons se confirment.

À la fin du mois d'octobre, alors que Marie se trouve dans l'étable, elle sent une douleur significative. Elle ne bouge plus et se met à trembler.

– Attends encore un peu bébé ! S'il te plaît… Ne vient pas en avance en plus !

L'alerte passe, comme si le bébé l'avait entendue. Il ne lui laisse cependant pas beaucoup de répit : une semaine plus tard, Marie sait que cette fois son enfant n'attendra plus. Elle ressent les premières douleurs devant le puits. Elle lâche son seau rempli d'eau qui tombe avec fracas et roule jusqu'au milieu de la cour. Sa sœur, Jeanne, alertée par le bruit, accourt aussitôt.

– Que se passe-t-il, Marie ? Tu ne te sens pas bien ? Je t'avais dit aussi que ce seau était trop lourd pour toi !

– Non, Jeanne, ce n'est pas le seau. C'est le bébé. Il arrive.

Tout en disant cela, elle sent un liquide qui glisse entre ses cuisses.

– Mais c'est trop tôt, Marie ! Il ne peut pas déjà… Oh ! Mon Dieu ! crie-t-elle en apercevant la terre qui se mouille autour des jupes de sa sœur.

Elle ramène précautionneusement Marie vers la maison. Isabelle vient l'aider dès qu'elle les aperçoit. Elles la couchent, et Jeanne part chercher Yann, en ayant pris soin au préalable d'allumer un cierge pour conjurer le mauvais sort.

– C'est trop tôt, répète-t-elle encore une fois, en sortant de la maison.

Isabelle ne dit rien. Elle s'occupe de Marie, comme lors de ses précédents accouchements.

– C'est trop tôt, Maman, dit-elle d'une voix de petite fille.

– Pas à moi Marie ! répond-elle brusquement. Comment vas-tu expliquer ce gros bébé à venir ?

– J'ai dû être enceinte plus tôt que je ne croyais…

– Vraiment ? lui crie sa mère en s'approchant du lit.

– Pourquoi pas ? D'ailleurs, ça ne peut être que ça puisque j'accouche en avance.

Isabelle lui envoie une gifle.

– Pas à moi, je te le répète. J'espère que ton mari te croira et qu'il ne se souviendra pas de tes escapades !

– Quoi ?

Marie est au bord des larmes. Elle a peur. Si peur qu'elle s'enfonce de plus en plus profondément dans les couvertures, comme pour disparaître.

– Tu es une sotte ma fille ! Je t'avais pourtant prévenue ! Yann s'est rendu compte de tes absences, il est même parti à ta recherche une fois !

Marie est livide et ne ressent même plus la douleur.

– Heureusement, il ne t'a pas trouvée.

– Mais il ne m'a rien dit…

– Il était dans une rage folle et j'ai pu le calmer en prétextant que je t'avais envoyée chercher une herbe dans la forêt.

– Pourquoi tu ne m'as rien dit, toi ?

– Parce que j'ai compris cette fois-là, en voyant ton visage, que c'était fini. Trop tard, mais fini. J'espère au moins que tu as pris la précaution d'assurer ton devoir d'épouse durant cette… période.

Marie ne répond pas et regarde fixement les flammes qui dansent dans le foyer. Isabelle comprend aussitôt.

– Dieu te vienne en aide ma fille car je ne pourrai rien pour toi, cette fois. Tu as négligé trop de choses, Marie mais j'en vois une en particulier : ton mari est loin d'être un idiot !

Le travail commence peu après et Marie ne souffre pas beaucoup. Ça n'a jamais été difficile pour elle de toute façon. Les pleurs d'enfant remplissent la pièce et Isabelle annonce :

– C'est une fille.

Jeanne apporte à Marie un verre de vin chaud pour qu'elle récupère des forces. Elle se demande où est Yann.

– Yann attend dehors, il se demande si tout va bien pour le bébé, il est très inquiet.

– Tout va bien, intervient Isabelle. Mais qu'il attende quelques instants avant d'entrer.

Jeanne vient se pencher sur le berceau pour voir la petite fille.

– Mais elle est finie ! Enfin, je veux dire, elle est…

– Oui, Jeanne, elle l'est !

Elle emmaillote le bébé en lui emprisonnant bras et jambes.

– Pas besoin de lui corriger la tête, elle est très belle, dit fièrement Jeanne qui ne semble pas ressentir la tension qui règne dans la pièce. Je crois bien que je n'ai jamais vu plus belle enfant !

Isabelle s'approche de Marie et lui dit doucement :

– Je crois que ton mari et tes enfants peuvent entrer à présent. Je l'ai bien ficelée, on verra peut-être moins à quel point cette enfant est bien finie !

Jeanne prend l'alliance de Marie, la trempe dans du vin et en donne quelques gouttes au bébé :

– Te voilà protégée des coliques et du mauvais œil !

Yann et les garçons entrent tout penauds dans la pièce. Ils dansent tous les trois d'un pied sur l'autre. En voyant sa « fille » Yann ne dit rien et semble prostré.

– Elle est belle n'est-ce pas ? continue Jeanne joyeusement. Regardez les garçons, c'est votre petite sœur !

Ils la regardent distraitement et retournent, tout heureux, jouer dans un coin. Marie se force à manger la soupe au lard qui est censée la remettre vite d'aplomb. Elle sait que Yann a compris. Il n'a toujours pas bougé. Soudain, il regarde sa femme.

– Sortez tous…

– Comment ? lui demande Jeanne.

– Sortez ! crie-t-il.

Isabelle et Jeanne attrapent les enfants et sortent rapidement.

– Yann… commence Marie, inquiète par son nouveau silence.

– Ne me parle pas, traînée ! Il s'approche du lit, la prend violemment par sa chemise qui ne résiste pas. Tu m'as trahi, n'est-ce pas ?

– Je t'assure que…

– Tais-toi ! Je m'en doutais, vois-tu ? Mais j'attendais d'être sûr…

La tristesse et la colère déforment ses traits et Marie pleure doucement.

– Tu ne te défends pas, hein ? Non, bien sûr. Tu ne peux pas.

Il la relâche comme si elle avait la peste.

– Alors ? Il baise bien le châtelain ?

Marie est au bord de la crise de nerfs. C'est encore pire que ce qu'elle avait imaginé.

– Je t'en prie, Yann…

– Rien du tout, roulure !

Il lui envoie une gifle. Yann s'est éloigné du lit et Marie voit ses épaules qui tremblent de rage. Marie regrette tout en cet instant car elle comprend qu'il va lui rendre la vie impossible. Cette enfant lui rappellera chaque jour sa faute mais aussi le bonheur qu'elle a connu dans les bras d'Armand. Elle voudrait tant qu'il soit à ses côtés pour partager cette grande joie.

– Tu l'appelleras Blanche, reprend-il. Je veux au moins que cette enfant ait quelque chose de moi !

Il sort en claquant la porte. Et presque aussitôt, Isabelle, Jeanne et les deux garçons entrent.

– Tout va bien ? demande Isabelle, visiblement inquiète.

– Oui, oui ! Bien sûr ! répond Marie, d'une voix qui sonne faux. Il avait simplement envie d'être avec moi pour me remercier de lui avoir fait cette jolie petite fille ! Je crois qu'il en est déjà fou !

– Vous m'avez fait peur, continue Jeanne soulagée. J'ai cru qu'il était en colère.

Marie se retient de pleurer.

– Avez-vous choisi une marraine ? demande avidement Jeanne en prenant l'enfant contre elle.

– Pourquoi pas toi ? lui répond Marie qui voudrait qu'elle se taise.

Jeanne rougit de contentement.

– Oh ! Oui ! J'aimerais beaucoup.

– Alors, c'est dit.

– Je me demande comment je vais l'appeler ? se demande Jeanne qui sait que la coutume veut que ce soit le parrain et la marraine qui choisissent le prénom.

– Elle s'appellera Blanche, tranche Marie. Yann veut qu'il en soit ainsi, alors n'en parlons plus.

– Mais…

Jeanne est déçue qu'on lui retire ce privilège.

– S'il te plaît Jeanne, je suis fatiguée…

– Allons Jeanne, cesse d'insister, la réprimande Isabelle. Ta sœur est épuisée. Dois-je te rappeler qu'elle vient de mettre cette enfant au monde ? Et puis, arrête de la secouer comme ça, et pose-la dans son berceau !

Jeanne est vexée mais elle s'exécute. Elle n'oublie pas cependant de déposer son chapelet à côté de Blanche.

– Tu n'es pas encore baptisée, c'est pour ça que tante Jeanne te prête son chapelet. Il éloignera les démons, mon ange.

Elle lui caresse la joue et s'éloigne pour s'occuper des garçons, un peu jaloux que cette petite sœur fripée accapare déjà leur « tantine ».

Yann ne cesse de réfléchir sur le chemin qui le mène au château. Il pourrait bien en vouloir à Armand ou tuer sa femme pour ce qu'elle lui a fait, mais son esprit fourbe lui répète que c'est une aubaine pour lui. Tout le monde au village sait que le comte est encore sous le coup de son récent veuvage. Pas un seul jour sans qu'il n'aille se recueillir sur la tombe de sa femme.

– Une vraie femelle, cet homme-là !

Yann est fier de lui finalement car il décide de profiter de la situation. Il ressent juste un petit pincement au cœur. Sa femme l'a trahi ! Il la croyait plus docile et moins passionnée.

– Quelle déception, pense-t-il encore. Elle me le paiera, de toute façon…

Avant de frapper à la lourde porte, il se force à effacer son sourire de contentement et arbore un masque tragique. Armand arrive rapidement, et devant la mine décomposée de Yann, il croit qu'il est arrivé un malheur.

– J'ai eu une petite fille, Monsieur le Comte.

Armand comprend aussitôt, comme Marie avant lui, que Yann connaît la vérité. Il ne dit rien et attend de savoir ce que lui veut son métayer. Il ne s'attend pas à recevoir un coup-de-poing magistral qui lui fend la lèvre et l'envoie au milieu de la pièce, un peu assommé.

– Je veux que vous soyez le parrain, reprend Yann comme si rien ne s'était passé.

Un homme en uniforme arrive pour aider son maître, mais Armand le renvoie.

– À une seule condition, continue Yann. C'est qu'elle s'appelle Blanche.

Blanche comme la pureté, pour effacer l'acte odieux qu'ils ont commis. Armand a compris l'allusion, il ferme les yeux pour se reprendre.

– Cet homme est très intelligent pense-t-il, alors pourquoi, s'il a deviné, me veut-il comme parrain ?

– Pourquoi me choisissez-vous ? ose-t-il demander en essuyant sa lèvre pleine de sang.

– Elle n'a pas demandé à être là… Vous avez de l'argent, vous pourrez l'aider dans la vie, voilà tout.

Ses mains se crispent et le démangent de recommencer à taper. Décidément, il déteste cet homme.

– Nous la baptisons demain, si vous acceptez, ne soyez pas en retard.

Yann s'éloigne déjà, quand Armand le retient.

– C'est un grand honneur que vous me faites là, Yann.

– Laissez-moi partir, dit-il en se dégageant, et ne me parlez pas d'honneur. Faites ce qu'il faut pour VOTRE fille, c'est tout ce que je vous demande. Maintenant qu'elle est là, il va falloir assumer vos actes. Et n'approchez plus ma femme !

Il s'en va en claquant la porte, fier de la comédie qu'il vient de jouer et trop heureux d'avoir pu le frapper. Armand reste planté au milieu de l'entrée et il n'entend pas les pas discrets de sa sœur Aude qui a tout écouté depuis l'étage, cachée derrière une tenture.

Le lendemain a lieu le baptême. Jeanne et Armand se tiennent le bras comme il se doit et suivent Isabelle qui tient l'enfant. Armand tremble d'émotion. La vieille dame est venue lui présenter le bébé et son regard lui a clairement fait comprendre qu'elle sait. Elle lui a dit avant de le laisser :

– Je veillerai sur elle comme j'ai veillé sur toi.

Il n'a réussi qu'à lui répondre un vague « merci » étranglé. Son cœur est déjà gonflé d'amour pour cette petite fille. Il sait cependant que les intentions de Yann ne sont pas innocentes. Un jour viendra où il montrera son vrai visage, mais pour le moment il s'en moque, trop heureux d'être au moins son parrain.

Jeanne, elle, ne se doute de rien et suit naïvement la cérémonie. Elle est fière d'être la marraine de Blanche au même titre qu'Armand, et rien ne peut la soustraire à ce bonheur.

Isabelle est restée très surprise lorsque Yann a annoncé qu'Armand serait le parrain de la petite. Elle a bien cru tout d'abord que Marie allait s'évanouir sous le choc, mais le discret sourire de satisfaction qu'elle affichait ensuite, prouve qu'elle est heureuse.

Dans le village, tout le monde les envie d'avoir un parrain aussi prestigieux pour un de leurs enfants. À la sortie de l'église, Armand lance une grosse poignée de pièces aux enfants et ils s'en vont à l'auberge. Il a organisé un repas en l'honneur du baptême. Certaines commères viennent féliciter Isabelle, l'œil torve :

– Tu peux être fière que le comte soit le parrain de la petite… Tu ne l'auras pas nourri pour rien !

Toujours les mêmes phrases, les mêmes mots… Au bout de quelques minutes, Isabelle ne les entend plus et regarde Armand et Yann. Le bon vin aidant, la tension qui pèse sur la fête s'estompe enfin. Armand tend les bras et reçoit Blanche. Jeanne la dépose doucement pendant que Yann, les yeux noirs, s'éloigne comme écœuré par la scène. Armand ne s'en aperçoit même pas ! Il couve le bébé du regard et lui parle doucement. Ce qu'il lui dit ? Isabelle ne le sait pas mais elle regrette que Marie ne soit pas présente pour assister à ce tête-à-tête chargé d'émotion.

– Quel homme exceptionnel, pense-t-elle en le voyant murmurer et sourire. Fort comme un homme et doux comme une femme…

Elle songe ensuite au prénom de l'enfant : Blanche. Celui-ci nettoiera-t-il l'adultère qui pèse sur sa naissance ? En les voyant ainsi réunis, Isabelle sait qu'en tout cas, cette petite ne manquera jamais d'amour.

CHAPITRE III
1850

– Laisse-moi tranquille ! crie la petite fille.

Pierre lui tire une dernière fois les cheveux et court vers l'étable pour se cacher.

– Maman ! Maman ! appelle-t-elle. Pierre m'embête. Il n'arrête pas de me tirer les cheveux.

– C'est bien de ta faute, lui répond Marie. T'as qu'à les nouer !

Blanche ne dit rien et subit cette injustice. Sa mère est parfois dure avec elle, plus qu'avec les autres peut-être mais étrangement, elle semble l'aimer beaucoup plus aussi. Elles ont une relation spéciale toutes les deux et Marie ne peut s'empêcher de faire une différence entre Blanche et ses autres enfants. C'est pourquoi elle est quelquefois trop exigeante envers sa fille, elle a l'impression qu'en agissant ainsi, on verra moins la particularité du lien qui les unit.

Blanche a eu dix ans cette année, et son caractère ne cesse de s'affirmer. Certains la trouvent mauvaise, arrogante et trop intelligente pour son âge.

– C'est une maligne ! disent-ils.

D'autres pensent que c'est un ange.

– Elle est si douce, si prévenante.

Personne n'est d'accord à son sujet. Ce qui est certain par contre, c'est qu'on ne peut s'ennuyer en sa présence ! Elle est vive, effectivement très intelligente et possède déjà une maturité inhabituelle chez une petite fille de dix ans à peine. Elle est d'un naturel joyeux et arbore du matin au soir un sourire bienheureux, effectuant toutes les tâches qui lui sont assignées avec bonne humeur. Elle aime les gens qui l'entourent et leur octroie mille et une petites attentions : un bouquet de bruyères pour sa mère, quelques plantes médicinales assez rares pour sa grand-mère Isabelle, des plumes pour chatouiller le nez de ses frères et sœurs… Mais celui qu'elle aime par-dessus tout, c'est son père. Elle lui voue un culte qui ne fait pas rire tout le monde. Sa mère et sa grand-mère savent très bien pourquoi Yann est beaucoup plus doux avec Blanche. Elle lui est très précieuse parce qu'à l'inverse de ses propres enfants, elle a au moins une valeur marchande.

– T'en fais pas pour ça Marie, la rassure sa mère. Ça lui évite bien des méchancetés de la part de Yann !

– Je sais et tant mieux pour elle. Mais les autres lui en veulent parfois.

– Ils savent bien qu'elle n'y est pour rien. Tu sais qu'on l'aime tous notre Blanche.

– C'est vrai. Mais je rêve parfois que Yann se comporte de la même façon avec ses propres enfants.

– Ne rêve pas trop ma fille ! Ça fait souvent du mal. N'espère pas qu'il change. Il est trop cupide !

Marie pense toujours à Armand. Elle est parfois un peu dure avec leur fille mais c'est parce qu'elle est le portrait de son père, et certains jours, c'est très difficile à supporter. Yann ne s'est pas arrangé avec les années, au contraire. Et malgré les trois nouvelles grossesses de Marie, il porte toujours sur elle le même regard accusateur. Geoffroy, Emma et Pauline, la dernière-née, n'ont pas réussi à l'adoucir et il se désintéresse totalement d'eux.

De son côté, Yann aime bien la petite Blanche. Elle flatte son orgueil car elle est la plus jolie de ses enfants. Les gens du village lui disent souvent :

– Elle est vraiment belle cette petite, le Yann ! Tu l'as pas ratée !

Elle l'intrigue par ses manières raffinées et il se demande comment elle a pu apprendre ça dans sa ferme. Et puis il n'aime rien tant que voir l'adoration qu'elle a pour lui. Il trouve cela extraordinaire que la fille de son seigneur en quelque sorte, le regarde ainsi. Et puis, depuis dix ans, il n'a jamais perdu une occasion de se servir d'elle. Il ne paie plus son loyer depuis qu'elle est née et il espère bien pouvoir récupérer la ferme à son nom très bientôt.

– Le comte accorde une importance exagérée à cette bâtarde, pense-t-il. Il est faible et je suis bien plus malin que lui ! Cette Blanche est un vrai cadeau du ciel.

Malgré tout, il en veut toujours autant à sa femme et vit toute cette histoire comme une trahison. Il s'est pourtant plus que vengé en retroussant bon nombre de jupons aux alentours. Mais Yann est un homme avide de richesse et de pouvoir, orgueilleux et beaucoup moins malin qu'il ne le pense. Sa femme sait très bien ce qu'il fait dans son dos, et Armand est loin d'être naïf.

Un matin, Blanche décide d'aller dans la forêt.

– Je vais dépasser la mare, se dit-elle joyeuse. Et je n'aurai même pas peur.

D'habitude, elle est rapidement terrorisée par l'ombre qui règne sous les arbres. Elle imagine des monstres griffus qui l'attrapent et l'avalent aussitôt en la déchiquetant. Le bruit du vent dans les feuilles la terrifie, et même les yeux fermés, elle ne peut se résoudre à faire plus de vingt mètres sans sortir en hurlant du couvert des arbres.

– L'un d'eux a voulu m'attraper !

On sourit devant cette peur enfantine mais on évite de raconter des légendes en rapport avec la forêt lors des veillées.

– N'allons pas lui faire plus peur encore, dit sa grand-mère avec bienveillance.

Ce jour-là pourtant, Blanche se sent différente lorsqu'elle pénètre dans le sous-bois. Elle regarde autour d'elle, et il n'est pas question de fermer les yeux ou de s'enfuir. Elle le fait pour sa grand-mère, car cette dernière se plaint de ne plus trouver, aux abords de la maison, les plantes qui adoucissent la douleur qu'elle a dans les épaules.

– Je dois dépasser la mare pour la trouver. Il y en avait à cet endroit l'an dernier.

Discrètement, Blanche s'est informée auprès d'elle pour savoir à quoi ressemble cette fameuse plante. Isabelle ne s'est pas méfiée puisque sa petite-fille s'intéresse depuis longtemps à cette science. Une fois ses renseignements pris, Blanche décide de partir dès le lendemain matin pour chercher ce qui pourra soulager sa grand-maman chérie.

Elle tremble un peu sur le chemin, car il fait froid ce jour-là. Elle ne devine pas qu'il y a presque onze ans maintenant, sa propre mère marchait droit vers son destin, vers celui qu'elle aime depuis toujours, empruntant le même sentier, s'embourbant dans la même boue et maudissant tout autant l'humidité stagnante. De temps en temps, un oiseau s'envole précipitamment, dérangé par cette étrangère. Blanche sursaute à chaque fois et ne remarque pas qu'elle a dépassé la mare depuis longtemps. Elle s'arrête en claquant des dents, ne sachant plus quelle direction emprunter.

– Je suis perdue, pleurniche-t-elle d'abord.

Elle n'ose plus bouger et de longues minutes s'écoulent ainsi.

– Mais reprends-toi donc, mauviette ! se reproche-t-elle. Ah ! Elle est belle l'aventurière.

Elle commence à s'agacer contre elle-même lorsqu'elle distingue au loin des aboiements sourds. À l'inverse de sa mère il y a onze ans qui était terrorisée par ce bruit, elle part au contraire dans leur direction sans crainte d'être mordue. Elle aime les bêtes sans exception et aimerait avoir un chien. Elle entend aussi des chevaux.

– Quelle aubaine !

Elle rêve depuis toujours de monter sur l'un d'eux. Son père n'a jamais voulu qu'elle essaye sur celui qu'il s'est payé il y a quelques mois, prétextant qu'elle est trop petite, et que ce n'est pas là l'affaire des femmes. Pourtant, lorsqu'elle aperçoit le comte galoper au loin, elle aimerait être à ses côtés.

On lui a dit que le comte était son parrain. Elle le voit à l'église mais il ne lui parle jamais. Alors qu'il salue d'autres familles, il semble même totalement les ignorer. Elle se dit qu'il ne l'aime pas. Que peut-être étant bébé, elle lui a vomi dessus ou une autre bêtise dans ce genre et qu'il est drôlement fâché depuis, car elle lui a abîmé ses beaux habits.

L'ombre fantomatique des chevaux se rapproche d'elle et elle est vite entourée d'une meute de chiens, furieux de trouver là une intruse, et de cinq chevaux immenses. Les hommes qui les montent parlent une langue qu'elle ne comprend pas. De drôles de sons gutturaux et rauques sortent de leurs bouches et elle les observe sans éprouver la moindre peur.

– Что она здесь делает ?[3]

– Она наверняка потерялась.[4]

– Она умрет от холода в такой одежде.[5]

Ils sont emmitouflés dans de lourds manteaux de fourrure et elle les envie car à mesure que le temps passe, elle a par contre de plus en plus froid. Ses mains sont gelées et elle n'arrive plus à les réchauffer.

– Молчать, собаки ![6]

Ils calment enfin les chiens et un des hommes descend de sa monture. Il a un regard étrange comme elle n'en a jamais vu auparavant. Ses yeux sont transparents et lui rappellent le cours d'eau qui passe non loin de là. Elle est hypnotisée et n'entend même plus les sons qui sortent de sa bouche. En la voyant devenir pâle, il s'adresse à un des hommes à cheval.

– Возьми горн и позови Армана.[7]

---

[3] Qu'est ce qu'elle fait là ?

[4] Elle est sûrement perdue.

[5] Elle va mourir de froid dans cette tenue.

[6] Taisez-vous les chiens !

[7] Appelle Armand avec le cor.

Il sort une sorte de trompe qu'il fait retentir dans le calme froid de la forêt. Blanche sursaute sous la violence du bruit. Elle entend aussitôt le galop d'autres chevaux qui s'approchent et ferme les yeux.

– Что происходит. [8]

– Посмотри, мы нашли эту маленькую девочку.[9]

– Она, должно быть, потерялась.[10]

– Она молчит.[11]

– Естественно, она же вас не понимает ! Мы здесь в Бретани, а не в Санкт-Петербурге.[12]

La tête lui tourne et elle vacille. Elle retient son souffle et tente de ne pas basculer, lorsqu'elle entend enfin :

– Mais elle est gelée !

Elle essaye d'ouvrir les yeux mais n'y arrive pas.

– Blanche ! l'appelle-t-on.

– Oh ! On connaît mon prénom, dit-elle à voix haute.

– Blanche ! Bon sang ! Ouvre les yeux !

Elle sent qu'on l'enveloppe dans un grand manteau et la chaleur qu'il diffuse aussitôt lui rend enfin la parole. En ouvrant les yeux, elle se trouve nez à nez en face du comte du Pommeau-Desbally. Elle est tellement surprise qu'elle manque de s'écrouler comme une poupée de chiffon, mais il la retient

---

[8] Que se passe-t-il ?

[9] Regarde ! On a trouvé cette petite fille.

[10] Elle doit être perdue.

[11] Elle ne dit rien.

[12] Evidement elle ne vous comprend pas ! Nous sommes en Bretagne ici, pas à Saint-Pétersbourg.

fermement. Elle le regarde alors intensément, trop heureuse de l'entendre prononcer son prénom.

– Vous me connaissez ?

Armand défaillit à son tour. Elle lui parle. Sa petite fille lui parle et c'est la première fois.

– Bien sûr que je te connais. Tu es la petite Blanche, la fille de Marie.

– Et de Yann, s'empresse-t-elle d'ajouter fièrement.

– Cela va sans dire, répond-il sombrement.

Il se relève et parle encore aux cavaliers qui s'éloignent à l'instant en lui disant quelque chose. Curieuse, elle demande aussitôt :

– Qu'ont-ils dit ?

– Juste : « Au revoir petite fille » !

– Ah… Et vous, que leur avez-vous dit ?

– Que nous nous retrouvons au château car je dois d'abord te raccompagner.

– Les chiens ne viennent pas avec nous ?

– Non, pourquoi ?

– Parce que j'aime les chiens et ceux-là, je n'en avais jamais vu de semblables dans les fermes.

– C'est normal. Ce sont des barzoïs.

– Des quoi ?

– Barzoïs ! Des lévriers russes ! C'est une race de chien.

– Et ces hommes-là, en quoi ils parlaient ?

– En russe.

– Oh… Et ils viennent d'où ?

– De Russie, quelle question !

Il rit et elle se vexe aussitôt. Elle ne dit plus rien et boude franchement. Il s'en veut beaucoup. Après tout, comment pourrait-elle savoir tout ça ?

– Excuse-moi. C'était stupide de ma part de rire ainsi.

– Ça, c'est vrai !

Il est sidéré par sa réponse. Cette petite ne manque décidément ni de cran, ni d'intelligence.

– Mais que fais-tu là ? C'est dangereux de s'aventurer ainsi dans la forêt, tu sais ? En plus, nous chassions. Imagine si l'on t'avait prise pour du gibier ?

– Mais j'ai rien d'un lapin !

Il s'efforce de garder son sérieux.

– C'est tout de même risqué. Crois-moi.

– D'accord. Mais je suis venue pour trouver des plantes, afin de soulager les douleurs de bonne-maman.

– Et où sont-elles ces plantes ?

– Près de la mare.

– Il y a bien longtemps que tu l'as dépassée ! Je vais te raccompagner, ta mère doit s'inquiéter.

Il attrape les rênes de son cheval et elle le regarde l'air gourmand. Il sourit et lui demande :

– Tu veux monter ?

Ses yeux s'écarquillent.

– Je peux ?

Il la soulève de terre et monte derrière elle. Il lui explique comment tenir les rênes et elle rit de bonheur. Il met l'animal au pas et ils partent ainsi sur le sentier, comme si c'était la chose la plus naturelle du monde. Armand est heureux, et à cet instant, avec sa fille dans ses bras, il comprend que cette rencontre n'est pas le fruit du hasard. Une force invisible l'a portée jusqu'à lui pour qu'il réagisse enfin. Yann va devoir changer ses positions. Il n'est plus question de tout accepter et de ne rien recevoir en échange. Après tout, n'est-il pas le maître sur ses terres ? Sa faiblesse n'est due qu'à Marie. Il a si peur de la blesser. Mais aujourd'hui, il se rend compte de tout ce qu'il a manqué avec Blanche, et s'en veut d'avoir laissé ainsi filer le temps sans réagir.

– On peut galoper ? demande-t-elle.

– Tu n'as pas peur ?

Il est très étonné car sa fille Alexandra a peur des chevaux. Elle a peur de tout, d'ailleurs ! Aude l'élève comme une jeune fille de la haute société. Elle lui apprend la broderie, la danse, la révérence… Elle lui fait donner des cours de piano et de chant mais proclame que l'équitation n'est pas utile. Elle oublie cependant qu'une cavalière en amazone possède un charme indéniable, et au contraire traumatise sa nièce.

– Ces animaux sont dangereux ! Vous vous briseriez la nuque, mon enfant ! Et en plus, ils sentent mauvais ! Avez-vous envie de sentir le crottin ?

Sa fille aurait sa place dans n'importe quel salon parisien, alors que dans son château rustique de province… Mais il ne peut se résoudre à quitter la Bretagne. Alexandra est de toute façon bien jeune encore et même s'il lui a promis qu'elle ferait son entrée dans le monde à Paris, il a encore quelques années devant lui. Et puis il y a Blanche.

Il met son cheval au petit galop et la petite fille pousse un cri, non de frayeur mais d'excitation. Lorsque l'animal saute doucement au-dessus d'une branche basse, elle a l'impression de voler et pousse un :

– Youhou !

Elle est simplement heureuse et ne pense plus que l'homme derrière elle, n'est rien de moins que le comte. Celui qui possède la plupart des terres alentour, les fermes et qui garde encore un pouvoir non négligeable sur la mentalité des paysans. Il est le personnage le plus important du village et Blanche galope naturellement avec lui sur les chemins.

Lorsqu'il arrête sa monture à l'orée de la forêt, elle est très déçue. Elle aurait aimé que ce moment dure toute la journée et même mieux : toute la vie !

– Voilà Blanche, lui dit-il nerveux à l'idée de la laisser.

Il voudrait l'emmener chez lui.

– Là où se trouve sa place, pense-t-il furieux.

– Merci beaucoup Monsieur le Comte, répond-elle poliment.

Dans l'insouciance de sa jeunesse, elle se détourne déjà. Il sourit tristement en voyant ce petit bout de femme s'éloigner. Une évidence lui saute alors aux yeux : Blanche est son portrait. Les mêmes cheveux noirs, les mêmes yeux couleur d'acier et les traits des Pommeau-Desbally. Un peu plus loin, elle se retourne vivement alors qu'il s'apprête à faire demi-tour et lui lance :

– Pourquoi vous ne m'aimez pas ?

Il ploie sous le choc mais se reprend aussitôt.

– Qui t'a dit ça ?

– Personne. Mais vous êtes mon parrain, n'est-ce pas ?

– C'est exact.

– Ils lui ont au moins dit ça, pense-t-il rageusement.

– Mais vous ne venez jamais me voir ? Vous ne me dites même pas bonjour à la sortie de l'église ! Alors vous ne m'aimez pas ?

– Qui pourrait ne pas t'aimer, Blanche ? Mais tu as raison, et nous allons nous revoir très bientôt.

– Promis ?

– Juré !

– Vous savez je suis bien contente d'avoir perdu mon chemin dans la forêt.

– Moi aussi ! Et je suis bien content de t'avoir trouvée !

– C'est moi qui vous ai trouvé !

– Tu as raison !

– Je vous aime bien. Vous êtes vraiment gentil, je trouve.

– Merci, Blanche.

Le compliment le touche plus qu'elle ne le pense et il serre les poings. Elle reprend sa marche en lui lançant de petits signes de la main jusqu'à ce qu'elle disparaisse de sa vue.

Sa décision est prise. Il doit convoquer Yann le plus rapidement possible.

– Ce dernier ne va pas être déçu, pense-t-il en souriant.

Lorsque Blanche pénètre dans la maison, elle y trouve sa mère et sa grand-mère. L'une lave une écuelle, l'autre s'occupe de Pauline, la dernière-née d'à peine six mois. Elle croise sa sœur Emma, qui a tout juste quatre ans et Geoffroy neuf ans. Ils sortent pour donner les épluchures de légumes aux lapins.

– T'étais où ? demande sa mère.

– On s'est drôlement inquiétées Blanche, continue sa grand-mère. Tu ne dois pas partir comme ça, sans prévenir.

Jeanne rentre à cet instant.

– Je l'ai pas trouvée, dit-elle avant d'apercevoir sa filleule. Ben ! T'es là, toi ?

Les trois femmes s'approchent d'elle en attendant une réponse.

– J'étais dans la forêt…

– Regarde l'état de ta robe ! la gronde Marie.

Isabelle regarde sa petite-fille, l'air méfiant.

– Tu sembles bien fière de toi, lui dit cette dernière. Qu'as-tu fait dans la forêt ?

Blanche, tout sourire, entame ses explications :

– Ben, voilà ! D'abord je suis partie chercher les plantes pour les douleurs de bonne-maman. Tu sais, près de la mare ?

– Oui, oui, et alors ?

– Ben… Je me suis perdue !

– Quoi ? crient-elles en chœur.

– Mais tu as si peur de la forêt ! Pourquoi es-tu donc si joyeuse ?

– C'est que… J'ai fait une rencontre !

– Qui ?

– Comment ?

– Où ?

Blanche se sent très importante et ne sent pas l'inquiétude qui anime les trois femmes.

– Je sais pas trop où j'étais mais loin, c'est sûr, parce que le cheval a mis longtemps pour revenir.

– Quoi ? Quel cheval ?

Sa mère est furieuse, Blanche s'en rend compte à présent.

– Ben… Le cheval du comte.

– Oh ! Mon Dieu.

La petite se tait, ne sachant plus si elle doit continuer.

– C'est le comte qui t'a ramenée ? demande Jeanne.

– Je suis d'abord tombée sur des chasseurs. Des Russes. Je ne comprenais…

– On s'en fiche de tes Russes, la coupe sa mère en l'attrapant par les épaules.

– Calme-toi Marie ! Tu lui fais peur, intervient doucement Isabelle.

Blanche ne comprend plus. Tout le monde parle du comte avec respect dans cette maison. Sa grand-mère l'appelle même par son prénom : Armand. Alors pourquoi est-ce si dramatique qu'elle aussi puisse en parler aujourd'hui ? Sa grand-mère l'encourage à continuer.

– Bon, et après tes Russes, qu'est-ce qu'il s'est passé ?

Blanche raconte toute l'histoire. Elle n'a pas honte et ne peut s'empêcher de défendre son parrain.

– Et il était très gentil ! s'écrie-t-elle fougueusement.

– Qui était gentil ? demande Yann que personne n'a entendu entrer.

Blanche est heureuse de voir son père. Lui au moins, il comprendra comme d'habitude. Elle se jette dans ses bras.

– Oh ! Papa ! Comme je suis contente de te voir !

– Ces trois femelles t'ennuient ? demande-t-il en riant.

Il s'inquiète en voyant les mines sombres de sa femme et sa belle-mère.

– Je me suis perdue dans la forêt !

Il la sermonne gentiment, pensant que c'est là la raison de leur courroux. Il lui demande enfin :

– Mais qui est gentil au fait ? Tu défendais bien quelqu'un quand je suis rentré ?

Dans la pièce règne un silence de mort.

– C'est le comte Papa ! Il est très gentil.

Yann blêmit. Il s'emporte aussitôt en secouant Blanche aux épaules.

– Quoi ? Tu peux me répéter ça ?

Il se calme car Blanche est au bord des larmes. S'il veut en savoir plus, il doit s'y prendre autrement.

– Excuse-moi, lui dit-il.

Il s'accroupit devant elle et continue :

– Raconte-moi.

Avec méfiance, elle recommence son récit, puis devant le sourire engageant de son père, elle s'emporte :

– Il était plus que gentil, tu sais. Et son cheval… Une merveille ! Quelle allure il a dans ses beaux habits de chasse !

– Un vrai prince quoi ?

– Oui ! C'est exactement ça ! Comme dans les histoires de bonne-maman.

Yann est jaloux. Il regarde Blanche et ne supporte pas d'y lire l'admiration qu'elle a d'habitude pour lui, destinée à Armand. Il lui envoie une gifle et elle reste prostrée devant lui, bêtement.

– T'es bien comme ta mère ! lance-t-il méchamment.

Remise de sa surprise, elle court se jeter dans les bras de Marie.

– Quel tableau écœurant, dit-il avant de sortir.

Isabelle l'arrête dans la cour.

– Tu es immonde Yann ! Je pensais que tu nous avais déjà montré le pire de ta personnalité, mais là…

Il se sent toujours comme un enfant avec elle et il décide de se conduire en homme cette fois.

– Ne te mêle pas de ce qui ne te regarde pas ! Retourne dans la cuisine ! C'est là qu'est ta place ! Tu as encore de la chance que je te tolère dans cette maison !

Il ne s'attend pas à la gifle qu'il reçoit.

– Jamais mon mari ne m'a parlé ainsi ! Pour qui te prends-tu ? Je suis bien plus chez moi dans cette maison que toi ! N'oublie pas d'où tu viens et grâce à qui tu es là ! Je vais retourner à l'intérieur mais certainement pas parce que tu me l'ordonnes ! J'y vais pour réconforter ma petite-fille qui ne doit rien comprendre.

– Elle est bien comme vous toutes ! Je ne sais pas ce que vous lui trouvez à votre comte !

– Il est gentil, bien élevé, prévenant. Tout ce que tu n'es pas !

– C'est ça ! Et moi je vais aller lui dire deux mots à m'sieur le comte.

– Méfie-toi Yann. Armand n'est pas celui que tu crois !

– Il est prêt à tout pour sa bâtarde ! Avec elle comme atout, il ne peut rien contre moi !

– C'est ce qu'il te laisse croire ! N'oublie pas qui il est ! Mais pour qui te prends-tu à la fin ? Quelle haute opinion tu as de toi-même ! En tout cas tu le sous-estimes, c'est sûr. Et j'aimerais être une petite souris, pour te voir le jour où il te remettra enfin à ta place.

– Ça n'arrivera pas.

– On verra…

– C'est ça, tiens ! On verra !

Elle retourne dans la maison et il se sent fier de lui.

En arrivant devant le château, il se sent soudain moins pédant. La haute bâtisse l'écrase de toute sa noblesse et il se sent minable. Il est furieux et cogne à la porte d'entrée comme un enragé. Il se venge. Le maître d'hôtel vient lui ouvrir en le regardant de travers. Il déteste cet homme, et répugne à chacune de ses visites, à le faire entrer par la porte principale comme un hôte de qualité.

– La fosse à purin serait encore trop bien pour lui, pense-t-il en le voyant entrer avec ses grands airs.

– Bonjour, mon brave !

– Monsieur vous attend dans son bureau.

– Il m'attend ?

– Vous n'avez pas reçu son message ?

– Mais non.

– Eh ! Bien, vous avez été plus rapide. Le principal est que vous soyez là, après tout.

Yann est perplexe. Il est attendu et sans le savoir il se présente. Les choses ne se passent pas aussi bien qu'il l'espérait. De plus le comte le reçoit dans son bureau alors que d'habitude il l'invite sans façon à partager les canapés et fauteuils si confortables de son salon. Le maître d'hôtel le précède et frappe à une porte.

– Entrez ! répond Armand.

– Monsieur Menguy est arrivé.

– Déjà ?

– Il semble que Monsieur n'ait pas reçu votre message.

– Ah ? Très bien ! Monsieur Menguy est donc devin !

La porte se ferme et Yann se retrouve face à Armand. D'habitude ce dernier vient le saluer, mais cette fois il garde un visage impassible. Yann se sent mal à l'aise.

– Assieds-toi, Yann !

Il l'entend comme un ordre et préfère rester debout.

– À ton aise, lui dit Armand en s'asseyant.

– Je suis pas très content Monsieur le Comte ! l'attaque Yann. On avait un accord…

– Quel accord Yann ? Rappelle-moi… J'ai dû perdre la mémoire…

– Ben, notre accord… Vous savez bien quoi !

– Non vraiment. J'attends. Parle. Explique-moi.

– Vous deviez pas approcher la petite. Moi je l'éduque, je la nourris… et… et voilà !

– Tu appelles ça un accord ? Et d'abord que fait-elle, seule, au fond des bois ? Tu me parles d'éducation ?

– C'est ma femme qui…

– Arrête donc !

Armand se lève, contourne son bureau et s'approche de Yann.

– Vois-tu Yann, ton fameux accord, je n'en veux plus.

– Comment ça ? Mais c'est comme ça et puis c'est tout.

– En es-tu certain ?

Yann sent un filet glacé lui couler dans le dos. Armand ne plaisante pas. Il est furieux.

– Je ne comprends pas, Monsieur le Comte…

– Tu comprends très bien au contraire et c'est ce qui te rend si pâle. Tu as profité depuis dix ans de ma faiblesse envers Blanche. Pourquoi ai-je été si lâche ? Franchement, je ne me l'explique pas ! Peut-être pour ménager certaine personne. Ne te flatte pas, tu n'en fais pas partie. Il est temps aujourd'hui de rattraper ce qui est encore possible.

– Jamais !

– Tu plaisantes ? À qui crois-tu parler en ce moment ? Je ne suis pas un de tes amis, Yann, et tu me dois plus que du respect.

– Après ce que vous avez fait à ma femme ?

– Écoute-moi attentivement à présent. Ce qui s'est passé entre Marie et moi existe depuis des siècles ! Le châtelain qui fait des enfants de-ci, de-là, ça n'est franchement pas nouveau ! Heureusement que tu n'es pas à ma place d'ailleurs, car je sais que tu aurais profité de la situation. Ce qui est plus étonnant par contre, c'est que moi, j'ai une conscience. Eh ! Oui ! Malgré tout ce que tu peux penser, j'ai réellement aimé ta femme.

– Vous ne pouvez pas dire ça !

– Tais-toi donc ! Nous savons tous que tu l'as épousée par intérêt. Tu as eu de la chance que ce soit mon père qui ait arrangé votre mariage, car si j'avais été là… Qu'importe, ce qui est fait…

– Mais qu'est-ce que vous voulez ?

– C'est moi, dorénavant qui impose les règles. Ne fais pas cette tête par pitié ! Comme si tu l'aimais !

– Mais je l'aime !

– Foutaise ! Tu n'aimes que toi ! Toi et ta ferme ! Tu as été très malin de me faire croire pendant toutes ces années que tu agissais dans l'intérêt de Blanche. J'ai ma part de responsabilité moi aussi.

– Ah !

– Oh ! Ne crie pas victoire. En quelque sorte, tout cela m'arrangeait aussi. Mais la voir a été une révélation. Alors, à partir d'aujourd'hui, c'est moi qui décide. Sinon…

– Sinon, quoi ? demande Yann en déglutissant difficilement.

– Je serais obligé d'être celui que je suis vraiment et que tu as, semble-t-il, oublié.

– C'est-à-dire ?

– Ton seigneur et maître sur mes terres.

– Traître ! lui lance Yann.

– Ne va pas trop loin. Je pourrais me comporter comme mes pairs.

– Et ?

– Comme je te l'ai dit. J'ai engrossé ta femme il y a dix ans, un autre que moi ne vous aurait fait aucun cadeau, et j'aurais même pu vous mettre dehors.

Yann ne reconnaît pas Armand et voit bien qu'il est déterminé. Il pense à ce que lui a dit Isabelle : il l'a sous-estimé.

– Mais dans ce cas, vous ne verriez plus Blanche.

Il se croit malin en tentant d'émouvoir Armand.

– Si je dois en passer par là je le ferai. J'ai déjà manqué tellement de choses avec elle que je veux bien en faire mon deuil. De toute manière soyons francs, qu'est-ce qui t'intéresse vraiment dans cette histoire ? Ta ferme, non ?

Yann ne répond pas.

– Et que voulez-vous alors ?

– Je veux la voir quand je le souhaite.

– Très bien, répond Yann la tête basse.

– Je serai généreux avec toi. Je ne suis pas aussi mauvais que tu le penses ! Je vais te donner le terrain qui jouxte ta ferme… Pour commencer.

– Pour commencer ? répond Yann avec convoitise.

– Tu vois, lui dit Armand, tu as déjà oublié Blanche !

Yann rougit, honteux. Il ose tout de même poser la question :

– Nous le ferons devant notaire ? Je parle du terrain…

– Je n'ai vraiment pas de scrupule à avoir avec toi ! Tout sera fait dans les règles. J'ai dit TOUT ! Je me protège aussi, ainsi que Blanche.

– Très bien.

– Un jour je te demanderai plus, beaucoup plus. Et ce jour-là, ta précieuse ferme t'appartiendra enfin.

Armand attend un peu, écœuré par l'expression avide de Yann.

– En attendant, je veux que Blanche soit présente pour le déjeuner de dimanche. C'est l'anniversaire d'Alexandra.

– Elle sera là et à l'heure que vous désirez.

– Jusque-là, comporte-toi bien avec elle, car si j'apprends un jour que tu lui as fait du mal…

Yann pense avec horreur à la gifle qu'il lui a donnée avant de venir.

– Va-t'en maintenant, j'ai besoin d'être seul.

Il quitte le château et Armand va s'asseoir pensif derrière son bureau. Il se prend la tête dans les mains en pensant à l'horrible transaction qu'il vient d'accomplir. Peut-être aurait-il dû être plus dur encore et ne rien donner en échange, mais il ne veut plus de cette ferme, elle lui rappelle trop Yann, alors autant s'en débarrasser petit à petit pour le jour où sa petite Blanche viendra vivre avec lui. Seulement ce jour-là, il aura à faire à plus forte partie… Marie… Yann est facile à contenter, il suffit de lui donner un os à ronger mais une mère… Ce cœur-là, il le sait déjà, sera beaucoup plus difficile à convaincre…

CHAPITRE IV
Cristal, porcelaine et caviar

Sur le chemin du retour, Yann jubile. Malgré l'humiliation que lui a infligée Armand, il se voit d'ores et déjà comme l'unique propriétaire de la ferme. Blanche sera sa monnaie d'échange, car Armand lui a bien dit qu'il voulait récupérer sa fille. Marie ne sera peut-être pas d'accord, mais il s'en moque. C'est lui qui décide, un point c'est tout !

– Je serai, moi aussi, le seigneur et maître sur mes terres ! s'écrie-t-il joyeux.

Il s'imagine déjà, imposant ses lois et dictant sa conduite à tout un chacun. Et Marie n'y échappera pas.

– Je l'écraserai sous ma domination et elle perdra sa précieuse fille !

Dans son esprit, Blanche n'est plus rien d'autre que la fille d'Armand et Marie. S'il a eu pour elle de l'affection, il n'en reste plus rien. Elle est à présent entre sa ferme et lui et il espère bien qu'Armand ne mettra pas dix ans à se décider. Les gens du village se poseront forcément des questions. Peu importe qu'ils comprennent la vérité sur Blanche, après tout, il s'est depuis, plus que vengé de Marie.

Toutes ses pensées l'excitent franchement et il décide de faire un crochet chez la veuve Laouen. Cette Noémie lui met l'eau à la bouche et il a une érection rien qu'en y pensant. Il n'aime rien tant que mettre sa tête entre ses deux énormes mamelles et l'entendre crier de plaisir.

– Elle aime l'amour, elle au moins, pense-t-il. Pas comme Marie !

La bosse dans son pantalon le gêne et il accélère le pas de son cheval au petit trot, puis au galop lorsqu'il pense qu'il va sous peu lui peloter ses deux grosses fesses blanches.

En arrivant devant la modeste maison, il la trouve au puits en train de tirer de l'eau. Il est sûr d'être seul avec elle, car son mari est mort et ils n'avaient pas d'enfant.

– Tiens ! Le Yann ! J'ai bien cru voir arriver le comte ! T'es bien élégant dans tes beaux habits sur ton cheval ! Presque un gentilhomme, dis-moi !

Il est ravi du compliment, même si l'entendre parler du comte l'agace un peu. Il lui sourit, l'œil concupiscent. Son corsage est à moitié défait, comme d'habitude. Il aperçoit un mamelon qui semble se tendre pour quémander une caresse. Il n'en peut plus et, sans un mot, l'attrape par la main pour l'entraîner dans sa maison. La table est recouverte de légumes, de terre, de vaisselles en bois et sans autre forme de procès, il jette tout à terre et l'allonge enfin. Elle glousse et ses seins tressautent à chaque fois. Il déchire le mince tissu qui sépare encore sa bouche de la peau tendre et molle de Noémie. Il la gobe autant qu'il peut, comme une bête affamée. Elle crie et écarte aussitôt ses jambes. Il se débat un instant avec sa jupe et ses jupons, et il se retrouve enfin en elle dans un va-et-vient bestial qui les fait hurler tous deux de plaisir. Avant de la quitter, il lui laisse une pièce, et ravie, elle lui propose de revenir autant qu'il veut, même sans payer.

Pendant ce temps-là, à la ferme, Blanche n'a pas cessé de pleurer une minute. Marie la regarde avec tristesse car elle ne s'est jamais sentie aussi proche d'elle qu'en ce moment même.

– Elle ressemble de plus en plus à son père, pense-t-elle. Quelle joie d'avoir au moins cette enfant de lui.

Blanche lève les yeux vers sa mère et lui envoie un pauvre sourire.

– N'aie pas trop de peine ma fille, ton père… Yann, s'est un peu emporté c'est tout.

– Pourquoi a-t-il fait ça ? Il n'a jamais levé la main sur moi !

Personne ne lui répond. Jeanne explose :

– C'est vrai ça, qu'est-ce qui lui prend ? Pourquoi a-t-il frappé la petite ? Il devrait être content qu'elle ait retrouvé son chemin !

– Moi je dis que c'est bien fait, s'exclame son frère Antoine.

– Qu'est-ce que tu as toi aussi ? continue Jeanne. Les hommes sont fous aujourd'hui ?

– Pour une fois qu'elle prend une trempe, on va pas en parler toute la journée quand même. Nous, avec Pierre, on en prend des tas ! Et ça n'inquiète personne !

– Tu as raison, lui dit Blanche. Je ne pleure plus tu vois ?

Antoine la regarde et répond à son sourire. Ils s'entendent bien tous les deux, seulement parfois ils ont de grosses disputes. Antoine adore Blanche, il la trouve drôle et tellement jolie ! En plus elle n'a peur de rien, et grimpe peut-être mieux que lui dans les arbres. Cet été, il lui a promis de lui apprendre à nager. En secret bien sûr. La seule chose qui ne lui plaît pas c'est la différence qu'il y a entre Blanche, lui et leurs frères et sœurs. Leur mère fait l'effort de la disputer quelquefois, même si ce n'est pas justifié, pour qu'ils ne ressentent pas cette inégalité. Et puis elle les aime tous, elle au moins. Tandis que leur père… Antoine essaye pourtant de lui plaire, d'être plus dur, voire méchant parfois, mais Yann passe son temps à le dénigrer, à le traiter de « femmelette ». Il se tait et fait semblant chaque jour d'être un homme comme le souhaite son père. Sa mère et sa grand-mère ne le comprennent pas toujours et le regardent étrangement. Il ressent de la déception chez elles et ça lui fend le cœur. Mais comment faire autrement ? Il désire ardemment que son père soit fier de lui, qu'il le considère comme son égal, alors…

Blanche aime énormément Antoine. Elle sait bien que sous ses airs durs, il cache un énorme cœur. Elle est encore trop jeune pour comprendre son attitude, mais elle a tout de même deviné qu'il est ainsi lorsque leur père est là. Quand elle se retrouve seule avec lui, il n'est plus le même.

Yann rentre enfin pour le repas du soir. Il ne dit rien mais tous remarquent son air joyeux. Il boit sa soupe bruyamment. À chaque cuillerée, on entend un :

– Slurp !

C'est le seul bruit qui règne dans la pièce. Ils sont inquiets. Pas un cri de la part de Yann, pas une remontrance, ni une gifle… Il se régale ensuite avec sa bouillie d'avoine. Il trempe avec délectation sa cuillère au centre de son assiette, là où le beurre a fondu à cause de la chaleur diffusée par le plat. Ils sursautent tous lorsqu'il annonce :

– Blanche ! Dimanche, je t'emmène chez le comte. Il veut que tu sois présente à l'anniversaire de sa fille.

Cette simple phrase sème le chaos autour de la table. Antoine et Pierre, les aînés, se moquent aussitôt d'elle, en déclarant qu'elle aura l'air d'un veau mal dégrossi. Ils rient grassement de leur blague, pendant que Geoffroy demande pourquoi elle et pas lui, et que Pauline, la petite dernière, se met à hurler au son de toutes ces voix. Emma s'accroche à Blanche, prostrée sur le banc, sa cuillère ruisselante dans la main.

– Silence ! crie Yann. On ne s'entend plus ici. Marie ! Fais-les taire ou je t'assure que le repas ne se finira pas sans que j'en tue un !

Il en profite pour flanquer une taloche à Antoine.

– Tiens-toi bien ! Quel âge as-tu donc bougre d'imbécile ?!

Blanche est silencieuse.

– Si tu ne veux pas finir ton assiette, lui dit Yann, laisse-la pour les autres. Il est pas question de gâcher, ma p'tite !

Elle finit son repas comme un automate. Elle ne comprend plus rien. Son père s'est fâché parce qu'elle a rencontré le comte, et maintenant il veut l'emmener chez lui. Elle sent bien qu'elle ne doit rien demander, aussi garde-t-elle le silence. Elle observe sa grand-mère qui regarde son père, non plus avec animosité comme au début du repas, mais avec une lueur de défi dans les yeux. Blanche l'entendra dire durant la veillée, alors que Jeanne raconte une histoire :

– Je t'avais dit Yann qu'il ne fallait pas le sous-estimer…

– Ne t'inquiète pas pour moi Isabelle, j'ai tout à y gagner au contraire…

La petite fille les trouve étranges mais comprend que c'est en rapport avec elle. Elle frissonne et part vite se coucher.

Le lendemain, Blanche attend que son père ait quitté la maison pour questionner sa mère.

– Pourquoi est-ce que je dois aller au château, maman ? Je croyais que vous étiez tous fâchés que je rencontre le comte !

– Qu'est-ce que tu inventes ?

– Je n'invente rien. Hier, vous étiez complètement affolées avec grand-maman. Et puis papa, pourquoi est-ce qu'il m'en veut comme ça ? Il ne m'a même pas regardée ce matin ! Je veux pas y aller moi au château !

Elle pleure doucement et Marie la prend dans ses bras. Elle sait à quel point sa fille aime Yann et le voir agir ainsi avec elle lui brise le cœur.

– Papa ne m'aime plus…

– Ce n'est pas ça, Blanche…

Elle ne sait pas quoi rajouter et s'en veut de ne pouvoir apaiser le chagrin de la petite fille.

– Tu te rends compte de la chance que tu as d'être invitée au château ?

– Je veux pas y aller !

– Ne dis pas ça ! Tous les enfants du village voudraient être à ta place.

– Tu crois ?

– Et puis Armand est très gentil, tu verras.

– Tu le connais bien ?

– Ta grand-mère l'a nourri en même temps que ton oncle Martin.

– Le curé ?

– Oui. Et même si j'étais plus jeune que lui, il se comportait comme un grand frère pour moi.

– Il était ton ami ?

Blanche a oublié son chagrin et écoute sa mère avec curiosité.

– Oh ! Oui ! Et j'étais très malheureuse lorsqu'il est parti.

– Parti ? Où ?

– Écoute Blanche, fais-moi confiance. Armand est un homme bien et je veux que tu le connaisses. Tu verras, il te rendra heureuse.

Sa mère la regarde intensément et Blanche acquiesce.

– Très bien, Maman. J'irai et j'apprendrai à le connaître.

Sa mère lui envoie un sourire radieux et Blanche est heureuse de sentir une nouvelle complicité naître entre elles.

– Ne dis rien à ton père. Ne lui parle pas de notre conversation. C'est important.

Elle hésite puis répond à sa mère :

– De toute manière, si papa est méchant, et bien je ne lui parlerai plus non plus. Et je ne lui raconterai jamais nos secrets !

– Très bien jeune fille ! Allons, viens donc m'embrasser.

Blanche se jette dans ses bras et pense avec délectation qu'il n'y a décidément rien de meilleur qu'une maman.

– Maman ?

– Oui ?

– Encore une chose…

– Encore ?

– Ben… C'est que…

– Eh ! Bien, qu'est ce qui te tracasse ?

– Pour dimanche…

– Tu m'as dit que tu étais d'accord ?

– Oui, Mais…

– Quoi ? Parle !

– Je n'ai pas de belle robe !

– Ah ? C'est ça qui t'ennuie ? T'inquiète pas de ça ! Il n'est pas dit que tu auras honte ce jour-là, crois-moi !

Et la petite fille en profite pour se nicher encore une fois dans les bras de sa mère.

Les jours qui précèdent l'anniversaire, Blanche les vit intensément. Elle est heureuse d'être le centre d'intérêt. Sa mère la câline plus que jamais, et son père ne lui adresse plus la parole. Elle est triste au début, et puis à force, elle en vient à le trouver énervant. Isabelle qui s'inquiète des sentiments de sa petite-fille, lui demande :

– Tu n'es pas trop malheureuse ?

– Pour papa ? Franchement bonne-maman, je me demande ce qui lui prend, mais après tout il est grand, et le voir faire son bébé boudeur commence à m'agacer !

Sa grand-mère part d'un fou rire qui fait accourir Marie. Lorsqu'elle lui raconte la sortie de Blanche, elle accompagne aussitôt sa mère dans son hilarité.

– Ce n'est pas possible, Blanche ! Je me demande quelquefois si tu n'es pas plus vieille que tu en as l'air.

Marie, Isabelle et Jeanne, se lancent dans l'élaboration d'une robe toute simple.

– Mais jolie quand même, intervient Blanche.

Sa grand-mère propose qu'on utilise le tissu de sa robe de mariée.

– C'est hors de question ! s'exclame Blanche.

– Et pourquoi donc ? lui demande-t-elle surprise.

– Je préfère encore y aller avec ma vieille robe que de couper ne serait-ce qu'un bout de la tienne. C'est sacré !

– Tu sais, elle n'a de robe de mariée que le nom ! Disons qu'elle est plus jolie, voilà tout !

– Je refuse !

– Blanche a raison, reprend Marie. Nous trouverons bien un bon drap qui fera l'affaire. En l'arrangeant un peu…

C'est comme ça que Blanche se retrouve sous des mètres de toile lourde et épaisse, à rire pendant que plusieurs mains la tournent, la retournent, lui lèvent un bras, puis l'autre… Lorsque Yann rentre, il découvre le spectacle et cela le met dans une rage folle.

– Qu'est-ce que vous m'inventez encore, maudites femelles ?

Les rires se suspendent et toutes le regardent avec mépris. Elles se retiennent de pouffer et il comprend qu'elles se moquent de lui.

– Il n'est pas dit que vous me ruinerez ! Un si bon drap qui pourrait encore servir deux ou trois générations.

Il arrache le drap qui s'écroule sur le sol de terre battue.

– Bravo Yann, lui dit Marie furieuse. Alors donne-moi de l'argent, que je puisse lui acheter une robe.

Il rougit sous l'affront et s'approche d'elle menaçant.

– Tu ne te sens pas bien ? Comment crois-tu pouvoir me parler ?

– J'en ai assez Yann ! Tu t'achètes de beaux habits, un cheval et nous, nous reprisons comme des miséreux ce qui nous sert de vêtements !

Il y a longtemps qu'elle ne s'était pas rebellée sous son autorité et il ne le supporte pas.

– Ce n'est qu'un drap, Yann ! Nous en avons une armoire pleine et j'en ai besoin pour que Blanche soit présentable au château. Tu ne veux pas qu'elle te fasse honte ?

– Tu parles de honte ? Mais depuis qu'elle est née…

– Tais-toi ! coupe brusquement Isabelle. Ne va pas trop loin, Yann.

– De toute manière, Monsieur le Comte n'a jamais eu besoin que les femmes de la maison possèdent de belles toilettes pour être séduit !

Il ne s'attend pas à la gifle que Marie lui plaque sur la joue.

– Tu vas trop loin.

– Traînée, siffle-t-il en portant la main à son visage.

– Va retrouver une de tes veuves et laisse-moi diriger cette maison comme je l'entends !

Il ne s'attendait pas à cette rebuffade. Marie a deviné qu'il a des maîtresses et il se sent malgré lui, pris en faute. S'il ne dit rien maintenant, il perdra la face.

– N'oublie pas que c'est grâce à toi si nous en sommes là.

Elle lui répond avec dégoût :

– Bien sûr, Yann… Bien sûr. C'est facile et ça t'arrange de me faire porter le poids de tes péchés. Je me débrouille avec les miens, fais-en autant.

Il écume de rage et lui envoie à son tour une claque tellement violente qu'elle fait saigner le nez de Marie.

– Maman ! hurle Blanche en se précipitant vers elle.

Elle se place devant cette dernière et fait écran de son corps pour protéger sa mère.

– Tu es méchant ! Va-t'en ! Je te déteste.

Il aimerait la réduire au silence, mais les paroles d'Armand flottent dans sa tête. Il sait qu'il n'a pas le droit de lui faire mal, et sort aussitôt en claquant la porte. Isabelle s'approche de sa fille et lui demande comment elle se sent.

– Très bien ! répond-elle joyeuse. Je suis contente de lui avoir dit ce que je pense.

Blanche essuie le sang qui salit les lèvres de sa mère avec un petit morceau de tissus imbibé d'eau.

– Merci ma chérie. Ça va ? Tu n'as pas eu peur ?

– Si. Pour toi.

– Tu vois, ce n'est rien.

Marie se demande ce que sa fille a bien pu comprendre de cette dispute, mais heureusement elle n'en a pas saisi toutes les subtilités, et n'a retenu dans l'innocence de son jeune âge, que ce qui l'intéresse directement.

– Tu sais maman, pour la robe, c'est pas grave. Je pourrai bien mettre…

– Pas question, la coupe sa mère. Tu auras ta robe, ma chérie, et nous ferons tout ce qu'il faut pour qu'elle soit jolie.

– Tu es sûre ? lui demande Isabelle perplexe.

– Quoi ? Toi maman ? Ah ! Non, tu ne vas pas te laisser impressionner ! C'est ce qu'il cherche !

– Tu as raison. Mettons-nous au travail.

Jeanne les écoute dans un état second. À l'inverse de sa filleule, elle a compris. Tout lui revient en mémoire : la naissance de Blanche, les étranges comportements autour de la petite, les relations entre Marie et Yann, l'émotion d'Armand le jour du baptême… Et puis cette ressemblance ne laisse aucun doute sur l'identité du père de Blanche.

– Mon Dieu ! dit-elle tout haut en plaquant sa main sur sa bouche.

– Quoi ? lui demande sa sœur.

– J'ai compris !

Marie rougit et Blanche demande aussitôt :

– Qu'est-ce que tu as compris ?

Isabelle réagit vivement.

– Très bien. Il était temps. N'en parlons plus alors !

Blanche s'interroge et Jeanne se rattrape comme elle peut :

– J'ai… compris comment nous allons faire ta robe.

Blanche oublie vite l'incongruité de la situation, et les deux femmes soupirent de soulagement.

Le jour de l'anniversaire est enfin là. Blanche s'agite et ne tient pas en place. Une fois vêtue de sa nouvelle robe, elle va plusieurs fois se regarder dans le minuscule miroir qui se trouve accroché près de la fenêtre.

– Mais tu es belle, va ! la taquine sa grand-mère. Tu vas l'user ce miroir à force de t'admirer.

– Mais je ne me vois pas !

– Sois donc pas vaniteuse.

Elle est vexée. Vaniteuse ? Elle ne comprend pas ce mot, mais il lui déplaît et sent qu'il n'est pas flatteur. Elle s'assied sur le banc de la salle commune et soupire. Puis elle se relève, et traverse la pièce en courant, pour tenter d'apercevoir à la fenêtre si son père est enfin rentré.

– Calme-toi Blanche ! la gronde gentiment Isabelle.

– Maintenant ça suffit Blanche ! coupe Marie en colère. Je ne supporte plus tes allées et venues et tes gros soupirs.

– Mais maman…

Marie est excédée et très nerveuse, elle aussi.

– Ah ! Non ! C'en est trop ! Va t'asseoir à côté de tes frères et sœurs et je ne veux plus te voir bouger jusqu'à ce que ton père soit rentré. Et puis, qu'est-ce qu'il fait celui-là aussi ! Voilà une heure que nous sommes rentrés de la messe.

– Il est allé à l'auberge après l'office, Marie. Comme d'habitude. Pourquoi t'énerves-tu ainsi ? la questionne Jeanne.

Isabelle lui intime l'ordre de se taire en mettant un doigt devant ses lèvres. Jeanne hausse les épaules et sort chercher de l'eau. Lorsqu'elle revient, elle n'est plus seule et les voix graves des hommes l'accompagnent. Blanche s'élance vers eux mais se retrouve bousculée par le torse puissant de son frère Antoine. Il a eu quinze ans la veille, et son père l'a solennellement fait asseoir à table parmi les hommes, à son rang, avant le grand valet et lui a dit :

– *Va mab, gra da zoubenn da-unan* ![13]

Antoine est heureux. Son père semble enfin l'accepter. Il l'a même emmené avec lui à l'auberge après l'office. La goutte du père Johan lui a brûlé la gorge, mais ensuite une douce chaleur s'est infiltrée dans tout son corps. Tous les efforts qu'il a faits les derniers mois n'ont pas été vains. Comme son père, il se veut fier et arrogant et se targue volontiers d'être le meilleur en tout. Déjà petit, alors qu'il battait les autres au « jeu de noix »[14] ou à la « galoche »[15], il fanfaronnait durant des jours en espérant que son père le remarque. Mais à l'époque il ne le voyait même

---

[13] « Mon fils, fais ta soupe toi-même ! »

[14] jeu de noix : Consiste à jeter, depuis une ligne tracée sur le sol, une poignée de noix dans un trou creusé dans la terre. Si les noix qui y tombent sont en nombre pair, le lanceur a gagné : il conserve ses noix et celles qui lui ont été remises comme enjeux et rejoue sur de nouveaux enjeux. Si, au contraire, le nombre est impair, il perd sa propre mise et cède la place à un autre. C'est un jeu pratiqué par les garçons comme par les filles.

[15] galoche : la galoche est un petit cylindre de bois sur lequel on pose comme enjeux, des pièces de monnaie. Le jeu consiste à lancer deux palets pour que l'un d'eux renverse ce cylindre et que les enjeux tombent plus près d'un des palets que de la galoche. Ce jeu n'est pratiqué que par les garçons.

pas ! Aujourd'hui, son père semble avoir enfin réalisé qu'il a un fils. Au village, les anciens disent :

– Faut pas le chercher l'Antoine !

Il est devenu le champion de « boull tenn »[16] et de bazig kamm »[17] et fait enfin la fierté de ce père à qui il veut tant plaire. Heureusement, Pierre son cadet de trois ans, ne risque pas de lui faire de l'ombre. Il est encore petit et frêle et Yann le traite souvent mal. Ce n'est pas qu'Antoine trouve ça bien mais c'est déjà si difficile de s'imposer…

Lorsqu'ils sont sortis de l'église, Yann a remarqué comme les filles gloussent et lancent des œillades sur le passage de son fils aîné. À l'auberge, il lui a fait la réflexion en rajoutant :

– Tu mérites ce qu'il y a de mieux, mon fils !

Antoine se serait pincé ! Non seulement son père l'a remarqué, mais en plus il l'estime.

– C'est un grand jour, pense le jeune homme et je ferai tout pour lui plaire.

C'est pour cette raison qu'une fois dans la maison, alors que Blanche le percute, il la repousse violemment comme si elle avait la peste. La petite fille manque de tomber et regarde son frère avec étonnement. Ce dernier se retient de s'excuser et gonfle la poitrine.

---

[16] Boull tenn : Se pratique avec de grosses boules de bois lancées avec force sur une piste bien plate terminée par un rempart de grosses planches.

[17] bazig kamm : Jeu violent dont est issu le hockey. Une boule de bois (« horrel ») est disputée entre deux camps qui s'efforcent chacun de l'expédier dans le trou que défend le camp adverse. Pour cela les joueurs frappent sur elle avec des bâtons recourbés en forme de crosse.

– Qu'est-ce qui te prend Antoine ? lui demande-t-elle les larmes aux yeux.

Il a compris que Blanche n'est plus dans les bonnes grâces de son père et il se dit qu'il lui fera plaisir en la bousculant un peu. Un rapide coup d'œil vers Yann lui prouve qu'il a raison.

– Tu es méchant Antoine ! Et en plus tu sens l'alcool !

– Tu l'as fait boire ? intervient Marie.

– Et alors ? C'est un homme à présent !

Elle sait que dorénavant l'éducation de son fils est à la charge de Yann. Elle a compris aussi qu'Antoine se force à donner une fausse image de lui pour plaire à son père. Elle ne supporte pas de le voir devenir méchant. Et voilà qu'il s'en prend à Blanche, maintenant ! Sous le regard désolé de sa mère, le jeune homme se sent fléchir. Il se redresse et dit :

– Regardez-moi cette robe !

Il désigne Blanche et éclate de rire. Son père se joint à lui, trop heureux de se moquer de la petite fille. Isabelle, Marie, Jeanne et Allan ne savent pas comment réagir.

– Te voilà attifée comme une princesse !

Blanche tremble de rage sous leurs quolibets. Elle s'approche d'Antoine, et lui lance un coup de pied dans le tibia. Son père l'attrape par les cheveux et la situation dégénère. Antoine, malheureux et vexé, hurle qu'il va la tuer, et Blanche qui ne semble pas le craindre, l'insulte autant qu'elle peut. Se souvenant des paroles d'Armand, Yann place la petite fille derrière Allan.

– Blanche ! À présent tu te tais, lui ordonne le grand valet avec autorité.

Antoine se plante devant lui et le menace :

– Laisse-moi passer, Allan !

– Ça suffit à présent. Tu as eu ce que tu méritais. Et puis c'est une gamine ! Va donc jouer les gros bras avec des adversaires à ta taille. Tu ne m'impressionnes pas tu sais ?

La tension augmente dans la pièce.

– Je te dis de me laisser passer ! Elle mérite une bonne correction et je te jure que…

– Tu jures rien du tout gamin ! Et si tu continues, c'est moi qui vais te donner une bonne correction ! Non mais pour qui te prends-tu Antoine ? L'alcool te monte à la tête. Qu'est ce qui t'arrive en ce moment ? Que veux-tu prouver ?

– Antoine ! intervient sa grand-mère en colère. Regarde-le, dit-elle à Yann, tu es responsable de cet enfant…

– Je ne suis plus un enfant !

– Regarde ce qu'il est devenu, Yann ! Tu en es fier ? Il est arrogant, orgueilleux, lâche… J'ai honte…

Chacune des paroles de sa grand-mère s'enfonce cruellement dans le cœur d'Antoine. Il sait qu'il la déçoit, ainsi que sa mère, mais comment faire autrement ? Il regarde alors autour de lui. Le seul qui semble heureux, c'est son père. Mais à quel prix ? Ce dernier sent que son fils flanche et il est très déçu. Cependant il ne supporte pas de le voir perdre la face, aussi s'exclame-t-il :

– Éloigne-toi de ta sœur, Antoine. Tu ne lui feras rien du tout.

Comme libéré, il sort de la maison en courant. Blanche est heureuse d'entendre son père prendre sa défense, mais Isabelle et Marie ne sont pas dupes.

D'ailleurs, cette dernière s'approche aussitôt de son mari pour lui murmurer à l'oreille :

– La marchandise est trop précieuse, n'est-ce pas ?

Il la regarde avec fureur, et elle s'éloigne, trop heureuse de le contrarier.

À dater de ce jour, qui devait être unique pour lui, Antoine ne fera plus aucun effort pour plaire absolument à son père. Il a enfin compris, au grand bonheur des femmes de la maison et de ses frères et sœurs, qu'il ne veut pas ressembler à ce père qui leur fait à tous beaucoup trop de mal. Ils ne cesseront alors de s'éloigner l'un de l'autre…

Pour Blanche aussi, ce jour-là est déterminant pour son avenir. Sur la route du château, ni le père ni la fille n'ont prononcé un mot. Leur quotidien se dessine à cet instant. Il sera fait de silence, d'incompréhension ou de dispute. En bas des marches de la haute bâtisse, Blanche attend un mot de ce père qu'elle a tant aimé, mais il reste plongé dans son mutisme.

– Tant pis pour toi, lui lance-t-elle.

Yann est surpris mais il n'a pas le temps de répondre, car déjà, elle s'est retournée vers la porte d'entrée, où elle découvre Armand un grand sourire aux lèvres. Elle n'hésite plus et en haussant les épaules elle monte vite l'escalier de pierre pour le rejoindre. Ils pénètrent dans le château main dans la main, et l'émotion les submerge. Elle, d'être dans un tel endroit, et lui, de la voir pour la première fois dans sa maison.

– Voilà Blanche. Tu es ici chez toi !

Il aimerait lui dire mieux que ça. Lui dire : « C'est ici ta vraie maison. Je suis ton père et c'est dans ce château qu'ont vécu nos ancêtres. » Il la regarde alors attentivement, et pense encore une fois qu'elle lui ressemble énormément. Il sait que c'est trop frappant pour que sa mère ne devine pas le lien qui les unit.

Lorsqu'il lui a annoncé la veille, son intention d'inviter la petite fille, elle a eu l'air surprise mais n'a posé aucune question. Nul doute qu'elle comprendra aussitôt en la voyant à ses côtés.

Il la trouve touchante dans sa robe en drap grossier et voit qu'elle fait des efforts pour bien se tenir.

– Tu as une bien jolie robe !

Ses yeux s'illuminent de bonheur, et il remercie intérieurement Marie pour cette simple tenue qui lui donne de l'assurance.

Blanche regarde autour d'elle et n'en revient pas. On pourrait mettre toute sa maison dans ce hall d'entrée. Deux grands escaliers flanqués de chaque côté mènent à l'étage. Les marches, usées à force d'être montées et descendues, sont creusées en leur milieu. En bas, au centre, se trouve une longue console ouvragée, soutenue pas deux lions sculptés dans du marbre. Un énorme vase qui dégringole de fleurs pique la curiosité de Blanche.

– Comment faites-vous pour avoir de si belles fleurs en cette saison ? Je n'en ai jamais vu de semblables !

– Certaines sont rares, c'est vrai, mais nous avons surtout la chance d'avoir une serre qui nous donne des fleurs toute l'année.

– Une serre ?

– Je te montrerai. C'est ma mère qui s'en occupe.

– Et lui ? C'est qui ?

Elle désigne un grand tableau qui se trouve au-dessus de la console. Un homme y pose fièrement, les deux mains posées sur une épée.

– C’est un de mes ancêtres…

Il se retient de lui dire : « un de nos ancêtres. »

– Il est drôlement habillé ! dit-elle en riant.

– C’est une armure. C’était un grand chevalier et le premier comte du Pommeau-Desbally.

– Oh !

Elle semble impressionnée.

– C’était quoi son prénom ?

– Raoul.

– Raoul ? répète-t-elle sceptique. C’est étrange. Je préfère Armand. C’est plus joli.

– Merci, répond-il amusé. Nous devons y aller à présent. On nous attend dans la salle à manger.

– J’ai un peu peur, avoue-t-elle à contrecœur car elle ne veut pas le peiner.

– Mais de quoi ?

Elle hausse les épaules et il s’agenouille devant elle.

– Tu n’as aucune raison d’avoir peur. Ma fille Alexandra est très gentille et elle a ton âge.

– Je la vois à l’église et je la trouve très belle. On dirait une princesse ! Je voudrais avoir les mêmes cheveux qu’elle.

– Mais les tiens sont très beaux aussi !

– Vous trouvez ?

– Mais évidemment.

– Vous dites ça parce qu’ils sont pareils que les vôtres ! Tout aussi noirs !

Armand sursaute.

– Allons-y à présent. Il est temps.

Il lui prend la main et sourit en pensant à la tête de Yann s'il avait été présent lors de cette phrase innocente.

Ils entrent ainsi dans la salle à manger. Les regards se tournent vers eux et Blanche sent une chaleur lui monter aux joues. En les voyant ainsi côte à côte, Constance, debout un verre à la main, devine aussitôt. La ressemblance est telle, qu'elle lâche le verre qui vient se briser à ses pieds.

– Vous vous sentez bien, mère ? lui demande Armand.

Il la regarde avec fermeté et elle bafouille :

– Je… je suis désolée, vraiment. J'ai eu comme un… étourdissement.

– Voulez-vous que je vous emmène prendre un peu l'air ?

– Non !

Elle a presque crié et tous la regardent avec surprise.

– Je veux dire, reprend-elle doucement, merci Armand. Ça va déjà mieux.

Elle ne peut se résoudre à quitter des yeux la petite fille. Même chevelure noir corbeau, mêmes yeux glacés, même profil… Il n'y a aucun doute sur les origines de la fillette. Elle se demande quel âge elle peut avoir. A priori, elle et Alexandra sont de taille similaire. Elle se résout à poser la question directement.

– Quel âge as-tu, Blanche ?

Armand est crispé et la question de sa mère, bien que naturelle, le met fort mal à l'aise.

– J'aurai dix ans moi aussi, Madame.

– Ah ! Oui ? Et quand ?

– En novembre mère, tranche Armand contrarié devant l'insistance de sa mère à la questionner.

La petite fille se sent rougir à nouveau sous les regards inquisiteurs. Elle reconnaît Alexandra qui lui sourit timidement. À ses côtés, se trouve une femme. Blanche sait que c'est sa tante. Au village, les commères en parlent et ne semblent pas l'apprécier.

– Cette Aude, disent-elles, quelle mauvaise femme. Je comprends pas que le comte la laisse élever sa fille.

– L'avait pas le choix !

– Pardi ! Il aurait dû se remarier !

– Tu crois que ça se trouve comme ça une épouse, toi ?

– Et moi alors, je suis libre s'il veut !

Et elles rient grassement à ces allusions salaces. D'autres fois, elles parlent de la mère d'Armand.

– Madame Constance ? Ça, c'est une Dame !

– Pour sûr !

– Toujours un mot gentil, un petit sourire… On se demande comment elle peut avoir une fille pareille. Un vrai poison celle-là !

Et après les propos respectueux sur la comtesse, s'ensuivent immanquablement des horreurs sur Aude.

Blanche la déteste aussitôt. À l'église, elle ne l'a jamais qu'aperçue. À présent, elles sont face à face à s'observer avec animosité. Elle ne peut se résoudre à baisser son regard devant ce visage disgracieux. De lourds bandeaux tirent ses cheveux de chaque côté de son front et tombent ensuite en une masse de petites boucles serrées qui lui encadrent les joues. Cette coiffure de coquette ne correspond pas au caractère revêche qui s'étale ostensiblement sur son visage. Le reste de ses cheveux est tiré en arrière, pour former un volumineux chignon au sommet de son crâne. Ses yeux noirs tombent un peu, à l'instar de ses joues un peu lourdes. Sa bouche n'est qu'un pli, fait de deux lèvres minces qui semblent toujours pincées. Une robe strictement fermée sous son menton part en pointe jusqu'à la taille, et forme ensuite une cloche faite de trois volants qui se superposent. Sur ses épaules, elle porte un châle de dentelle blanche qui égaye le triste gris qui teinte sa robe. Ses larges manches laissent échapper deux grandes mains sèches qui maltraitent nerveusement un mouchoir de fine baptiste.

Aude aimerait hurler devant l'intrusion de la fillette dans la salle à manger. Cette dernière supporte effrontément son regard et ne semble pas vouloir baisser les yeux. Elle en veut énormément à son frère. Elle le trouve faible. Il a engrossé une paysanne ? La belle affaire ! Si tous les hommes devaient avoir des scrupules sur les enfants illégitimes qu'ils ont engendrés, où en serait-on ? Il y a dix ans, lorsque cachée elle avait entendu les propos de ce Yann et de son frère, jamais elle n'aurait cru qu'un jour elle vivrait pareille humiliation.

– Cette petite peste ne perd rien pour attendre, pense-t-elle. Je saurai bien la mâter !

Un sourire perfide se fige sur ses lèvres et Blanche détourne enfin le regard.

La mère d'Armand ne semble pas remise du choc qu'a provoqué l'arrivée de Blanche. Mais au contraire de sa fille Aude, elle la trouve touchante. Combien de fois a-t-elle été saluer Isabelle, la grand-mère de la petite fille, sans la remarquer ? Elle s'approche enfin d'elle et lui prenant la main, lui dit avec émotion :

– Je m'appelle Constance et je suis très heureuse que tu sois parmi nous aujourd'hui.

– Merci Madame, répond-elle en effectuant une sorte de révérence.

Armand ne peut contrôler le frisson qui le parcourt en les voyant ainsi faire connaissance. Il y a trois autres personnes dans la pièce. Blanche les reconnaît. Ce sont les Russes qu'elle a rencontrés dans les bois. Le plus âgé s'appelle Vassilli et c'est le grand-père d'Alexandra. À ses côtés se trouvent Sergueï et Boris, ses fils. Le décor est somptueux et Blanche ne cesse de regarder ce qui l'entoure.

Sur un sol dallé de pierres luisantes de propreté se trouve une table ronde, recouverte d'une nappe blanche qui s'écroule en plis gracieux. Un haut plafond à caissons de bois sombre, laisse retomber un somptueux lustre ouvragé à cinq branches, surmontées de globes transparents. Au fond de la pièce, une grande avancée de verre laisse rentrer à flot la chiche lumière hivernale, et des tentures blanches, bleu roi et dorées se croisent sans alourdir l'ensemble. Sur les murs, de la soie tendue miroite, laissant son décor composé de fleurs et d'oiseaux multicolores éclairer encore la pièce. Dans un tout autre style, une cheminée magistrale devant dater des débuts du château, crache une douce chaleur et laisse entendre son bois crépiter. En face, une belle desserte de bois sombre à pieds torsadés, supporte une corbeille de fruits comme Blanche n'en a encore jamais vu. À côté, se trouvent des pots à jus, un grand chauffe-plats et des bouteilles de vins dont une est posée dans un rafraîchissoir de porcelaine. Sur l'étagère du dessous, il y a des piles d'assiettes et un autre chauffe-plats mais de taille plus modeste.

La table n'est pas moins somptueuse. Au contraire. Au centre, un surtout d'argent laisse retomber sur la nappe marquée aux armes de la famille du Pommeau-Desbally, de lourdes grappes de fleurs et de feuillages qui s'étalent ensuite autour de la luxueuse vaisselle. Cette dernière à dominante bleue, laisse s'envoler des papillons et des oiseaux colorés au milieu d'un décor chargé de fleurs. Les verres de différentes tailles, sculptés dans du cristal, lancent des éclairs froids et la carafe remplie d'un nectar rouge semble réchauffer l'ensemble, posée sur une coupelle d'argent.

Blanche n'ose pas s'approcher. Sa robe lui paraît bien triste à présent. L'ensemble est trop luxueux et les convives si élégants. Elle se dit qu'elle pourrait peut-être rivaliser avec la nappe, et encore ! Le damassé est bien plus fin que le pauvre drap grossier qui sert de base à sa tenue.

– Viens Blanche, lui dit Armand qui la sent un peu perdue.

Elle relève la tête et ils font le tour de la table. Il lui montre sa place. Elle est heureuse car il s'est assis entre Alexandra et elle. Vassilli prend la chaise à côté de sa petite-fille et Constance est à la suite. Aude se retrouve entre Sergueï et Boris.

Le début du repas se déroule dans le calme. Les adultes parlent entre eux de sujets dont elle ne comprend pas grand-chose. Elle est concentrée sur tous les plats qui se succèdent et se demande à chaque fois ce que ça peut être. Elle n'ouvre la bouche que pour avaler les fourchettes bombées et dégoulinantes de cette nourriture qu'elle juge divine.

– Est-ce que cela te plaît ? la questionne Armand.

– Hum ! Moui ! répond-elle la bouche pleine, sous le regard courroucé d'Aude.

– On ne parle pas la bouche pleine, enfin ! lui lance cette dernière, trop heureuse de la sermonner.

– Et pourquoi pas ? rétorque Armand qui s'est empressé d'avaler une bouchée pour en faire autant.

Tous le regardent surpris. Il continue cependant et dit :

– Vous devriez en faire autant ma chère sœur, au lieu de chipoter à chaque fourchette !

Aude rougit, vexée, et ses lèvres sont si pincées que Blanche se demande si elle a encore une bouche. Elle décide de l'ignorer, elle et ses remarques et demande à son parrain :

– J'ai trouvé tout cela très bon mais… je ne sais pas ce que c'était !

La profusion de mets lui donne le tournis. Elle n'a jamais tant mangé et n'imaginait même pas que ce soit possible. Il y a eu au moins trois entrées, autant de plats et elle n'a pas encore vu les desserts.

– Comment s'appelait la soupe de poisson qui… heu, je me souviens seulement que c'était au début du repas.

– De la soupe ? Avant ou après les huîtres ?

– Après !

Armand déconcerté, fait signe au maître d'hôtel.

– S'il vous plaît, Théodore, pouvez-vous dire à Mademoiselle Blanche le nom du plat qui a suivi les huîtres ?

– Mais certainement, Monsieur. Il s'agissait d'un filet de sole au sabayon de champagne et grains de caviar.

– C’était délicieux et le nom est très beau. Mais je ne sais pas si je saurai m’en souvenir. J’aimerais bien…

– Nous pouvons vous l’écrire, lui dit Aude en souriant.

– Vous savez très bien que je ne sais pas lire, lui rétorque-t-elle sans complexe. Moi, je sais traire une vache !

Ils éclatent tous de rire autour de la table. Aude tente de reprendre :

– Et puis, pourquoi tenez-vous tant à vous souvenir du nom des plats ?

– Je voudrais demander à maman de nous le faire.

L’innocence de Blanche est un cadeau pour Aude qui cherche depuis le début à lui faire mal. Elle prend un plaisir immense à lui lancer :

– Mais, très chère enfant, on ne mange pas ce genre de nourriture chez les paysans !

Armand veut intervenir mais Blanche ne lui en laisse pas le temps.

– Et pourquoi pas ?

– Pourquoi ? Mais parce que vous êtes bien trop pauvres.

Blanche sourit à la surprise générale.

– Tu as l’air sot à sourire ainsi !

– Peut-être, mais je ne pense pas que je sois pauvre.

– Je t’assure que tu l’es ! Regarde ta robe ! À qui essayes-tu donc de ressembler ?

– Vous avez raison, cette robe est ridicule et je n’ai jamais eu aussi froid de ma vie ! Mais moi, je ne suis pas pauvre. Ma maison est moins belle que la vôtre, c'est vrai, et je n'ai pas de si jolies assiettes, ni d'aussi bons plats qui la garnissent…

– Tu vois…

– Mais moi, j'ai une famille qui m'aime !

Aude suffoque sous l'insolence de cette gamine et se lève en disant :

– Je ne supporterai pas cela une seconde de plus ! Tu n'es pas des nôtres et tu ne le seras jamais !

Armand se lève à son tour :

– Ça suffit maintenant ! C'est l'anniversaire d'Alexandra et…

Il s'interrompt car sa fille s'est mise à pleurer.

– Et voilà ! Bravo !

Aude se précipite auprès de sa nièce.

– Ne pleurez pas, mon ange.

En regardant Blanche, elle lui lance méchamment :

– Tu peux être fière de toi, petite peste. Je me demande ce que tes parents t'apprennent, mauvaise fille !

– Veuillez cesser Aude, la réprimande Armand. Quel âge avez-vous donc pour vous quereller ainsi avec une enfant ?

Blanche crie de l'autre côté de la table :

– En tout cas moi, je me marierai ! Je ne resterai pas vieille fille !

Aude étouffe sous le coup et devient pâle. Armand lui, est sidéré par l'impétuosité et le caractère de Blanche. Autour de la table, c'est le silence. Les domestiques ont pris la fuite et on n'entend plus que le bois craquer doucement dans la cheminée. Vassili et ses fils n'ont pas tout compris, car leur maîtrise du français est trop approximative. Quant à Constance, elle retrouve chez Blanche le tempérament fougueux de ses ancêtres. Elle se retient de sourire car elle voit bien qu'Aude frise l'apoplexie. Sergueï fixe la petite fille et n'en revient pas. Sa nièce Alexandra est si timorée et si effacée à côté d'elle… Blanche se sent observée mais n'ose pas relever la tête. Elle a honte de s'être emportée et elle est certaine qu'Armand doit lui en vouloir. Mais elle déteste tellement cette femme qu'elle aurait pu lui envoyer la coupe de fleurs au visage. Alexandra pleure et renifle bruyamment. Son père et Aude tentent de la calmer mais rien n'y fait. Blanche tente alors un discret coup d'œil autour d'elle et voit Constance lui envoyer un petit sourire. Elle se sent alors bien mieux. Boris et Vassili ont rejoint Alexandra pour tenter de la consoler à leur tour. Sergueï est resté assis et, les mains croisées sous le menton, ne la quitte pas des yeux. Ses yeux sont si clairs qu'ils semblent par instant transparents, comme le cours d'eau qui passe près du château. Blanche sent son cœur s'arrêter puis s'emballer. Elle rougit et ne peut s'empêcher de le regarder à son tour. Comment a-t-elle fait pour ne pas le remarquer lorsqu'elle est entrée ? Sa haute stature, ses larges épaules, sa longue chevelure noire indisciplinée et ses yeux couleur d'eau, le font ressembler à un prince ou un magicien de conte de fée. Du moins c'est l'image que la petite fille s'en est faite !

Blanche doit détourner son attention lorsqu'Armand lui parle. Il ne semble pas fâché contre elle et elle est soulagée. Le repas d'anniversaire se termine sombrement et, ce qui devait être une fête, s'est transformé en règlement de comptes. Même au gâteau, un délicieux bavarois, ce sera au tour de Sergueï et Boris de se disputer. Ils le feront dans leur langue maternelle et Blanche regarde son prince charmant avec émotion, pensant qu'il n'y a rien de plus beau qu'un Russe en colère qui se dispute en russe avec un autre Russe ! Armand intervient encore une fois pour stopper cette nouvelle joute verbale.

Alexandra qui a fini par se calmer, reçoit de son père une belle poupée aux cheveux soyeux que Blanche ne lui envie pas du tout. De sa grand-mère, un beau bijou en or et de sa famille russe un magnifique poney sellé d'une somptueuse selle d'amazone, qui l'attend fièrement dehors. Lorsqu'Alexandra l'aperçoit, elle court se réfugier dans les jupes de sa tante en pleurnichant à nouveau. Armand secoue la tête d'un air désolé. Quant à Blanche, elle est collée à la grande verrière et n'a qu'une envie : courir dehors et s'élancer dans la campagne sur le dos de l'animal.

Aude lance un regard terrible à Vassili.

– Je vous avais dit qu'elle aurait peur !

Armand traduit et devant son expression, Vassili n'insiste pas. Blanche en profite pour s'approcher d'Alexandra car Aude s'est éloignée pour exposer ses griefs contre Vassili à son frère. Celui-ci l'écoute, le dos voûté.

– Tu as une jolie poupée.

– Merci, lui répond Alexandra l'air apeuré.

– Non avons presque le même âge toutes les deux, tu sais ?

– Oui, je sais.

Blanche la regarde avec attention. Sa blondeur presque blanche ne la rend nullement fade car ses sourcils et ses cils sont aussi sombres que les cheveux de son père. Ses yeux sont comme ceux de son oncle

Sergueï : limpides. Sa bouche est si rouge, qu'on pourrait croire qu'il s'agit d'une fraise trop mûre.

– Tu ressembles à une princesse !

Alexandra est ravie du compliment car elle aime, par-dessus tout, les contes de fée et les histoires de princesse.

– Tu veux jouer avec moi ? lui demande alors la timide petite fille.

– Oh ! Oui ! répond Blanche ravie.

Les deux petites filles s'éloignent main dans la main sous le regard attendri des adultes. Seule Aude, ne semble guère apprécier.

– Où croyez-vous aller ainsi, Alexandra ?

Elle s'arrête net et baisse la tête en guise de soumission.

– Je voudrais aller jouer avec Blanche…

Armand intervient aussitôt, coupant court aux protestations de sa sœur.

– Allez-y et soyez prudentes.

Elles se sauvent hors de la pièce en riant.

Alexandra veut monter à l'étage, car là-haut elle a une pièce rien qu'à elle dans laquelle se trouvent ses jouets. Blanche a, quant à elle, une tout autre idée.

– Allons voir ton poney !

Sa nouvelle amie est pétrifiée.

– Tu as peur ?

– Oui. Je n'aime pas les bêtes. Elles peuvent nous faire du mal.

– Quelle drôle d'idée ? Au contraire ! Imagine les promenades que tu vas pouvoir faire sur le dos de ton poney.

Blanche a les yeux qui brillent mais son exaltation ne semble pas gagner Alexandra. Cette dernière aimerait vraiment la suivre dehors, mais une peur panique l'envahit rien que d'y penser.

– Vas-y si tu veux, lui répond-elle en boudant. Mais tu sais, j'ai d'autres très belles poupées là-haut.

Blanche essaye de la convaincre durant quelques minutes mais Alexandra ne cède pas. Elles se séparent enfin. L'une monte avec grâce les marches, tenant du bout des doigts le fragile tissu qui compose sa jolie robe, et l'autre s'en va en courant dehors les jupes relevées.

Alexandra est déçue. Elle se sent très seule dans ce grand château avec pour unique compagnie son père, sa grand-mère ou sa tante. Occasionnellement, ses oncles et son grand-père font ce long voyage depuis la Russie pour venir la voir mais pour une fois qu'elle peut avoir une amie de son âge… Elle aimerait tellement la suivre… Elle s'enferme dans sa pièce favorite et la présence de ses jouets la rassure immédiatement.

– La prochaine fois j'irai, dit-elle à voix haute à ses poupées qui semblent la regarder de leurs yeux aveugles. Je ne dois plus avoir peur.

Mais au fond d'elle, rien n'est moins sûr.

Une fois dehors, Blanche contourne la haute bâtisse pour trouver les écuries. Elle entre vite pour voir le poney. Elle est heureuse de constater qu'il est toujours sellé et attaché à l'extérieur de la stalle. Il hennit, légèrement surpris, lorsqu'elle se glisse sous son encolure pour l'entourer de ses bras.

– Bonjour petit poney. Tu es très joli, tu sais ?

Elle lui parle durant quelques instants et l'animal semble apprécier sa voix. Un léger frisson et un mouvement de tête du poney lui font remarquer qu'ils ne sont plus seuls. Elle se dégage et reconnaît avec émotion qu'il s'agit de Sergueï.

– Tout le monde cherche toi, lui dit-il avec un lourd accent en roulant les « r ».

– Vous parlez français ?

– Pas trop. Un peu.

– Je suis venue voir le poney. Il est si beau !

Armand pénètre à son tour dans les écuries.

– Blanche, tu m'as fait peur. Pourquoi n'es-tu pas restée avec Alexandra ?

– Je voulais revenir aussitôt. J'avais juste envie de voir le poney ! Quelle chance a Alexandra.

– Ça n'est pas ce qu'elle pense !

Il s'adoucit en voyant la joie de la petite fille. Sergueï s'adresse en russe à Armand.

– Que dit-il ? demande-t-elle curieuse et frustrée de ne pas comprendre.

– Sergueï propose de t'emmener faire une promenade mais je ne suis pas sûr que ce soit une bonne idée. Il est tard déjà…

– Oh ! S'il vous plaît ! S'il vous plaît !

– Tu es sûre ?

– Certaine !

Elle tape des mains en riant et son enthousiasme fait sourire les deux hommes.

– D'accord mais tu dois te couvrir un peu mieux. Allons, suis-moi.

De retour dans le château, une jeune servante du nom de Madeleine l'aide à enfiler la tenue d'amazone d'Alexandra. Elle est neuve bien entendu.

– Est-ce qu'Alexandra est d'accord pour me prêter tout ça ?

– Je ne pense pas que cela la dérange !

– Tout de même, je préférerais lui demander.

– Tu as raison.

Il fait appeler Alexandra.

– Alors tu vas te promener ? demande cette dernière.

– Si cela ne t'ennuie pas.

– Oh ! Non, pas du tout.

Elle est heureuse que Blanche s'inquiète de ce qu'elle pense.

– J'espère que tu vas bien t'amuser.

– C'est vraiment gentil de ta part. J'aimerais que tu viennes avec nous.

– Une prochaine fois peut-être ?

Blanche s'approche alors d'Alexandra et lui murmure dans le creux de l'oreille :

– N'écoute pas tout ce que te dit ta tante. C'est une vieille chouette !

Alexandra rougit et pouffe de rire. Elle s'éloigne en courant et Armand est heureux de la voir joyeuse. Il ne sait pas ce que lui a dit Blanche et ne veut surtout pas le savoir. Il comprend alors qu'elle fera beaucoup de bien à sa fille.

– Tu écouteras bien Sergueï, n'est-ce pas ?

– Mais il ne parle pas très bien…

– Ne t'inquiète pas de ça !

Elle met son poney au pas derrière Sergueï qui monte un imposant cheval bai. Blanche l'envie de ne pas être en amazone. Elle trouve cette position fort inconfortable et se trouverait mieux à califourchon.

Sergueï est très impressionné. Blanche se tient merveilleusement bien et dégage beaucoup de grâce. Sa tenue d'amazone lui confère de la dignité. Elle, elle observe son grand prince russe. Il porte sur la tête une toque de fourrure qui laisse échapper ses cheveux indisciplinés. Il tient ses rênes d'une main et l'autre est posée sur sa hanche. Blanche le trouve formidable et croit vivre un rêve.

À l'orée du bois qui appartient au château, il lui demande :

– Kak diéla ? Heu… Pardon ! Ça va ?

– Ah ! Oui, oui ! Merci !

– On peut… heu… trotte ?

– Trotter ? Oh ! Oui ! Mais je ne sais pas !

Il sourit et lui montre comment s'y prendre.

– C'est plus facile sans parler !

Il rit aussi mais elle pense qu'il n'a pas compris !

Elle met sa monture au trot avec aisance et Sergueï admire sa témérité. Elle le suit sans se plaindre et se débrouille très bien. Lorsqu'il passe doucement au galop, elle est heureuse et adopte rapidement le rythme fluide de son poney. Ils ne ressentent nullement le froid. Pourtant, ce mois de février est glacial et la nuit ne tardera plus à tomber. Il semble enfin s'en apercevoir et tente de se faire comprendre :

– Nous… rentrer !

Il lui montre le ciel et reprend :

– Notchiyou !

– J'ai compris ! La nuit !

– Da ! Atlitchna[18] ! La nouite !

– Non ! Pas nouite ! Nuit !

---

[18] Parfait

Ils rient en prenant la direction du château. Blanche regrette que ce soit déjà fini et Sergueï est très étonné de prendre tant de plaisir à être en compagnie d'une fillette de dix ans. Mais celle-ci est spéciale. Il l'a tout de suite compris. Il est cependant soulagé que ses amis se trouvent à des milliers de kilomètres, sans cela ils se seraient bien moqués de lui. Une tendresse particulière l'attache à elle et il songe à son départ prochain à contrecœur. Il se traite un instant de fou et sourit.

En arrivant au château, toutes les lanternes sont allumées et Blanche admire la noble bâtisse qui semble sortie d'un autre âge. Elle se sent bien ici et regrette de devoir rentrer chez elle. Elle caresse une dernière fois l'encolure de son poney et le remercie. Armand l'arrache à regret de l'animal.

– Il faut rentrer Blanche. Il est l'heure.

– Comment dit-on merci en russe ?

– Spassiba !

– Alors… Spassiba Sergueï, lui dit-elle en lui prenant les mains.

Il frissonne et répond :

– Pajalsta… Belenka ![19]

Armand la raccompagne chez elle mais n'entre pas. Il doit encore aller au cimetière car aujourd'hui n'est pas seulement l'anniversaire de sa fille, c'est aussi celui de la mort de sa très chère femme, Alexandra. Son souvenir est encore bien présent et leur fille est son portrait vivant. Il est heureux car elle vit à travers elle.

---

[19] je vous en prie

Dans la maison de Blanche, ce soir-là, un silence pesant s'est installé. Ils voudraient tous lui poser des questions mais en présence de Yann, personne n'ose. Et puis la petite fille est ailleurs et pas un ne voudrait la sortir de sa rêverie. Même son père semble craindre de l'interrompre.

– Blanche a changé, pensent-ils tous.

En se couchant cette nuit-là, elle ne cesse de penser à ces yeux couleur d'eau qui se sont posés sur elle tant de fois. À même pas dix ans, elle est tombée amoureuse de Sergueï et comme sa mère tant d'années auparavant, elle sait déjà qu'il n'y en aura pas d'autre.

CHAPITRE V
1855

– Blanche ! Viens ici tout de suite !

Antoine court après sa sœur et celle-ci s'enfuit en riant.

– Attrape-moi donc si tu peux ! Gros lourdaud !

– Nom de Dieu, Blanche ! Tu vas prendre une bonne correction !

– Ne jure pas ou je le dirai à maman.

Antoine abandonne la poursuite. Il pose ses deux mains sur ses genoux et les joues rouges, la regarde disparaître en soufflant.

– Foutue femelle, lâche-t-il en souriant cependant.

Antoine et Blanche sont de plus en plus proches à mesure qu'ils grandissent. Au grand malheur de Yann, son fils aîné n'est pas devenu celui qu'il voulait. Sous ses airs bourrus, le jeune homme est charmant, prévenant et assez sérieux. Il a en permanence une petite ride qui se creuse sur le front et qui le fait paraître soucieux. Jamais plus, depuis ses quinze ans, il n'a fait de mal ou été méchant envers un membre de sa famille. Son père le traite régulièrement de faible et même si cela le blesse encore, il s'y est habitué. Yann aurait souhaité que Pierre lui ressemble aussi, à défaut d'Antoine après tout… Mais le cadet, qui affiche à présent ses dix-huit ans et dépasse son père d'une bonne tête, ne semble pas plus résolu que son frère !

Blanche se calme une fois arrivée dans la cour de la ferme. Elle tente d'apaiser les battements de son cœur mais cette course folle la laisse pantelante. Isabelle l'aperçoit et s'approche aussitôt d'elle. Sa grand-mère a beaucoup vieilli ces derniers mois et son état semble empirer à mesure que le temps passe. Elle est devenue maigre à faire peur et boite même un peu. De temps en temps, une grimace de douleur se fige sur son visage et Blanche souffre autant qu'elle dans ces moments-là.

– Bonne maman ! Tu sais que tu dois te reposer. Le docteur te l'a…

– Le docteur ? la coupe-t-elle. Je me fiche bien de ce vieil oiseau de malheur. Et toi ma fille ? Tu as l'air bien contente de toi ?

– J'ai volé ses tartines à Antoine !

– Blanche !

– Ben quoi ? Ça lui fera pas de mal, de toute façon !

– J'aimerais bien t'y voir toi ! Tu sais ce que c'est de travailler la terre comme ça toute la journée ? Et puis ton frère n'est pas gros mais c'est sûr qu'à côté de toi…

À quatorze ans passés, Blanche est devenue une très belle jeune fille. Elle porte toujours ses longs cheveux noirs lâchés jusqu'en bas du dos, malgré les réprimandes de sa mère.

– Tu n'as plus dix ans, Blanche, lui dit sans arrêt cette dernière. Relève-les tout de même !

La réponse de sa fille est toujours la même, elle hausse les épaules, embrasse tendrement sa mère sur la joue et s'enfuit.

Elle a beaucoup grandi aussi et dépasse largement les femmes de la maison. L'équitation qu'elle pratique régulièrement au château l'a rendue tonique et musclée. Elle n'a pas un physique commun et Jeanne, sa marraine, la surnomme affectueusement « boudiked », mot breton qui désigne des fées à la beauté surnaturelle.

Elle prend le bras de sa grand-mère et l'aide à rentrer. Blanche supporte de moins en moins l'ambiance lourde et confinée qui règne chez elle. La promiscuité aussi lui pèse et elle aimerait avoir une chambre rien qu'à elle, comme son amie Alexandra. Et puis dans les grandes et hautes pièces du château, elle se sent libre. Elle y a passé beaucoup de temps depuis cet anniversaire mouvementé auquel on l'avait invitée. Elle est très attachée à Armand qui semble l'aimer comme une fille. Elle s'est jetée à corps perdu dans cette relation car ses rapports avec son père ont, quant à eux, continué à se détériorer. Si elle en a souffert au début, elle a vite abandonné ses tentatives de rapprochement.

Sa mère est penchée sur la crémaillère. Malgré son corps alourdi par huit grossesses, Marie est encore jolie. Cependant son visage est plus dur qu'avant. Blanche a remarqué qu'il devient même franchement impitoyable lorsque ses yeux se posent sur Hélène, la dernière née, vieille de deux ans à peine. Cette enfant-là, a tout changé. Elle est le fruit d'un viol honteux commis par son mari, un soir de beuverie. Elle ne s'est jamais remise de cette humiliation et Hélène représente à présent le péché. Isabelle est la seule à avoir compris car elle sait que Yann et Marie ne font plus que dormir l'un à côté de l'autre dans le lit clos. Aussi, lorsque Marie lui a annoncé cette nouvelle grossesse, elle s'est aussitôt souvenue d'une nuit d'été, quelques semaines auparavant, durant laquelle elle avait entendu des pleurs et des murmures qui ressemblaient fort à des menaces. Elle s'était alertée et puis finalement, elle avait pensé qu'il s'agissait d'une nouvelle dispute entre sa fille et son gendre. Pourtant, les yeux rouges et gonflés de Marie, ainsi que son silence obstiné l'avaient confortée dans son idée qu'il était arrivé quelque chose de grave. Son comportement envers Hélène dès la naissance n'a fait que confirmer ses doutes. Elle ne l'aime pas et n'arrive même pas à faire semblant. Les autres membres de la famille pensent simplement que la petite fille n'a que ce qu'elle mérite. Après tout, elle est si pénible ! Isabelle a essayé d'en parler à Marie une fois. La petite Hélène lui fait mal au cœur et elle sait que son comportement turbulent et agaçant n'est pas le fruit du hasard mais la conséquence du rejet de sa mère. Marie a eu ces paroles sans appel :

– Pourquoi le Seigneur m'a-t-il enlevé mon Adèle, il y a plus de quinze ans maintenant et laissé cette enfant que je n'ai pas voulue ?

Isabelle n'a pas su quoi répondre et elles n'en ont jamais reparlé.

– Tu tombes bien Blanche, lui dit sa mère. Ton père et Allan sont au blé noir aujourd'hui, ils veulent semer toute la journée maintenant qu'ils ont fini de défricher.

– Que dois-je faire ?

– Comme la journée est belle, tu vas leur apporter à manger.

– Oui, maman.

– Et pas de blague, hein ? la sermonne gentiment sa grand-mère en pensant aux tartines volées d'Antoine.

– N'aie crainte, je vais les lui rapporter ! C'est sur mon chemin.

Elle pense déjà à la tête d'Antoine lorsqu'il la verra venir rendre son larcin !

– Il est tard, reprend sa mère. Prends donc ton poney pour y aller.

– Vrai ?

– Mais oui, file donc avant que je ne change d'avis !

Blanche attrape le sac de toile et court vite rejoindre l'étable où se trouve son poney. Marie regarde distraitement la porte que vient de claquer sa fille. Elle sourit et Isabelle lui dit :

– C'est gentil de ta part de la laisser monter cet animal.

– Je me demande toujours comment elle fait pour aimer ça ! Quel plaisir trouve-t-elle à être secouée de la sorte ?

– Elle a ça dans le sang…

Marie regarde sa mère avec surprise et bredouille :

– Oui, oui… c'est vrai !

Elle rougit en pensant à Armand.

– Tu l'aimes toujours, n'est-ce pas ?

– Jusqu'à mon dernier souffle, dit-elle en essuyant une larme et en retournant vite s'occuper de la soupe.

Isabelle soupire et va s'asseoir dans l'âtre. Elle a tellement froid depuis quelques semaines…

Le poney hennit de joie lorsqu'il aperçoit sa maîtresse.

– Tout doux mon beau, dit-elle en lui flattant l'encolure.

Elle sait à présent monter en amazone comme une vraie demoiselle car Armand a été inflexible sur ce point. Elle préfère malgré tout être à califourchon sur Pommeau. Elle l'a appelé ainsi en l'honneur de son cher parrain : Armand du Pommeau Desbally. Alexandra le lui a offert, soulagée que l'animal ne lui appartienne plus. Même aujourd'hui, à quinze ans, elle n'est jamais montée, au grand désespoir de son père. Il se rattrape avec Blanche et il n'est pas rare de les apercevoir à brides abattues, galopant sur les chemins ou sautant quelques obstacles. Pommeau n'est pas toujours à la ferme et se trouve plus souvent au château car Yann n'a pas supporté ce cadeau. Cependant, Armand ne lui a pas laissé le choix.

– Si Blanche désire que son poney soit à la ferme, il en sera ainsi.

Il est à présent intraitable et Yann ne peut que s'incliner. La jeune fille sait cependant que son père est méchant avec Pommeau, aussi le laisse-t-elle la plupart du temps dans les belles écuries du château. Mais pour une fois qu'il est ici, la course de sa mère tombe à pic.

Elle retrouve vite l'ivresse du vent qui fait voler ses cheveux et elle n'aime rien tant que le bruit des sabots de Pommeau :

– TACALAC, TACALAC, TACALAC !

Elle le pousse au galop et le presse d'aller toujours plus vite.

– Vole Pommeau ! lui crie-t-elle.

À ce train-là, elle arrive rapidement chez Antoine. Il est en train de défricher un hectare de terrain sous le soleil. Il a retiré sa chemise et sa peau brille de sueur. Il arrête son ouvrage en apercevant sa sœur.

– Quelle apparition, pense-t-il. Elle est de plus en plus belle !

Il est souvent gêné les derniers temps car il a du mal à la voir comme sa sœur justement. Il voudrait tant qu'elle ne le soit pas ! Ses sentiments se bousculent et il tente de reprendre une contenance.

– Te voilà, bougresse !

– J'ai eu pitié de toi finalement !

– Tu n'es pas gentille !

– Je plaisante, dit-elle en glissant le long du flanc de son poney qui en profite pour se lancer dans les hautes herbes appétissantes.

– Je sais que tu as beaucoup de travail et avec cette chaleur en plus, il te faut bien à boire et à manger. Pff ! On se croirait en plein été !

Elle s'est approchée de lui et l'attirance qu'il ressent pour elle devient insupportable. Ses joues sont roses de sa course folle et dans ses cheveux emmêlés, il remarque du foin et des feuilles.

– Tu pourrais te soigner un peu, souillon, lui lance-t-il en riant. Regarde-moi ça !

Il retire un à un les morceaux de paille et elle se laisse faire. Son regard rencontre alors ses yeux bleu glacé. Il ne peut s'empêcher de voir sa poitrine qui se gonfle à chaque fois qu'elle respire.

– Je suis peut-être une souillon mais toi, prends garde, sinon tu ressembleras bientôt à notre gros curé !

Elle le chatouille et il en fait autant. Ils rient comme des enfants et Blanche est heureuse de constater qu'encore une fois en sa présence, il quitte son masque trop sérieux. Elle s'échappe en imitant un gros bonhomme qui se dandine, les joues gonflées.

– C'est moi ça ?

– Tu ne te reconnais pas ?

Il l'attrape par les cheveux et la fait tomber dans un cri. Elle n'a pas mal et rit en se débattant. Antoine lui attrape les mains pour la bloquer.

– Alors « Mademoiselle gros curé » ! Tu l'imites bien tu sais ?

– Mais ce n'est pas lui que j'imitais !

Antoine est rouge et sue à grosses gouttes. Il admire Blanche, les cheveux épars autour d'elle, la peau merveilleusement pure et lisse, la bouche gourmande qui semble n'attendre qu'un baiser. La situation bascule soudainement et la jeune fille ne rit plus sous le regard brûlant de son frère. Elle n'a que le temps de lui dire :

– Antoine ? Qu'est-ce que tu…

Il plaque violemment sa bouche sur la sienne et elle pousse un hurlement étouffé. Il ne l'entend pas tout de suite mais en ouvrant les yeux et en rencontrant le regard affolé de Blanche, il se retire rapidement comme si elle avait une maladie honteuse.

– Va-t'en Blanche…

Elle ne bouge pas et il hurle :

– Mais va-t'en je te dis !

Elle trébuche en se levant et sans se retourner saute sur le dos de Pommeau qui, dans sa surprise, rue avant de prendre le galop. Elle pleure et se raccroche aux derniers mots qu'elle a entendus :

– Pardon ! lui a-t-il crié avant qu'elle ne disparaisse.

Elle est malheureuse en allant rejoindre son père et Allan, et s'arrête quelques instants afin de réfléchir.

– Qu'est-il arrivé ? se demande-t-elle.

Elle tente de calmer les battements de son cœur devenu fou. Elle a eu peur mais surtout elle est triste de ce qui s'est passé.

– Il a perdu la tête… Je suis sa sœur tout de même.

Elle l'aime tellement qu'elle n'arrive pas à lui en vouloir.

– Nous n'avons plus l'âge de ces enfantillages. Antoine est un homme, plus un enfant. Et moi non plus d'ailleurs !

Elle décide d'oublier ce qui vient de se produire. Elle n'a pas encore compris l'attraction qu'elle provoque chez les hommes mais cet événement lui prouve qu'elle ne fait plus partie du monde des petites filles et qu'à l'avenir, elle devra se comporter différemment. Une seule chose la dérange : elle s'était juré que le seul qui l'embrasserait serait Sergueï.

– Même si je dois aller le chercher en Russie !

Le regard merveilleux de l'homme qu'elle aime s'impose devant elle et elle reprend son chemin le cœur léger.

Elle retrouve son père et Allan sur une parcelle de terre qu'ils sont en train de semer.

– C'est pas trop tôt, lui lance son père. Et qu'est-ce que tu fais là-dessus ? continue-t-il encore méchamment en désignant le poney.

– Maman m'a dit que j'irais plus vite ainsi.

– Ben voyons !

Il lui arrache le sac des mains et s'éloigne. Allan en profite pour dire à Blanche :

– Ça va ? Tu as l'air étrange ?

– Tout va bien. Comment va Léna ?

– Mieux. Les petits sont guéris.

– Tant mieux. Qu'est-ce que vous faites ?

– On sème le blé noir. Après manger on ira vérifier que tout va bien pour le seigle.

– Pourquoi ?

– Toujours aussi curieuse, toi !

– Ça m'intéresse.

– Tu as raison. Comme ça lorsque tu te marieras, tu sauras de quoi parler à ton homme.

Allan doute fort que Blanche épouse un gars d'ici. Elle est trop jolie et trop maligne pour se satisfaire de cette vie.

– On va voir le champ de seigle car on l'a déjà semé en septembre, l'an passé.

– Déjà ?

– Pardi, ma fille ! « An hini'laka ed araog Nédeleg, N'é ket eul liboudenneg. »[20] C'est un vieux dicton.

– Très bien ! Je pourrai jouer les savantes dorénavant !

Yann interpelle Allan, en colère.

---

[20] « Celui qui met du blé avant Noël, N'est point un imbécile. »

– J'y vais fillette.

– M'appelle pas fillette !

– Tu as raison. Tu ne ressembles plus à une petite fille. Alors au revoir « mor-wreg » ![21]

Elle s'éloigne au petit trot. Décidément, après avoir été une fée à la beauté surhumaine, la voici devenue une sirène !

– Il y a pire, pense-t-elle heureuse. Seulement toutes ces créatures ont été rejetées par Dieu… Les gens voient-ils en moi quelque maléfice ?

Cette question la taraude durant son retour à la ferme. En passant près du cours d'eau, elle ne se trouve plus très loin du château. Elle songe aussitôt à y déposer Pommeau. Son père lui a lancé un regard si mauvais tout à l'heure qu'elle préfère savoir l'animal à l'abri de ses malveillances.

Alexandra se trouve dans la salle à manger en compagnie de sa tante lorsqu'elle aperçoit Blanche passer avec son poney. Son père est absent pour la journée et elle se garde bien de le dire à Aude.

– Mon amie Blanche, pense-t-elle rêveusement.

C'est toujours un vrai bonheur de la voir. Elle la fait tellement rire ! Pourtant elles sont très différentes. Blanche est intrépide, téméraire, dure, insolente, insupportable même parfois alors que la blonde Alexandra est calme, posée, prudente, peureuse et faible, au grand désespoir de son amie qui voudrait qu'elle soit plus forte face à Aude. Cette dernière l'a élevée dans la peur de tout : de la vie, des hommes, des animaux… Le seul point sur lequel la jeune fille n'a jamais cédé, c'est Blanche. Sa tante a pourtant

---

[21] femme de mer, sirène.

tout tenté pour l'éloigner de la « mauvaise » influence de cette dernière, même de la rendre jalouse des relations qu'elle entretient avec le comte.

– Tout de même Alexandra, trouvez-vous normal que votre père passe la moitié de son temps à galoper sur les chemins avec cette fille ?

Dans sa bouche, le mot « fille » exprime toute sa rancœur. Elle le dit comme elle parlerait d'une putain. Mais cela n'a jamais détourné Alexandra de l'amitié et la tendresse qu'elle lui porte. Et puis la jalousie n'est pas dans sa nature, elle est bien trop douce pour cela. De plus, elle sait combien l'aime son père, il le lui prouve au quotidien. C'est un gentilhomme et elle est heureuse que Blanche profite de sa générosité. Elle a compris qu'un lien particulier les unit et elle ne voudrait en aucun cas faire de mal à son père, en réclamant toute son attention.

Elle est au bord de la nausée devant tous les plats qui se succèdent. Elle en a assez de cette surabondance de nourriture et aimerait parfois que les choses soient plus simples, comme chez Blanche. Elle a l'eau à la bouche en pensant aux merveilleuses galettes, ces « krampouez téo » qu'elle lui a décrites. Elle observe sans indulgence, le morceau de poularde aux morilles qui se trouve dans son assiette en porcelaine de Sèvres et le repousse négligemment du bout de sa fourchette en argent. Elle a déjà dû goûter aux deux entrées, aux deux plats de poissons qui ont précédé et elle n'en peut plus.

– C'est digne d'un repas de fête, pense-t-elle, alors que nous ne sommes que deux. Quel gâchis !

Sa tante l'observe, étonnée.

– Vous ne vous sentez pas bien mon enfant ?

– Oh ! Si ma tante, dit-elle en se redressant. C'est juste que…

– Oui ?

– Cela me gêne de tant manger alors qu'avec ce « simple » repas, nous pourrions nourrir une famille entière durant des jours.

– C'est votre amie la paysanne qui vous a mis ces idées en tête ?

– Mais pas du tout ! Je suis capable d'avoir mes propres idées, vous savez.

– Oh ! Ça, je le sais. Surtout depuis que vous la fréquentez ! N'ayez pas de scrupules. Nous ne l'avons pas volé que je sache ?

– Non, ma tante…

– Très bien ! Alors mangeons, voulez-vous ?

Alexandra ne peut s'y résoudre.

– Eh ! Bien ?

– Je n'en peux plus !

– Vous serez malade si vous ne vous nourrissez pas.

La jeune fille pouffe de rire.

– Vous vous moquez ?!

– Non, ma tante. Ne vous méprenez pas. Mais je serai très certainement malade si je continue, au contraire.

– Vous êtes agaçante, Alexandra et vous m'avez coupé l'appétit. Théodore, veuillez débarrasser.

– Souhaitez-vous tout de même les desserts, Mademoiselle ?

– Naturellement ! Quelle question ?

Le maître d'hôtel rougit comme un enfant pris en faute.

– Veu… veuillez m’excuser, Mademoiselle. J’avais compris que vous n’aviez plus faim et…

– Et alors ? Quel est le rapport, je vous prie ?

Il se sauve en bredouillant des excuses.

– Quel insolent celui-là ! accuse Aude. Ne vous laissez jamais parler ainsi par un serviteur, Alexandra, car sinon qui sait ce qu’il adviendra ! On leur donne la main, ils vous prennent le bras et…

Alexandra ne l’écoute plus et l’observe. Aude profite de l’absence d’Armand pour martyriser les domestiques.

– Certains auront eu bien de la chance qu’Aude ne se marie jamais, pense la jeune fille. Qui sait les horreurs qu’elle aurait pu commettre en tant que maîtresse de maison !

Elle regrette une fois de plus cette mère qu’elle n’a pas connue et qui est morte en la mettant au monde. Elle se souvient à cet instant de la conversation qu’elle a eue avec son grand-père Vassilli, il y a trois ans de cela. Ce dernier, très malade, avait tenu à lui dire avant de mourir :

– Tu lui ressembles tant, à ma petite Alexandra… Elle était aussi belle que toi et quand je te regarde parfois, j’ai l’impression de la voir. Elle vit à travers toi. J’étais fou de jalousie lorsqu’elle a connu ton père ! Mais c’était une tête de mule sous ses dehors très raisonnables. Elle était folle de lui et j’ai compris pourquoi par la suite. Ton père est un homme exceptionnel et je l’aime comme un fils. Mais mon Alexandra… C’était ma préférée, tu sais ?

– Père me l’a dit, dyédouchka.[22]

---

[22] grand-père

– Ne pleure pas, ma petite. Je suis un vieil homme à présent et je suis heureux d'aller retrouver mon épouse et ta mère. Je regrette seulement de ne pas te voir devenir la femme merveilleuse que tu seras. Prends le meilleur des hommes, tu le mérites. Je suis sûr que comme ta mère, tu deviendras une amoureuse passionnée !

Alexandra se rappelle avoir rougi violemment. Il la regardait avec bonté et soudain son regard limpide était devenu tumultueux comme une rivière en pleine tempête. De ses dernières forces, il avait attrapé la main de sa petite-fille pour lui dire durement :

– Promets-moi une chose ! Méfie-toi de ta tante, c'est une mauvaise femme. Son cœur et son âme sont noirs comme les ténèbres. Elle te voudra malheureuse comme elle l'est elle-même.

Depuis ce jour-là, les paroles de son grand-père sont restées gravées dans son esprit et elle y pense souvent. Elle n'est pas aussi sévère que Vassili à l'égard de sa tante mais malgré tout un sentiment de défiance s'est installé. Elle tente depuis de se forger ses propres idées et de faire pour elle ce qui lui paraît le mieux et non plus d'exécuter tout ce que lui dit Aude.

– Vous m'écoutez, Alexandra ?

– Oui, ma tante, répond-elle en sursautant.

Heureusement, on leur apporte le dessert et Aude ne peut plus revenir sur son monologue qui a tant passionné sa nièce.

– Un bavarois aux fraises, s'exclame joyeusement Aude. Votre dessert favori !

– Merci, ma tante mais je ne peux plus rien avaler sous peine d'être vraiment malade !

– Vous êtes tout simplement insupportable aujourd'hui ! Eh ! Bien quittez cette table à l'instant et allez donc méditer sur votre comportement. Vous n'allez pas encore me couper l'appétit avec vos mines écœurées !

Alexandra se sauve plus qu'elle ne sort de la pièce.

Elle pense d'abord aller voir sa grand-mère, Constance. Celle-ci vient d'échapper à une mauvaise grippe qui l'a laissée très affaiblie. La convalescente a besoin de beaucoup de repos et elle pense que ce n'est pas une si bonne idée finalement. Soudain, elle pense à Blanche. Elle est peut-être encore dans l'écurie ? Elle hésite quelques minutes car elle n'est jamais entrée dans cet endroit. Aude n'a de cesse de lui répéter à quels miasmes épouvantables elle s'exposerait alors.

– Cesse donc d'avoir peur ! lui chuchote une petite voix dans sa tête, qui ne peut être que celle de Blanche.

Elle s'approche plusieurs fois de la grande porte et regarde avec envie le soleil et la nature qui semblent lui tendre les bras. Mais elle recule à chaque fois… Qui sait ce qui l'attend dehors ?

– Au diable tante Aude, s'insurge-t-elle en ouvrant la porte et en se ruant à l'extérieur.

Elle se retrouve sur une belle allée, plantée de chaque côté de buis torsadés, taillés en rond, en virgule, en boule… Un jardinier, très étonné de voir sa jeune maîtresse, s'approche d'elle une fourche sur l'épaule.

– Vous vous sentez bien, Mademoiselle ?

– Que c'est bon d'être ici !

– Pour ça je suis bien d'accord ! Est-ce que je peux vous aider ?

– Oh ! Non, merci. Tout va bien. Je vais à l'écurie.

De plus en plus surpris, le petit homme la regarde disparaître en courant.

– Ben ! Ça ! lance-t-il.

Alexandra est heureuse. Les odeurs printanières lui chatouillent les narines et elle remplit ses poumons autant qu'elle le peut. Les premières roses sont ouvertes, offrant leurs pétales au soleil qui les caresse de ses chauds rayons.

– Je suis comme ces fleurs, pense-t-elle. J'ai besoin de chaleur moi aussi et de la lumière du soleil pour vivre ! Quelle bêtise de penser que c'est mauvais.

Elle marche à présent vers l'écurie. Blanche est sur le point de quitter l'endroit mais en apercevant son amie, elle s'arrête net. Elle admire Alexandra et son pas gracieux qui fait onduler la large jupe de sa robe bleue. La couleur renforce le rouge de sa bouche et souligne sa blondeur. Les pommettes rendues roses par sa course un peu folle, tranchent avec la pâleur presque translucide de sa peau. Ses yeux transparents réveillent de douloureux souvenirs. Ce sont ceux de Sergueï. Celui dont elle chérit le souvenir depuis cinq ans maintenant. Armand, son parrain, lui disait la semaine dernière :

– Mon beau-frère fêtera ses trente ans cette année.

– Boris ?

– Non. Sergueï.

– Trente ans ? Mais il est si vieux alors ?

– Et moi qui vais fêter mes quarante-sept ans cette année ! Non, non, ne dis rien, je t'en prie !

– Ce n'est pas ce que je voulais dire !

– J'avais compris.

– Comment va-t-il ?

– Très bien. Aux dernières nouvelles, il était fiancé.

– Ça n'est pas possible !

La réaction violente de Blanche le surprend.

– C'est Boris qui me l'a écrit.

– Alors ça ne veut rien dire.

– Mais Blanche, pourquoi réagis-tu ainsi ?

Elle ne lui a pas répondu et il ne sait que penser. Elle essaye d'oublier ses paroles mais elles sont accrochées à son esprit et la font souffrir. Le reverra-t-elle un jour ? Rien n'est moins sûr mais elle est déterminée à tout tenter pour ne serait-ce que l'apercevoir, afin de constater si son cœur d'enfant lui a menti ou non.

– Alexandra, la princesse, hors de sa tour ? Le prince charmant serait-il venu te libérer ?

– Ne te moque pas, vilaine ! Tu n'es pas heureuse de me voir ?

– Plus que tu ne le crois. Mais je n'arrive pas à réaliser ! C'est la première fois que je te vois ainsi, et en plus près des écuries.

– Je vais bien à l'église !

– Alléluia ! Mais à part ça ?

– C'est vrai que je ne sors pas beaucoup…

– Jamais tu veux dire ! Et la vieille sorcière ? Où se cache-t-elle ?

– Blanche, tu es incorrigible !

– Tu as raison. Vieille est sûrement de trop. Sorcière suffit déjà amplement !

Alexandra rit franchement et Blanche est ravie de la voir joyeuse.

– Ton père n'est pas là ?

– Il est absent pour la journée. Je crois qu'il me prépare une surprise.

– Qu'est-ce qui te fait dire ça ?

– Il est beaucoup trop mystérieux !

– Maintenant que tu es dehors, nous pourrions peut-être aller faire une promenade à cheval ?

– Tu veux que je monte là-dessus ? dit-elle écœurée en désignant un cheval que tient un palefrenier.

– Tu as une façon d'en parler, tu es incroyable !

– Je monterai à cheval le jour où tu te mettras à la broderie.

– Alors tant pis ! C'est fichu !

Elles rient encore et continuent leur conversation sous l'œil attendri de Constance qui les observe depuis une fenêtre du château.

Pendant ce temps-là, Armand a vérifié que Yann, Allan et ses fils ne se trouvent pas à la ferme. Sûr de lui, il se présente dans la cour, détonnant par son élégance au milieu du décor rustique. Marie sort aussitôt, alertée par le bruit des sabots du cheval. Elle se retient au chambranle de la porte en le voyant.

– Je dois te parler, Marie.

Sa voix est une caresse et elle ferme les yeux pour mieux savourer l'instant. Isabelle la rejoint pour voir le nouvel arrivant.

– Armand ?

Un choc violent l'ébranle lorsqu'il la découvre si maigre et si pâle. Il sait qu'elle est malade mais son état semble se dégrader de jour en jour.

– Que fais-tu là, mon petit ?

Elle est la seule personne à l'appeler ainsi et il sourit.

– Ne suis-je pas un peu vieux pour que tu m'appelles encore ainsi ?

Il descend de cheval et la prend dans ses bras. Son corps est décharné et il a peur un instant de la casser comme du verre.

– Je ne suis pas belle à voir, n'est-ce pas ?

– Tu plaisantes ? Tu es magnifique !

Elle ferme ses yeux pour lui faire comprendre qu'elle n'est pas naïve.

– Vous m'avez manqué toutes les deux ! C'est si bon de vous voir seules !

– Yann ne va plus tarder, tu ne dois pas rester ici. Qui sait ce qu'il serait encore capable de nous faire subir !

– Allons, Marie, n'aie crainte. Je me suis assuré qu'il ne rentrerait pas tout de suite. Je dois te parler.

Elle est surprise et reste prostrée. Sa mère la secoue.

– Ne perds pas de temps. Vas-y, je garde les petits.

Il lui attrape la main et elle a tant rêvé de ce contact, qu'une petite larme perle dans son regard. Elle n'hésite plus et ils partent en courant comme deux enfants, sous le regard attendri d'Isabelle. Il attrape son cheval au passage et celui-ci suit sans broncher.

Sous le couvert des arbres, ils se regardent enfin, face à face, les mains soudées.

– Tu m'as tellement manqué, lui dit-il ému d'apercevoir de légères rides et quelques fils d'argent dans ses cheveux.

Elle ne lui répond pas.

– Marie ? Tu ne te sens pas bien ?

– Si, répond-elle enfin, mais je ne devrais pas être là. Qui sait ce que Yann inventera encore s'il l'apprend…

Elle frissonne et il s'étonne.

– De quoi veux-tu parler ?

– Écoute-moi Armand. Te voir me cause la plus grande des joies, tu le sais, mais en même temps…

– Quoi ?

– Ma vie est si difficile sans toi et te voir, te toucher, t'entendre est un vrai supplice.

Il hausse les sourcils et lui lâche les mains.

– Pour moi aussi, c'est difficile. Ne crois pas qu'il en soit autrement. Pourquoi ne pas profiter simplement de ce rare moment ?

– Parce qu'après tu ne seras plus là et ça je ne le supporte plus !

– Yann…

– Yann est un monstre ! Avec le temps il devient pire que tout ce que j'aurais pu imaginer.

– Que t'a-t-il fait pour que ton regard devienne si dur ?

– Je ne te le dirai pas…

– Si tu ne me dis rien, Marie, je vais le tuer !

Elle sursaute.

– Tu es fou ? Nous avons des enfants, et puis ma mère est si malade…

– Tu as bien des soucis… Mais pourquoi te fait-il du mal ?

– Rassure-toi, je vois le doute dans tes yeux, il ne touche pas à Blanche. Elle est sous ta protection et il le sait.

– Mais vous l'êtes tous ! Cet idiot n'a vraiment rien compris !

– Ne t'emporte pas.

– Comment veux-tu que je reste calme quand j'apprends qu'il vous mène une vie d'enfer ?

– Ne perdons pas plus de temps, Armand. Tu voulais me parler de Blanche, j'imagine ?

Il est en colère et fait les cent pas, les mains dans le dos.

– Oui, je veux que tu comprennes combien je tiens à elle.

– Calme-toi, Armand. Nous ne pouvons pas parler ainsi !

Il se calme enfin.

– Écoute, Marie. Ce que je viens d'entendre me conforte encore plus dans mon idée. Je dois quitter la Bretagne quelques mois et je souhaite l'emmener avec moi.

Marie devient très pâle et se retient à un arbre.

– Elle est si jeune, Armand. Tu ne peux pas me l'enlever !

– Elle aura quinze ans cet automne. Et je ne supporte pas l'idée de la savoir loin de moi. Nous devons la protéger de ce fou furieux !

– Tu l'aimes donc tant ?

– Plus que je ne saurais te le dire. Elle est notre fille et je l'aime autant que mon Alexandra.

Marie éclate en sanglots.

– Mais où veux-tu l'emmener ?

– Mon beau-frère Sergueï vient en France pour rencontrer l'empereur. Comme tu le sais peut-être, il y a une guerre en Crimée… enfin, c'est compliqué, je te passe les détails. Toujours est-il que nos deux pays sont en complet désaccord. Il m'a demandé de le rejoindre. Je n'ai pas hésité. Alexandra doit faire son entrée dans le monde et l'Exposition Universelle ouvrira bientôt ses portes. C'est une chance pour Blanche.

– Oui, je sais mais…

– Ah ! Non, Marie ! Je ne supporte pas de lire ce doute dans ton regard.

– Tu ne peux pas me faire ça !

Il est surpris par sa véhémence.

– Elle est trop jeune. Que fera-t-elle avec vous ? Elle n'est pas une servante !

– Que dis-tu ? C'est horrible de me prêter ce genre de pensée. L'ai-je une seule fois considérée comme telle ?

– Excuse-moi, je ne sais plus ce que je dis… Yann n'acceptera jamais.

– Écoute, Marie. Je n'ai pas voulu en parler à Yann car je sais comment le faire accepter et crois-moi, il n'hésitera pas une seconde. Cela fait des années qu'il attend cet instant. Il y a longtemps, j'ai pactisé avec ce diable.

– Et ?

– Je lui ai promis de lui donner sa ferme en échange de Blanche.

– Vous êtes ignobles !

– Mais que crois-tu ? Qu'il me laissait la voir sans rien recevoir ? Tu ne le connais pas ? Laisse-moi emmener Blanche, je t'en supplie. J'ai besoin de ton accord.

– Ce n'est pas le moment.

Armand hausse le ton, de plus en plus agacé.

– Elle aura déjà quinze ans ! Certaines filles se marient à cet âge-là !

– Je le sais.

– Mais alors, pourquoi ?

– Ma mère est très malade et je crains qu'elle ne passe pas l'année. Son état ne cesse d'empirer. Si Blanche part maintenant, elle ne reverra plus sa grand-mère.

– Je connais Isabelle et je sais qu'elle ne serait pas d'accord avec toi… Tu le sais aussi bien que moi d'ailleurs. Le bonheur de Blanche serait son seul souci. Mais j'ai compris. Tu ne veux pas. Cesse d'utiliser ta mère comme excuse ! J'aurais dû en parler à Yann directement.

– Tu peux toujours le faire, tu sais ! D'ailleurs, pourquoi as-tu pris la peine de me le demander ?

– Tu es mesquine. Je suis déçu. Si je suis venu te voir, c'est parce que Blanche est notre fille et que par respect envers toi, il m'était indispensable d'avoir ton aval. Dire que tu as osé me dire un jour que tu m'aimais !

– Elle est aussi bien avec nous qu'avec toi !

Marie se réfugie dans une sourde colère pour faire face aux accusations d'Armand.

– Blanche n'est pas faite pour vivre à la ferme. C'est une vraie Pommeau-Desbally. Ne lui parle pas de ton refus, elle ne te le pardonnerait pas.

– Peut-être que tu te trompes, continue-t-elle sans grande conviction. Sa vie est peut-être ici, y as-tu pensé ?

– Et puis elle épousera un bon gars ? Tu es heureuse, toi ?

– Moi, c'est différent.

– Tu t'es sacrifiée ! C'est vrai. Sainte Marie… qui refuse le bonheur à sa fille.

– Ne dis pas ça. Je la connais.

– Mais moins que moi, c'est évident, sinon tu aurais compris que c'est la seule chose à faire. Tu vas lui briser le cœur par ton aveuglement !

Elle ne répond pas, trop mal pour ajouter une parole.

– Je m'en vais, dit-il en montant prestement sur son cheval. Cette conversation n'a que trop duré ! Nous partons à la fin de la semaine.

– Quand revenez-vous ?

– Qui sait ? Dans quelques mois, une année…

Il tape les flancs de sa monture et s'en va au galop, trop énervé pour ajouter un mot de plus. Marie est figée et se demande comment ils ont fait pour en arriver là. Refuse-t-elle à sa fille le droit à ce bonheur qu'elle-même n'a eu de cesse d'espérer ? Elle ne sait plus et rentre rejoindre sa mère.

– Est-il arrivé un malheur ? lui demande cette dernière.

Marie lui raconte alors ce qu'elle s'était juré de ne pas dire.

– Es-tu devenue folle, Marie ? Je ne te comprends pas…

Ce seront là les seuls commentaires d'Isabelle qui s'enfonce ensuite dans un mutisme boudeur. Marie est de plus en plus mal et en voyant le sourire de sa fille, ce soir-là, elle se sent carrément coupable.

– Elle ne se doute de rien, pense-t-elle. Mon Dieu, qu'ai-je fait ?

Armand est contrarié. Il a demandé à Blanche de venir le retrouver dans son bureau. Ils partent dans deux jours et la jeune fille ne le sait toujours pas. Elle entre la mine sombre.

– Vous partez ? demande-t-elle douloureusement. N'est-ce pas ?

Elle a compris. En entrant dans le château, les domestiques le lui ont confirmé. Elle l'a appris ce matin alors qu'elle se trouvait au village.

– Oui, Blanche.

Il se faisait une telle joie à l'idée de lui annoncer la nouvelle, de lui dire qu'elle allait partir avec eux. Il en veut encore plus à Marie.

– Vous partez longtemps ?

– Oui, je pense. Au moins jusqu'à la fin de l'année…

– Ah ?

Dans cette simple exclamation, il entend son chagrin.

– Vous partez tous ? Je veux dire, Alexandra est du voyage ?

L'espoir dans ses mots est palpable et il sait que sa déception sera encore plus grande.

– Oui. Le château sera fermé. Bien sûr, il restera un gardien et il est évident que Pommeau peut rester ici et que tu peux venir quand tu veux.

– Alors que vous n'y serez pas ? Non, je ne crois pas.

Elle se tasse dans son fauteuil et sent les larmes lui piquer les yeux.

– Que croyais-tu ? pense-t-elle. Qu'ils allaient t'emmener ? Leur charité ne va pas jusque-là quand même ! Aude t'avait prévenue ! Cette sorcière avait raison !

– Pourquoi prenez-vous cet air triste, Monsieur le Comte ? lui balance-t-elle injustement. Vous n'aviez pas besoin de me prévenir avec tant de cérémonie ! Chacun est enfin à sa place ! C'est mieux comme ça.

Il est soufflé par sa réaction. L'air dur, elle est devant lui, le bravant de ses yeux d'acier.

– Marie, se dit-il, en cet instant, je te déteste.

– Eh ! Bien, au revoir Monsieur le Comte.

Elle se retourne, prête à quitter la pièce.

– Blanche ! Attends ! Ce n'est pas ce que tu crois. Je t'ai prouvé depuis longtemps à quel point tu comptes pour nous, non ?

Elle pleure doucement et se rue dans ses bras. Il l'attrape et la serre très fort.

– Ne pleure pas, ma petite fille.

Elle relève brusquement la tête et sans prévenir, s'en va en courant. Il n'a pas le temps de la retenir et les poings serrés, va s'asseoir derrière son bureau. Il frappe brutalement le meuble qui tremble sous le coup.

Elle monte les marches deux par deux en criant le nom d'Alexandra. Cette dernière l'entend immédiatement et a juste le temps de la réceptionner dans ses bras.

– Ma Blanche, calme-toi.

– Je suis venue te dire au revoir, dit-elle en sanglotant.

Alexandra lui caresse les cheveux en lui murmurant des paroles apaisantes. Blanche finit par se détendre.

– Tu es heureuse de partir ?

– Je ne vais pas te mentir. Oui, je suis très heureuse. J'ai toujours rêvé d'aller à Paris.

– Mais tu as peur de ton ombre !

– Ne sois pas méchante avec moi. J'ai fait des progrès !

– Je ne voulais pas être méchante ! C'est juste que… tu vas tellement me manquer !

– Toi aussi. J'espérais que père t'emmènerait avec nous.

– Nous savons toutes les deux que ce n'est pas possible. Après tout, je ne suis que la fille de son métayer. J'ai déjà tant de chance de vous avoir.

– Mais nous aussi. Et détrompe-toi, tu n'es pas que la fille du métayer. Tu es notre amie la plus chère.

– Tu ne m'oublieras pas là-bas, dans ta grande ville ?

– Jamais !

– Que vas-tu faire à Paris ? Tu vas t'ennuyer sans moi !

Alexandra se met à rire.

– Oh ! Ma Blanche ! C'est vrai que je risque d'avoir des moments ennuyeux sans toi. Mais je suis si heureuse de voir mon oncle Sergueï.

En entendant son nom, Blanche manque de défaillir.

– Ce n'est pas possible, pense-t-elle. C'est pire que ce que je croyais. Un vrai cauchemar ! Pas mon Sergueï !

– Blanche ? Tu vas bien ?

– Heu… oui. C'est juste l'émotion.

Elles se promettent mille choses, s'embrassent et Blanche s'en va. En descendant les escaliers, elle rencontre Aude.

– Tiens ? Blanche ! Que faites-vous là ?

– J'ai fait mes adieux à Alexandra.

– Oh ! Comme c'est charmant, vous avez l'air si triste…

Blanche est trop énervée pour supporter son hypocrisie.

– Ne faites pas semblant d'avoir de la peine pour moi.

– Vous avez raison ! Je suis si heureuse de me débarrasser enfin de vous !

Le surnom de sorcière ne lui a jamais aussi bien convenu qu'en ce moment.

– Il était temps qu'on vous remette à votre place. Pourquoi ces larmes ? Que croyiez-vous ? Qu'on allait vous emmener ?

– Pas du tout !

– Menteuse ! Je le vois dans vos yeux ! La fille du métayer ! Nous aurions bonne mine en nous inclinant devant l'empereur. Va donc rejoindre tes cochons et ne sors plus de ton purin.

Blanche s'avance et Aude recule devant son air menaçant.

– Vous n'êtes qu'une vieille fille aigrie. Personne n'a voulu de vous et c'est normal ! N'oubliez pas que je suis sous la protection du comte et qu'ici, c'est lui qui commande.

– Il n'y a qu'à voir en quelle estime il te porte. Il va te laisser moisir dans ta province.

– Je sais qu'il m'aime beaucoup et vous ne réussirez pas à me faire croire le contraire. Au revoir Aude, et pensez bien en voyant les jolis couples d'amoureux de Paris, que jamais vous ne serez à leur place.

Aude tente de la gifler mais Blanche est plus rapide. Elle arrête son geste, balance son bras violemment et quitte le château.

En sortant, elle aperçoit les domestiques qui couvrent les meubles de housses blanches. Cet endroit qu'elle aime tant va être comme mort durant leur absence et elle a du mal à le supporter. Elle prend Pommeau pour rentrer chez elle car elle le laissera dorénavant à la ferme. Elle essuie ses larmes en rentrant dans la cour et ne voit pas son père qui l'observe en cachette.

Lorsque le comte l'a convoqué pour lui annoncer son départ, il a cru que c'était enfin le grand moment. Mais non ! Le comte ne lui a parlé ni de Blanche, ni de la ferme…

– Cette petite garce a dû mal se comporter, pense-t-il, et il n'en veut plus ! Elle va me le payer !

En la voyant descendre de l'animal, il remarque à nouveau à quel point elle est devenue jolie. Ses formes se dessinent nettement à présent et elle n'en est guère dépourvue. Il pense souvent à lui relever ses jupes pour la culbuter dans le foin. Sa beauté et sa jeunesse lui tournent la tête. Ses veuves qui le satisfaisaient pleinement ne lui font plus d'effet et à chaque fois se dresse l'image de la jeune fille.

– Après tout, elle n'est pas ma fille !

Une bosse se forme dans son pantalon et il s'en va honteusement se soulager dans un coin. Le comte sera absent des mois et ne pourra donc plus la surveiller… Cela le fait jouir aussitôt et il s'appuie à un arbre sous la violence du plaisir qui le submerge par vague. Il met quelques instants à reprendre ses esprits, son membre devenu mou dans sa main. Il le regarde et se trouve pathétique. Il le rentre enfin dans son pantalon et prend la direction de la ferme. Il enrage contre Blanche de le mettre dans des états pareils.

– Tu ne perds rien pour attendre !

La jeune fille ne se doute de rien et n'a même pas aperçu Yann.

CHAPITRE VI
Les intentions de Yann

Armand suit la luxueuse berline qu'il a acquise récemment. Il l'a souhaitée sobre et n'a donc pas apposé ses armes sur les portes. Il n'aime pas étaler sa fortune ni son rang et puis la grande voiture noire à portes vitrées se suffit à elle-même. C'est un modèle très récent et confortable et c'est tout ce qui lui importe. Il préfère, pour sa part, voyager à dos de cheval. C'est là qu'il se sent le mieux. Ils feront le trajet en plusieurs jours, s'arrêtant chez des amis pour dîner et dormir. Ce sera ainsi moins épuisant pour Constance.

Armand est pensif. Depuis qu'il a quitté le château, un mauvais pressentiment ne le quitte pas. Il se répète que c'est idiot et tente de se calmer mais rien n'y fait et il reste très angoissé. Il est d'humeur maussade et ne parle pas. Lors d'une pause, Alexandra vient vers lui. Elle voit bien qu'il est contrarié et lorsqu'elle le voit allumer un cigare, elle se dit même que ça doit être grave.

– Quelque chose ne va pas, père ?

Il sursaute car plongé dans ses pensées, il ne l'a pas vue s'approcher.

– Non, non ! Peut-être un peu de fatigue ?

– Vous ne fumez jamais en pleine journée et vous avez l'air extrêmement préoccupé depuis notre départ. Dites-moi ce qui se passe.

Il s'en veut de lui causer tant de soucis.

– Ne soyez pas inquiète, Alexandra.

– C'est à cause de Blanche, n'est-ce pas ?

Il est étonné mais ne dément pas.

– Pourquoi ne pas l'avoir emmenée avec nous si cela vous chagrine de la sorte ?

– C'est stupide ! Je ne dois plus y penser. Je suis tellement heureux que nous fassions ce voyage ensemble.

– Mais je le sais, Père. Ne vous en faites pas pour moi. Je sais à quel point vous m'aimez.

– J'en suis heureux, Alexandra, car c'est la vérité. Nous les hommes avec notre pudeur, nous avons parfois du mal à exprimer nos sentiments ! Votre mère avait la beauté magique des femmes russes et en plus d'être intelligente, elle possédait une gentillesse rare. Vous lui ressemblez tellement aujourd'hui ! Dire qu'elle avait votre âge lorsque je l'ai rencontrée… Je vous vois encore comme une enfant !

– Elle était très jeune quand même !

– À l'instar de votre mère, vous ferez tourner toutes les têtes et briserez bien des cœurs sur votre passage.

Elle rougit, gênée et change de sujet.

– Et Blanche, alors ? Pourquoi avez-vous l'air si inquiet ?

– C'est très compliqué, répond-il les sourcils froncés.

– Elle… Elle est…

Elle hésite et il l'encourage.

– Oui ? Quoi ?

– C'est votre fille, n'est-ce pas ?

Il accuse le coup.

– Pardonnez-moi, Père. Je n'aurais pas dû vous le demander.

Elle s'apprête à s'en aller mais il la retient.

– Comment… mais comment avez-vous deviné ?

En riant, elle lui répond :

– Si je ressemble à ma mère, il est évident que Blanche est le portrait de son père !

– Êtes-vous déçue ? Avez-vous de la peine ?

– Quelle drôle d'idée ?! J'aime Blanche et je suis heureuse qu'elle soit ma demi-sœur.

– Je suis si fier de vous, Alexandra ! Vous avez déjà une maturité qui m'étonne.

Il la prend dans ses bras et ils restent ainsi quelques instants, savourant ce moment de complicité.

– Pas un mot à votre tante, n'est-ce pas ?

– N'ayez aucune crainte de ce côté-là. Mais dites-moi Père, pourquoi avoir laissé Blanche en Bretagne ?

– J'ai une grande estime pour sa mère mais nous ne nous sommes pas compris cette fois et elle a refusé.

– Quel dommage ! J'aurais tant aimé qu'elle soit avec nous… Un farfadet dans Paris, vous imaginez ?

– Oh ! Oui ! C'est sûr qu'avec elle nous ne nous serions pas ennuyés !

– C'est certain en effet. Ne soyez pas inquiet pour elle, père. Nous la reverrons bientôt.

– Oui, c'est vrai mais j'ai ce mauvais pressentiment qui ne me quitte pas…

– Vous me faites peur à présent ! De quel pressentiment parlez-vous ?

– Une menace, je ne sais pas trop.

– Mais alors, allez la chercher !

– C'est idiot, ne nous montons pas la tête et profitons de notre voyage. Allons, chassons ces idées noires et remettons-nous en route. On nous attend ce soir chez mon ami Ernest Kerec.

Ils se séparent et sont à présent tous les deux soudés par une forte inquiétude qui ne les quittera plus.

Il y a une semaine qu'ils ont quitté la Bretagne et Blanche qui ne cesse d'y penser, exécute ses tâches sans ardeur.

– Qu'ils me manquent ! se dit-elle. Et dire que cela ne fait qu'une seule semaine…

Elle promène un regard triste, ne sourit plus et semble avoir perdu l'usage de la parole. Marie s'en veut énormément et sa mère, Isabelle, lui fait bien sentir qu'elle désapprouve sa décision à chaque minute qui passe.

– Ne me regarde pas ainsi, je m'en veux assez, va !

– C'est un peu tard pour des regrets, Marie. À ce train-là, elle va dépérir !

– Tu exagères. J'ai fait ce que je croyais bon pour elle.

– Tu plaisantes ? Tu n'as pas pensé une seconde à elle ! Quelle mère ne rêve pas d'un avenir meilleur pour ses enfants ?

– Sommes-nous donc si malheureux ?

– C'est toi qui oses demander ça ? Cela fait quinze ans que tu affiches un air éploré de martyre !

– Arrête !

– Alors que tu refuses à Blanche la chance de sa vie ! J'ai quant à moi toujours espéré qu'un jour tu deviendrais la femme d'Armand.

– Moi ? En comtesse ?

– Et alors ?

– Tu es une meilleure mère que moi, voilà tout.

– Non. Mais je sais par quoi passe ton bonheur. Qui sait si ça n'arrivera pas un jour ?

– Tu dis n'importe quoi ! Et je te signale, qu'accessoirement, j'ai un mari !

– Je ne cesserai jamais d'y croire… pour toi !

– Je me suis vraiment trompée pour Blanche, dit Marie après un instant. Est-ce que j'ai voulu qu'elle soit aussi malheureuse que moi ?

La tête penchée, elle pense à voix haute :

– Ou bien voulais-je garder auprès de moi le seul lien qui me rattache à Armand… Qu'est-ce qui m'a pris ?

– C'est bien de reconnaître tes torts, Marie. Et tu es une merveilleuse mère, ne pense jamais le contraire.

Elle la prend dans ses bras et Marie pense encore une fois que sa mère est vraiment devenue squelettique. Ça lui fend le cœur et les larmes qu'elle verse lui sont destinées.

– Tu devrais envoyer Blanche faire du poney. Ça fait une semaine qu'elle n'en a pas fait, je suis certaine que ça lui ferait du bien !

– C'est une très bonne idée, répond Marie en séchant ses joues humides.

Elle s'élance aussitôt dehors. Blanche est avec Jeanne près du puits. Elles remontent des seaux d'eau et s'en servent pour nettoyer l'étable. Les bêtes sont aux champs avec les petits et Pommeau est accroché à un lourd anneau qu'il mordille doucement. Le bâtiment est donc vide et c'est le moment d'en profiter.

– Blanche ! Je pensais que tu pourrais aller te promener avec Pommeau. Tu travailles si dur depuis quelques jours.

– C'est gentil Maman mais je dois aider tante Jeanne.

Marie regarde sa sœur en essayant de lui faire comprendre ses intentions. Heureusement, celle-ci réagit aussitôt.

– Oh ! Non, dit Jeanne. Va ! Je vais finir.

– Je n'ai pas très envie.

Marie ne sait plus quoi inventer, aussi Jeanne insiste-t-elle :

– Mais dis-moi Marie, n'avais-tu pas besoin de… fil !

– Oui ! C'est ça ! répond-elle précipitamment. Du fil blanc ! Pour la robe d'Hélène !

La jeune fille fronce les sourcils. Elle a compris le plan des deux femmes et pour leur faire plaisir, décide d'y aller.

– Tu iras plus vite avec ton poney…

– Si ça peut te rendre service, finit-elle par dire en masquant son sourire.

Une fois sur le dos de Pommeau, elle se sent revivre.

– Elles ont eu une bonne idée, pense-t-elle avec tendresse.

Elle se promène d'abord sur les chemins qu'elle a l'habitude d'emprunter avec Armand, puis passe devant le château.

– Que c'est triste quand tout est fermé… Allons-nous-en !

Elle reprend un petit galop avant de pousser l'animal beaucoup plus vite et décide d'aller voir ses deux frères aînés, dans un champ que leur père a nommé le matin même : « terre chaude ». Autrement dit, c'est un terrain qui n'a plus besoin de repos.

– Ça fait dix ans qu'on l'a pas cultivé et la jachère a assez duré. Vous y allez les gars.

Elle sait bien où il se trouve car à l'automne, la bruyère qui le recouvre lui donne l'aspect d'un tapis rose et violet. Armand le lui avait montré et ils étaient restés côte à côte à admirer la belle étendue colorée. Elle est triste de penser qu'elle ne pourra plus revenir admirer cet endroit sur lequel aura poussé du sarrasin.

– De toute manière, Armand ne sera pas là…

Ses frères, Pierre en tête, travaillent à la « marre ». Cet outil, une sorte de houe dont la lame est presque ronde et tranchante sur le pourtour, sert à arracher la croûte de terreau où s'entrelacent les racines. Ensuite, les mottes qui seront arrachées sèchent en petits tas qu'on dispose à un mètre les uns des autres. Ils les feront brûler durant deux à trois jours et cela provoquera une fumée âcre qui se répandra aux alentours. Ils se serviront des cendres pour enrichir la terre en la mélangeant au labour. Le champ sera enfin prêt pour recevoir des cultures durant trois à quatre années consécutives. On commencera par le sarrasin, puis on y plantera du seigle. Si la terre est bonne, on essaiera peut-être le froment au bout de la troisième année. Dans le cas contraire, si elle est vraiment infertile, elle retournera en jachère pour une durée variant de une à vingt années, sans avoir vu ne serait-ce qu'une seule graine de froment.

Pierre et Antoine arrêtent de travailler dès qu'ils aperçoivent leur sœur.

– Regarde ! crie Pierre. Je bats Antoine à présent !

Il est fier de cet exploit. La jeune fille sourit car elle a toujours trouvé un peu stupide ces concours de laboureurs.

– Avec un peu de chance, je battrai peut-être le père bientôt !

– Il te faudra plus que de la chance ! lui dit Antoine, un peu vexé en lui assénant une claque derrière la tête. Et puis c'est la première fois que tu vas plus vite que moi, vantard !

– Cessez donc de vous chamailler tous les deux.

– Tu viens nous aider ? lui demande Pierre l'œil espiègle.

– Très drôle ! J'ai une course à faire pour maman.

Blanche les regarde avec tendresse. Antoine n'a plus eu de geste déplacé envers elle et la regarde avec le respect qu'on a pour une icône. Il fréquente depuis quelques jours une jeune fille du nom de Lucie. Il l'a rencontrée à la foire et ils se sont plu tout de suite. Comme Blanche, elle porte ses longs cheveux noirs librement et ses yeux, sans être aussi beaux que les siens, n'en sont pas moins bleus. Leur ressemblance s'arrête là car Lucie n'a pas la beauté exceptionnelle de sa sœur. Malgré tout, Antoine l'a tout de suite remarquée et elle l'intéresse beaucoup. Elle est drôle, vive, courageuse et pour ne rien gâcher, Antoine l'attire beaucoup aussi. Sans parler de coup de foudre, ils ont ressenti quelque chose de très fort la première fois que leurs regards se sont croisés. Il l'a abordée à la première occasion et en discutant, ils ont découvert qu'elle habitait le hameau voisin, celui où l'oncle d'Antoine, Martin, est curé. Depuis la foire, ils se voient en cachette et la dernière fois elle s'est enfuie, toute rougissante, après lui avoir appliqué un rapide baiser sur la joue. Toute la soirée, il a caressé l'endroit où elle l'avait embrassé avec un sourire béat. Il ne peut malheureusement en parler à personne car si son père l'apprenait, il y aurait du vilain. Ce dernier s'est mis en tête de lui trouver une femme et il lui disait moins d'un mois auparavant :

– J'ai parlé avec Léon. Il a une bonne fille à marier.

– Ninon ?

– Eh ! Ben ? Tu dis ça drôlement ! Elle est fille unique, figure-toi et son père a de bonnes terres et son étable est bien fournie. Le Léon m'a laissé entendre que la dot ne serait pas mauvaise. Il serait bon que tu ne me déçoives pas pour une fois ! Tu iras lui accrocher une branche d'aubépine à sa porte le 1er mai.

Le jeune homme connaît cette tradition. C'est ainsi que l'on déclare son inclination pour une jeune fille.

– Invite-la donc au prochain Pardon, fais pas ton benêt ! Et puis, il faut qu'on commence à vous voir ensemble, histoire de décourager les autres…

Antoine est sorti de la maison pour respirer et reprendre des couleurs. Jamais il ne pourrait épouser cette gourde de Ninon. Mais son père revient à la charge régulièrement. La dernière fois, c'était dimanche, à la sortie de l'église.

– Regarde-la, bougre d'idiot ! Envoie-lui un sourire, je ne sais pas… Tu la trouves pas jolie ?

– Ah ! Ça ! Ninon est plus que jolie même ! Mais elle est tout autant dépourvue de cervelle ! Cette fille-là n'est pas pour moi, Père ! Elle n'a pas sa place dans une ferme, a tranché violemment Antoine. Regarde-la ! Elle passe son temps à tortiller ses cheveux entre ses doigts et à vérifier que sa robe n'est pas tâchée ! Et puis elle rit comme une sotte à tout bout de champ… Elle n'a pas plus d'esprit qu'une poule !

Son père le fixe, le regard noir et lui dit avec colère :

– Tu devrais pourtant te faire à l'idée car dans moins d'une année, je peux te jurer qu'elle partagera ton lit !

Antoine a du mal à dormir depuis. Il pense sans arrêt à Lucie mais à chaque fois vient se superposer l'image de la blonde Ninon en train de rire comme une bécasse. Il sait d'avance que Lucie ne tiendra pas la comparaison : elle est la sixième d'une famille de dix enfants, son père est mort et ses frères ont repris la ferme avec leurs épouses, elle n'a pas de dot et son père la trouvera moins jolie que l'autre sotte ! Ça le rend malade de savoir qu'on va le marier de force avec cette idiote mais si leurs pères en ont décidé ainsi, il sait qu'il ne pourra faire autrement que leur obéir.

Blanche repart au pas en laissant ses frères reprendre le travail. Elle pense à Armand et Alexandra. Elle aimerait tant être avec eux.

– Sergueï, murmure-t-elle pour elle-même… Mon beau prince russe…

Elle longe un bois et tout à son plaisir de prononcer le nom de l'homme qu'elle aime, elle ne remarque pas qu'on l'observe. Yann est caché à l'intérieur des arbres. Il la voit parler mais n'entend pas ce qu'elle dit. Le désir qu'il a d'elle depuis quelque temps fait aussitôt surface. Il regarde ses seins tressauter dans son corsage de fillette, trop petit pour elle à présent. Il aimerait passer sa langue sur sa peau et sentir son odeur. N'en pouvant plus, il se risque à tenter sa chance. Il se redresse fièrement sur son cheval, se passe la main dans les cheveux et sort du couvert des arbres, juste devant elle.

Son poney ne fait pas d'écart car il a senti le cheval de Yann. Mais lorsque sa maîtresse pousse un cri de frayeur, il veut partir brusquement sur la droite. Son père attrape les rênes et l'empêche de s'enfuir.

– Tiens, Blanche ! Ma petite…

Son ton aimable et doucereux, l'alarme aussitôt. Jamais il ne lui a parlé aussi gentiment depuis des années.

– Tu m'as fait peur !

– Excuse-moi. C'est drôle de se rencontrer sur le chemin… Où vas-tu ?

– Chercher du fil pour maman. Pourquoi ?

Il ne lui répond pas et la regarde intensément.

– Il fait beau, tu ne trouves pas ?

– Heu ! Oui, c'est vrai.

Elle s'inquiète franchement à présent. Il dit des banalités sans la regarder. Il n'a d'yeux que pour sa poitrine et son visage rouge dégouline de sueur. Il se rapproche encore d'elle et sa jambe se plaque contre la sienne. Elle est plus basse que lui puisque son poney est plus petit que le cheval. Il prend toutes les rênes dans sa main gauche et de l'autre, vient carrément peloter ses seins. Elle se doutait qu'il avait ce genre d'idée en tête mais ne pensait pas qu'il le ferait. Elle se débat et tente de le repousser mais il est plus fort qu'elle. Elle s'affole quand elle remarque qu'il essaye de la faire descendre de l'animal.

– Je dois rester sur Pommeau, pense-t-elle. C'est ma seule chance !

Elle attrape la badine qu'Armand l'a toujours forcée à glisser dans un petit orifice de la selle. Alors que Yann s'enhardit encore la bouche ouverte à vouloir l'embrasser, elle le frappe de toutes ses forces. La violence du coup lui rend ses esprits mais les chevaux sous tension se séparent.

– Si tu t'approches encore de moi, je n'hésiterai pas à te frapper encore ! Espèce de monstre !

– Tu n'es qu'une putain, comme ta mère ! Tu aimes ça que je te touche ? Dis-le donc, traînée.

– Tu es fou !

– Tu préférerais sans doute que ce soit Armand, toi aussi, n'est-ce pas ?

– Tu me dégoûtes ! Ne m'approche plus, tu entends !

– C'est toi qui m'as cherché ! Tu en voulais et maintenant tu joues les innocentes ?

– Tu es un malade ! Tu es mon père quand même, tu n'as pas le droit !

Il ne peut pas répondre car son cheval s'énerve et Blanche en profite pour partir au galop sans se retourner. Elle ne s'arrête qu'au château. L'endroit est désert et elle se cache vite dans l'écurie avec Pommeau. Là, elle se laisse tomber dans la paille d'une stalle et laisse libre cours à ses larmes. La tête entre les mains, elle pleure durant des heures en se demandant ce qui lui a pris. Elle finit par s'endormir et Antoine la réveille en pleine nuit.

– Antoine ? demande-t-elle ensommeillée. Qu'est-ce que tu… Mais qu'est-ce…

Tout lui revient à l'esprit et elle s'effondre dans les bras de son frère.

– Blanche ? Que se passe-t-il ? On te cherche partout depuis des heures !

Soudain, la jeune fille s'écarte de lui brusquement.

– Où est Papa ?

– Il est couché. Il a dit que ça valait pas la peine de perdre notre temps à te chercher.

– Quelle heure est-il ?

– Près de trois heures du matin. Tu m'as fait très peur et à la maison tout le monde est mort d'inquiétude. Disparaître ainsi avec ton poney ! Mais qu'est-ce qui t'a pris bon sang ?

Après le soulagement de l'avoir trouvée, Antoine laisse éclater sa colère. Il a eu si peur pour elle !

– Je suis désolée Antoine… Grand-maman ? Elle va bien ?

– T'en fais pas. Ça lui a fichu un coup mais c'est un roc, ne l'oublie pas ! Elle soutient maman qui elle par contre…

– Mon Dieu ! Rentrons vite ! Je…

– Que s'est-il passé, Blanche ? Je te connais, tu n'aurais pas disparu s'il ne t'était pas arrivé quelque chose de grave.

Il la prend par les épaules et son regard franc encourage sa sœur.

– C'est Papa, Antoine… Je l'ai croisé tout à l'heure sur le chemin…

– Et ?

– Il m'a touchée, continue-t-elle en tremblant. Il… il m'a dit des choses horribles.

– Il t'a touchée ? Où, Blanche ? Dis-le moi ?

Elle lui montre et il la serre encore plus fort dans ses bras. Une sourde colère déferle dans son esprit.

– Mon Dieu ! pense-t-il. Ses mains sur elle…

Il ne supporte pas cette idée et il lui vient des envies de meurtre. Blanche le repousse doucement.

– Antoine ? Tu es fâché contre moi ?

– Oh ! Non, ma Blanche ! Ne te méprends pas ! C'est juste que j'ai très envie de le tuer !

– Antoine ! Calme-toi.

– C'est toi qui me dis ça, après ce qu'il t'a fait ?

– Justement ! Tu ne dois pas faire n'importe quoi. C'est notre secret. Il… il ne recommencera plus.

– Tu le connais Blanche ! Tu sais très bien qu'il recommencera !

– Non, non ! ! Antoine, écoute-moi. S'il essaye encore une fois, c'est moi qui le tuerai !

– Je suis là, Blanche. Je veillerai sur toi. Il ne te fera plus de mal, c'est promis.

Ils rentrent ensemble et Blanche va mieux. Elle sait que son frère la protégera de leur père et elle est très heureuse de lui avoir raconté sa mésaventure. À partir de cette nuit-là, Antoine veillera autant qu'il peut sur Blanche. Lorsqu'il n'est pas près d'elle, une boule d'angoisse l'empêche de travailler normalement. Il ne vit plus que pour elle.

Yann n'a plus de geste déplacé. Il évite même le regard de la jeune fille. Isabelle l'observe et croit deviner la raison de son changement d'attitude. Il est devenu silencieux et taciturne. Sa petite fille, elle, n'est plus que l'ombre d'elle-même.

– Que s'est-il passé ce jour-là ? se demande la vieille femme en pensant à la disparition de Blanche. J'espère que ce n'est pas ce que je crois…

Marie regrette chaque jour un peu plus de ne pas avoir laissé Blanche partir avec Armand. Un danger plane au-dessus de la tête de sa fille, elle en a la certitude. Elle ne lui donne plus que des tâches qui lui permettent de faire attention à elle. Elle en parle avec sa mère tant l'inquiétude la ronge.

– Maman, j'ai peur que Yann…

– Je le pense aussi, la coupe Isabelle. Nous devons la surveiller.

Marie est très étonnée.

– Comment, toi aussi tu le penses ?

– Ils ont changé tous les deux, de façon radicale lors de cette funeste nuit. Antoine doit en savoir plus que nous. Tu as vu comme il couve sa sœur du regard ? Et puis, il n'a jamais parlé aussi mal à son père… Tout ça ne me dit rien qui vaille.

– Crois-tu qu'il veut se venger d'elle à cause de sa ferme ?

– Tu aurais dû laisser Armand l'emmener, c'est certain. Blanche est ravissante et il sait qu'elle n'est pas sa fille. C'est un malade. Parlons-en à Jeanne.

Elle ne sera pas de trop pour veiller sur elle, elle aussi.

La tension qui enfle chaque jour dans la maison est palpable. On n'entend plus que les bruits du quotidien. Plus personne ne parle. Yann change à nouveau de comportement et chacun le voit regarder Blanche comme une proie. Elle ne mange plus, ne sourit plus et maigrit un peu plus à mesure que les jours passent. Chaque soir, lorsqu'elle fait sa prière, elle ne s'adresse plus à Dieu mais à Armand :

– Venez me chercher… Pitié…

CHAPITRE VII
Hortense l'Épineuse, la « lionne » des Grands Boulevards

– Bonjour ! J'espère que vous avez fait bon voyage ! les accueille Sergueï les bras grands ouverts.

Alexandra passe la tête par la porte.

– Mon oncle ? Vous parlez français à présent ?

Il l'aide à descendre de la voiture et la fait tourner dans ses bras :

– Ma chérie ! Comme vous avez changé.

Il l'admire sans retenue et elle rougit.

– Notre Alexandra est une vraie jeune fille à présent, lui dit Armand.

Les deux hommes se donnent une accolade tendre et virile à la fois, sous le regard réprobateur d'Aude.

– Bonjour Sergueï, lui dit-elle l'air pincé.

Il s'approche d'elle, claque les talons et lui prend la main pour l'embrasser. Elle la retire vivement et il sourit en rejoignant Constance qui attend de le saluer à son tour.

– Vous parlez français alors ?

– Oui, je l’ai appris pour pouvoir communiquer avec votre empereur.

– Oh ! Je croyais que c’était pour moi, dit Alexandra visiblement déçue.

– Ne pensez-vous pas que j’aurais pu emmener un interprète ? Bien sûr que c’est pour vous ! L’empereur est une excuse. Il n’est pas bon d’apprendre le français chez nous en ce moment.

– Cet hôtel est à vous ? reprend Constance.

– Non, il appartient à un cousin du tsar. C’est un ami.

La vieille dame admire l’architecture de l’ancienne bâtisse. Son frère possédait lui aussi un hôtel particulier dans Paris mais à côté de celui-ci, on aurait pu croire qu’il s’agissait d’une maisonnette. Elle est très heureuse de séjourner dans un tel endroit. Elle sait que la vieille aristocratie, celle qui rejette l’empereur et sa femme en les appelant monsieur et madame sans aucun respect, s’est retranchée dans ce quartier du Faubourg Saint-Germain.

– Peut-être cet hôtel particulier est-il un vestige de la monarchie décimée sur l’échafaud ?

Elle suit Sergueï et son fils lui prend le bras afin de l’aider à monter les quelques marches.

– Vous vous sentez bien mère ? Vous avez repris des couleurs.

– Je me sens très bien Armand. Nous allons être à notre aise ici, je le sens…

Il est surpris et ravi à la fois de voir sa mère aussi réjouie. Alexandra, comme sa grand-mère, a les yeux qui brillent et Armand sourit :

– Décidément, pense-t-il, l’air de Paris leur fait du bien !

Même Aude a perdu un instant son masque de sévérité et esquisse presque un sourire.

Le lendemain, Armand veut emmener Alexandra en promenade.

– Vous n'y pensez pas, Père ?

– Comment ?

– Je ne sortirai pas tant que l'on n'aura pas revu ma garde-robe.

– Mais enfin, pourquoi ?

– J'aurais l'air d'être en guenilles ! Avez-vous remarqué les robes que portent les Parisiennes ?

Elle est presque en colère qu'il n'ait pas vu ça comme une évidence.

– Mais soyez raisonnable, Alexandra…

– Ne suis-je pas toujours raisonnable, père ?

– Si, si, bien sûr. C'est pourquoi, je suis surpris. Et puis nous n'allons pas rester enfermés par simple coquetterie !

Le fait de voir son père sourire la met vraiment hors d'elle. Avant de sortir de la pièce en claquant la porte, elle lui lance :

– Moquez-vous mon cher Père mais je ne sortirai pas ! Du reste, vous feriez bien d'en faire autant !

Aude qui n'a rien dit jusque-là, soupire.

– Voilà ce qui arrive avec les jeunes filles qu'on…

– Qu'a-t-elle voulu dire ? la coupe-t-il en regardant sa tenue avec un doute.

– Que vous avez l'air passé de mode avec vos airs de dandy anglais ! Le frac que vous portez en journée ne se met plus qu'en soirée. Et cette couleur… n'en parlons pas. Regardez Sergueï ? Il porte d'élégantes jaquettes noires, n'avez-vous pas remarqué ? De la so-bri-été !

– Autre chose ? demande-t-il sèchement.

– Ne vous emportez pas ainsi !

– Mais je ne m'emporte pas ! explose-t-il excédé. Alors, répondez ! Autre chose ?

– Vos pantalons à sous-pieds…

– Et bien, quoi ?

– Ça ne se fait plus non plus !

– Et mon plastron, tant qu'on y est ?

– S'il était d'une couleur moins vive et si vous le faisiez moins bouffer, je pense que ça irait.

Il s'apprête à quitter la pièce, furieux d'être ainsi jugé sur sa mise.

– Ah ! J'oubliais. Je pense que vous devriez sérieusement revoir la longueur de vos favoris !

Une heure plus tard, un tailleur expressément mandaté se présente à l'hôtel particulier du Faubourg Saint-Germain. Armand qui n'est guère d'humeur, lui impose un délai qui laisse le pauvre homme totalement découragé :

– L'Exposition Universelle ouvre ses portes dans quelques jours et nous sommes aujourd'hui le 28 avril. J'exige de ressembler à un Parisien pour l'inauguration.

– Mais, si j'en crois les affiches… elle ouvrira le 1er mai ?

– C'est bien cela.

– C'est impossible, Monsieur ! Je vais devoir bâcler le travail… travailler la nuit !

– Je double vos tarifs !

À ce prix-là, l'homme accepte et après avoir pris les mesures d'Armand, il quitte l'hôtel, pressé de se mettre au travail afin de satisfaire un client aussi généreux.

Armand va ensuite rejoindre sa fille pour la convaincre de sortir.

– N'insistez pas Père ! Dussè-je vivre comme une recluse…

– Mais vous devrez bien sortir si vous voulez ressembler à une de vos Parisiennes !

– C'est hors de question ! Nous ferons venir quelqu'un, voilà tout.

– Je ne crois pas que madame Palmyre se déplacera pour vous…

– Madame Palmyre ?

– Une des plus célèbres couturières de Paris.

Armand croit avoir gagné mais Alexandra se renfrogne aussitôt.

– Ça n'est pas elle que je désire.

– Vous plaisantez ? Elle a tout de même confectionné la robe de mariée de l'impératrice !

– Ah ?

– Parfaitement !

Elle hésite un instant et alors qu'Armand croit avoir remporté la partie, elle lui dit :

– Tant pis ! Je veux un certain monsieur Worth. Il travaille chez Gagelin et…

– Mais où avez-vous appris ça ?

Il est abasourdi. Ils ne sont là que depuis la veille et voilà qu'elle semble en savoir plus que lui. Il était pourtant fier de lui donner le nom de la couturière impériale. Le renseignement pris auprès du tailleur ne l'impressionne pourtant pas.

– C'est Yvonne, la femme de chambre qui m'a parlé de lui.

– Vous préférez écouter les conseils d'une femme de chambre ? Mais que peut-elle connaître en matière de mode ?

– Yvonne a travaillé chez Gagelin et lorsque je lui ai demandé à qui m'adresser, elle m'a montré les quelques croquis que lui a donnés cet homme. Je n'ai jamais rien vu de semblable.

– Comment s'appelle-t-il ?

– Worth. C'est un Anglais.

– Un Anglais qui habille des Françaises ? On aura tout vu !

Il lui cède enfin et elle lui embrasse la joue. Il est heureux qu'Alexandra soit moins distante et moins guindée qu'elle ait pu l'être par le passé. Il sait que sa fille est d'une nature chaleureuse mais Aude a veillé à ce qu'elle corrige ce « défaut ». Il sent de grands bouleversements chez Alexandra et il constate qu'elle se forge son propre caractère. Aude ne lui a pas appris que de mauvaises choses, il doit le reconnaître. Alexandra a les manières parfaites d'une jeune fille du monde mais ce qu'il reproche à sa sœur, c'est d'avoir essayé d'en faire une jolie poupée sans cervelle. L'arrivée de Blanche dans sa vie ne lui aura fait que du bien et a certainement déjoué le plan d'Aude. Il souhaite que sa fille rencontre un homme qui ne tente pas de brider sa femme comme la plupart mais plutôt qu'il soit large d'esprit et enclin à admettre qu'une femme n'est pas bonne qu'à faire des enfants ou à « décorer » une maison !

– Vous pensez à Blanche, Père ?

– Un peu… Mais à vous surtout !

– Êtes-vous toujours inquiet à son sujet ?

– Je ne vous cacherai pas que oui.

– Moi aussi…

Ils se quittent ainsi, sans rien ajouter de plus.

Armand fait appeler Yvonne, la femme de chambre, pour lui demander où trouver Gagelin.

– Alors, c'est pas compliqué, M'sieur l'Comte : vous traversez de l'autre côté par le pont de la Concorde, ensuite vous traversez la place où c'est qu'y a l'Obélisque… Vous voyez ou pas ?

– Jusque-là, oui.

– Bon, ben là, après le château qu'vous longez…

– Quel château ?

– Ben ! Les Tuileries, pardi !

– Ah !

– Bon, après le château, vous tournez dans la rue de Rivoli. Vous y allez, vous marchez, vous continuez…

– Jusqu'où ? hasarde Armand.

– Ben, c'est facile, vous longez le château…

– Des Tuileries ?

– Meuh ! Non ! Le Louvre pardi !

Il se retient de rire. Yvonne est très petite, un peu ronde et fait de grands gestes en sautillant même parfois, pour qu'il comprenne bien.

– Juste avant le château, vous tournez par là, s'exclame-t-elle en mimant un virage à gauche. Ça y est, rue de Richelieu : vous y êtes ! Z'avez compris, M'sieur le Comte ?

– Presque. Le dernier château dont vous parliez, c'est…

– Le Palais Royal pardi ! Je vous ai bien eu M'sieur le Comte ! Pas vrai ?

Armand est surpris, mais agréablement, en face de cette drôle de petite femme. Un peu plus et il lui donnerait une bonne claque dans le dos, comme on ferait à un camarade !

– Merci beaucoup, Yvonne. Je suis sûr ainsi de ne pas me tromper.

– Ah ! Pour ça, M'sieur le Comte, on peut faire confiance à Yvonne. C'est que je connais bien Paris, vous savez. J'y suis née ! Et malgré tous leurs travaux au « p'tit » et au Baron « Grossman », j'peux vous dire qu'ils la font pas à Yvonne ! Non, mais…

Le manque de respect flagrant d'Yvonne envers l'empereur et le baron Haussman fait rire Armand. Il la remercie encore une fois et seul, s'aventure dans Paris.

Il décide de prendre son cheval malgré les conseils du maître d'hôtel qui lui propose le tilbury. Même si sa tenue légèrement démodée dénote un peu par rapport à certains hommes, il reste très élégant et a fière allure sur sa monture à la robe baie. Avec son gibus sur la tête, ses bottes et sa badine à la main, il fait encore rougir quelques jolies femmes. Il a presque oublié qu'il peut plaire et profite de cette sortie pour mesurer son pouvoir de séduction. Il salue quelques cabriolets dans lesquels ont pris place des mères et leurs filles, sourit franchement à certaines effrontées qui le regardent avec insistance et en oublie même à un moment les indications d'Yvonne. Au lieu de tourner dans la rue de Rivoli, il se retrouve dans la rue Royale qui longe le ministère de la Marine. Il se retourne, un peu perdu, et décide de revenir sur ses pas en direction de l'Obélisque qui se dresse devant lui au centre de la place de la Concorde.

– Cesse donc de faire le joli cœur ! se dit-il.

Mais malgré cela, il ne peut s'empêcher de tout regarder et d'être très inattentif. Il connaît Paris mais la ville a changé. Du bourbier infâme dont il gardait le souvenir il ne reste rien. Il longe le grand hôtel du Louvre dans la rue de Rivoli qui vient d'être achevée pour l'Exposition Universelle. Sous ses arcades, il découvre une galerie marchande. Il ne voit pas très bien depuis son cheval, aussi décide-t-il d'y emmener Alexandra dès qu'elle ne jouera plus les provinciales effarouchées !

– Quelle tête de mule ! pense-t-il en souriant au premier caprice de sa fille.

Sur sa droite, le Louvre est en travaux. Bientôt, le long bâtiment sera relié directement aux Tuileries. Armand aperçoit enfin le Palais Royal et cette fois ne se trompe pas. Il tourne à gauche et se retrouve dans la rue de Richelieu.

Il trouve rapidement l'entrée de la maison Gagelin car c'est la plus importante de toute la rue. Tout autour, derrière de somptueuses vitrines s'étalent le luxe tapageur des chapeaux à plumes ou à voilette, des fourrures aussi précieuses que les bijoux de chez Fossin, un orfèvre qui dévoile ses nécessaires de voyages ou encore Verdier, un marchand de cannes et d'ombrelles qui ne laissent pas Armand indifférent. Il entre en acheter une pour sa fille. Telles des papillons multicolores, elles sont suspendues au plafond et il en choisit une bleu lavande que le marchand détache aussitôt.

– C’est un très bon choix, Monsieur. La dentelle est parfaite en cette saison.

– D’où vient-elle ?

– C’est une vieille dame de Lisieux qui la fabrique et il faut en profiter car sa vue n’est plus très sûre… Je crains qu’elle ne puisse continuer encore longtemps. Et surtout, elle n’a jamais voulu dévoiler son secret !

Il pénètre, son précieux paquet sous le bras, dans l’entrée somptueuse de chez Gagelin. Il se sent vraiment bien et décide ce jour-là d’acquérir une demeure à Paris dans laquelle il pourra venir quand bon lui semble. Le mouvement perpétuel de la foule, les cris, les chevaux, tout ce bruit… Il trouve ça exaltant ! Il soutient son paquet, heureux de faire plaisir à Alexandra avec cette ombrelle parisienne. Et puis soudainement, il pense qu’il lui manque vraiment une femme dans sa vie !

– Cela fait quinze ans que je ne vis que pour mes filles… C’est bon de les gâter mais…

Il réalise à cet instant précis, qu’un jour il sera seul.

– C’est terrible ! dit-il à voix haute.

Une jeune fille passe à ses côtés et pouffe de rire en l’entendant parler ainsi. Il se reprend enfin et regarde autour de lui. Un lourd parfum de fleurs l’entête. Il y en a partout et on oublierait presque que l’on est dans un magasin. Cependant, les lourds comptoirs de bois sombre vous le rappellent et les quelques pièces d’étoffes destinées à la coupe ne laissent aucun doute sur l’activité de l’endroit.

– Je cherche monsieur Worth, dit-il à un vendeur.

– Vous le trouverez dans le salon couture.

Le jeune homme est déjà passé. Armand demande à une jeune femme, toute vêtue de noir comme n'importe quelle employée ici, de lui indiquer le chemin. Elle le fait avec un très grand sourire et il la trouve charmante. En arrivant enfin à l'endroit indiqué, il est bousculé par un homme grand et mince. Il examine aussitôt Armand de ses yeux bruns incisifs.

– Je cherche un certain… monsieur Worth.

– Que lui voulez-vous ?

Le ton est agressif et l'homme ne s'encombre pas de politesse. Armand, agacé, lui répond de la même façon :

– Je souhaiterais lui demander de venir voir ma fille, pour lui confectionner quelques robes. Nous habitons faubourg Saint-Germain et…

– Est-elle l'impératrice ? le coupe-t-il.

– Comment ?

– Votre fille, comment s'appelle-t-elle ?

– Alexandra. Mais pourquoi ces questions ?

– Je ne connais pas d'impératrice Alexandra !

Armand pense qu'il est tombé sur un fou !

– Sachez Monsieur, que seule l'impératrice aurait cette faveur. Le Tout-Paris se déplace pour venir ici alors, à moins que votre fille ne soit impotente, je vous suggère de l'amener. L'Exposition Universelle va ouvrir, croyez-vous que je n'aie que ça à faire ?

– Vous êtes Monsieur Worth ?

– Et je ne fais pas de robes, Monsieur ! Je crée des œuvres d'art !

Il plante Armand comme un vulgaire laquais et ce dernier a l'impression d'avoir pris un soufflet. Il quitte l'établissement à l'instant dans une rage folle. Alexandra va l'entendre ! L'envoyer dans un pareil guêpier ! Il décide d'aller se promener pour se calmer.

– Non, mais quel toupet ! Pour qui se prend-il ? Un petit tailleur de rien du tout !

Il rumine en remontant la rue de Richelieu jusqu'au boulevard des Italiens. Chez lui, en Bretagne, il n'aurait pas cette arrogance. Les hommes méprisent le métier de tailleur. Ne dit-on pas dans les campagnes :

« Ar c'héméner n'é ket eun den, met kéméner ha nétra ken »[23]

Certains laboureurs disent même qu'il faut au moins huit tailleurs pour faire un seul homme.

Il est méprisé, on ne le reçoit jamais à table et on ne lui adresse même pas la parole. Ce serait un grand déshonneur que de lui parler car c'est un paresseux qui n'est bon qu'à coudre bien au chaud. Les femmes par contre, le reçoivent avec empressement et le maître de maison le supporte difficilement. Il passe son temps à râler sur tout et tout le monde et au besoin lui mettra même une bonne correction.

– Un petit voyage au pays ferait le plus grand bien à cet Anglais vaniteux !

Armand ne sait pas encore qu'à l'inverse de sa chère Bretagne, le tailleur ou la couturière sont des personnages très importants à Paris. On se juge, on s'observe au travers de la mode et le Second Empire les rend indispensables. Et Charles Frederic Worth, tout particulièrement !

---

[23] « Le tailleur n'est pas un homme, mais un tailleur et rien d'autre. »

Le Boulevard des Italiens regorge de monde. Sur les trottoirs se pressent les jolies femmes dans leurs robes en forme de cloche. Devant chez Tortoni, juste avant le café de Paris, une foule élégante déguste des pâtisseries en buvant délicatement dans de la fine porcelaine. Il n'y a plus une seule chaise à louer et Armand le regrette car le temps est splendide. Il aurait aimé s'arrêter pour déguster un café avec de la crème sur cette terrasse colorée par la nombreuse présence féminine. Les roses, les bleus, les verts, les mauves… Toutes les nuances se mélangent pour former un grand tapis fleuri dont émergent de jolis visages chapeautés.

– Faites donc attention ! lui crie une jeune fille qu'il a bousculée avec son cheval.

– Veuillez m'excuser, répond-il en soulevant son chapeau claque.

– Y'a pas de mal…

Elle s'éloigne, son panier sous le bras, devant le regard dédaigneux de deux élégantes.

– Que ces lavandières sont vulgaires et sales, dit l'une.

– Ma chère, nous devrions leur interdire le boulevard, répond l'autre. Nous sommes bien entre gens de bonne compagnie.

Armand est outré et regarde la jeune fille s'enfuir la tête basse. Dans ses oripeaux, elle est évidemment peu attrayante mais son port de tête et sa taille bien prise lui donnent plus de dignité que n'en auront jamais ces deux matrones outragées dont les doubles mentons tressautent à chaque mot ! Leurs robes toutes boudinées les font ressembler à deux grosses dindes. Elles regardent Armand en battant des cils, se demandant qui peut être ce bel homme qu'elles n'ont même jamais aperçu. Il soulève son chapeau haut-de-forme et dans un semblant de révérence, dit tout haut :

– Mesdames, je pense qu'à Noël, vous serez bonnes à manger !

Elles restent prostrées, l'air stupide et ne savent pas comment réagir. Puis, les rires moqueurs des gens alentour les font fuir comme la jeune lavandière, sinon plus vite.

– Bravo, Monsieur !

Il se retourne, stupéfait de découvrir une femme à cheval à ses côtés. Elle est toute vêtue de noir et sa monture est blanche comme une nouvelle neige. Elle est rousse sous son chapeau haut-de-forme, réplique féminine parfaite de celui qu'Armand porte sur la tête, et ses yeux verts ressortent comme deux émeraudes. Sa peau est pâle, parsemée de tâches de rousseur. Elle est vraiment superbe mais ce qui surprend Armand, c'est qu'elle est bottée avec des éperons, tient une cravache agressive et fume le cigare avec désinvolture. Armand est enchanté par cette créature extravagante. Il se présente aussitôt :

– Armand du Pommeau Desbally, Madame. À qui ai-je l'honneur ?

– Vous n'êtes pas d'ici ?

– Je l'avoue.

– On m'appelle Hortense « l'épineuse ». Je suis comédienne au Vaudeville.

Armand n'a jamais connu ce genre de femme et il trouve celle-ci fort attrayante.

– Ah ? Très bien !

– Venez me voir. Je joue presque tous les soirs. Le théâtre est tout à côté, à l'angle de la rue Vivienne et de la place de la Bourse.

Elle lui lance un sourire fulgurant, dévoilant de petites dents, parfaites et bien blanches.

– Je vous laisse à présent.

Elle éperonne son cheval et se lance au trot sur le boulevard. Il tente de la suivre un moment mais la circulation est dense et il la perd rapidement.

Les phaétons, tilburys, victorias, calèches, paniers, huit ressorts se croisent sans discontinuer. On se salue ou on s'ignore. On s'observe, en tout cas. Il faut voir et être vu. Armand a un peu le tournis devant toute cette agitation. Il ne sait pas où il va, emporté par la vague de voitures et le souvenir du beau visage d'Hortense « l'épineuse ». Il reprend pied dans la réalité lorsqu'il entrevoit l'Arc de Triomphe au bout de l'avenue des Champs-Élysées.

– Quel spectacle ! pense-t-il enthousiasmé par cet endroit.

De part et d'autre, les splendides chevaux de Marly semblent caracoler et piaffer dès l'entrée d'Armand sur l'avenue. Il la remonte ainsi, regardant à droite et à gauche, au bruit des sabots de son cheval qui martèlent les pavés. Il découvre le long Palais de l'Industrie dans lequel va se tenir l'Exposition Universelle. Il a été construit pour l'occasion.

– Il fait au moins deux cents mètres de long, se dit-il.[24]

Il s'en approche et manque de peu l'impératrice Eugénie qui se rend au Bois de Boulogne, dans son

---

[24] Le Palais de l'Industrie se trouvait auparavant sur l'emplacement de l'actuel Grand Palais, construit pour l'Exposition Universelle de 1900. Il mesurait 234 mètres de long pour 108 mètres de large.

superbe attelage à la Deaumont. Il entend les vivats de la foule et la voit déjà au loin.

– Dommage, pense-t-il. Ce sera pour une autre fois !

Il regarde à nouveau l'énorme édifice. En retrait par rapport à l'avenue mais en parallèle, la façade principale laisse ressortir un énorme portique central. De grandes colonnes supportent un vaste fronton sculpté. Si le pavillon est fait de pierre, le toit est une voûte de verre et de fer.

Armand n'en revient pas et a déjà oublié l'impératrice devant cette prouesse architecturale.

Il reprend son chemin en ne pensant plus qu'à la prochaine inauguration. Il a hâte de voir le bâtiment à l'intérieur. Plongé dans ses pensées, il ne voit pas le cirque de l'impératrice, ni le Panorama qui lui fait face aux abords du rond-point. Il survole les fontaines, reste aveugle aux vendeurs de chevaux, aux restaurants… Il s'éveille enfin sur la place de l'Étoile en voyant l'Arc de Triomphe. Il se sent écrasé par la masse de l'édifice et tourne autour plusieurs fois pour bien l'admirer. Il entend de l'agitation qui remonte l'avenue. Curieux, il place son cheval de façon à observer l'événement. Des hommes remontent jusqu'à la place sur leurs montures. En tête, sur un bel étalon blanc, un homme très brun en uniforme se tient dignement. Armand entend une femme dire à son enfant :

– Regarde ! C'est l'empereur !

Armand est enchanté. Après avoir aperçu l'impératrice, le voilà en présence de Napoléon III. Il se sent privilégié et ne s'attend pas au drame qui va suivre. Un homme se place volontairement sur la chaussée devant l'empereur, obligé d'arrêter sa monture en face de lui. Il sort un objet de sa poche et personne, pas même dans la garde impériale, ne se doute qu'il s'agit d'une arme à feu. Il tire aussitôt à bout portant. La panique s'étend à la foule : tout n'est que cris, larmes… Mais heureusement, il ne l'a pas touché. Un des gardes saute alors sur le fou furieux mais malheureusement, il a le temps de faire feu une fois encore… À nouveau, le mauvais tireur a manqué sa cible ! Armand soupire de soulagement. L'homme est arrêté sur l'instant et après quelques minutes de flottement, l'empereur et ses hommes continuent leur promenade sous les vivats de la foule qui, jusqu'au Bois de Boulogne, l'escorte de : « vive l'Empereur ! ». Armand admire le sang-froid du souverain, à peine plus pâle peut-être, et se joint aux Parisiens en criant à son tour :

– Vive l'Empereur ! Vive Napoléon III !

En rentrant, il raconte tout à Alexandra qui l'envie un peu mais oublie vite pour ne plus penser qu'à ses robes.

– Et monsieur Worth, alors ? demande-t-elle avidement.

– Je devrais vous réprimander de m'avoir envoyé dans un tel endroit. Sachez en tout cas que si vous souhaitez que ce goujat fasse vos robes, il faudra vous déplacer car vous n'êtes pas l'impératrice !

Elle fait la moue et répond :

– Très bien, alors dès lundi nous irons le voir.

– Vous êtes plus têtue que je n'aurais pu l'imaginer. Ces robes ont donc tant d'importance pour vous ?

– Je veux être parfaite, père. Je ne saurais vous dire pourquoi… Cela m'amuse, je crois.

– Vous êtes-vous donc tant ennuyée chez nous ?

– J'ai toujours rêvé de ce moment… il me faisait tenir lorsque je me sentais si seule.

Il la prend dans ses bras et la réconforte.

– Ma mère me manque tellement ! Je regrette tant de ne pas l'avoir connue !

– Vous aurez tout ce qui vous plaît, peu importe le prix ! Nous allons nous amuser ma chérie, et jamais plus vous ne vous ennuierez. Votre entrée dans le monde sera magnifique et vous serez aussi belle que votre mère l'était lors de sa première sortie. Je la vois encore dans sa robe blanche, vaporeuse à souhait ! Une image de conte de fée.

– Elle vous manque aussi. N'est-ce pas, Père ?

– À chaque seconde qui passe. Je ressens un manque terrible. Mais vous êtes là, et c'est ça le plus important.

– Vous… vous ne m'en avez jamais voulu ? Je veux dire, pour ma naissance ?

– Quelle question étrange ! C'était un moment terrible mais vous étiez là, à me tenir la main comme pour me signifier que la vie n'était pas finie. C'est bien grâce à vous, si je n'ai pas sombré… Je vous ai aimée tout de suite et nous avons dit adieu à votre mère ensemble. Vous êtes mon plus beau cadeau.

Elle l'embrasse longuement.

– Dites-moi Père…

– Oh ! Vous, vous allez encore me demander quelque chose. Je me trompe ?

– C'est pour lundi. Pourrions-nous prendre la berline ?

– Mais il fait un temps splendide et Gagelin n'est vraiment pas… J'ai compris ! Vous ne voulez pas qu'on vous voie !

Elle rougit.

– Oui, Père.

– Je vous ai promis d'exécuter tous vos caprices alors commençons ! Mais en attendant, j'ai un cadeau qui vous fera patienter jusqu'à lundi.

Il lui offre l'ombrelle et elle est radieuse. En la quittant, il pense à ses deux filles. Alexandra change de jour en jour. Elle est devenue très coquette, et toute cette mise en scène le prouve. Est-ce que Blanche ferait une chose pareille ? Il est sûr que non et puis, au lieu de lui offrir une ombrelle, il lui aurait plutôt offert une paire de bottes ! C'est plus rassurant d'avoir une fille qui ne veut pas devenir trop vite une femme.

– Ah ! Ma Blanche… Si seulement tu étais avec nous. Après tout, je me trompe peut-être, si ça se trouve cela t'amuserait de te choisir une nouvelle garde-robe avec Alexandra !

Le lundi, ils se rendent chez Gagelin dans la lourde berline de voyage. Armand observe Alexandra, emmitouflée dans une grande cape noire qui traîne même un peu par terre. Une large capuche cache son visage et Armand trouve qu'elle en fait un peu trop. Pourtant il ne dit rien sauf :

– Vous savez cultiver le goût du mystère !

Elle ne répond pas et garde la tête baissée jusqu'au magasin. Armand, lui, pense à Hortense, cette belle rousse qui a réveillé ses sens depuis trop longtemps endormis et qu'il a vue pour la première fois sur le Boulevard des Italiens.

– Je dois aller la voir, se dit-il.

Leur entrée fait sensation et toutes les personnes présentes se demandent qui peut être caché sous cette cape mystérieuse.

– C'est réussi, pense Armand, d'ici la fin de la journée, l'inconnue de Worth aura fait le tour de la capitale !

Il sourit malgré lui en se dirigeant rapidement vers le salon couture. Sa fille, ombre noire, le suit en glissant.

Worth est là. Il est occupé mais en voyant ce « spectre », il congédie la jeune employée qui l'aidait. Il ferme les portes et s'approche de la jeune fille, très intimidée. C'est Yvonne la femme de chambre qui lui a conseillé de jouer cette comédie.

– Vous verrez, Mademoiselle Alexandra, Monsieur Charles il aime bien quand c'est… heu…

– Extravagant ?

– C'est ça, ex… heu, « exvatragant » ! C'est ça !

Armand s'approche du couturier.

– Bonjour, nous nous sommes rencontrés samedi et je…

– Chut ! le coupe Worth sans aucune façon.

Armand saisi, regarde la scène en simple spectateur.

– Monsieur Worth, je suis aux abois ! souffle Alexandra l'air désespéré.

– Très chère, que vous arrive-t-il ?

Il observe la longue silhouette cachée sous ses mètres de toile noire et ne s'y trompe pas.

– Celle-ci ne cache pas sa grosseur, pense-t-il curieux.

Elle lui tend deux longues mains fines et blanches. Parfaites. Il les lui attrape aussitôt. Il est proche d'elle à présent et malgré la capuche, il distingue des yeux d'une couleur incroyable comme il n'en avait encore jamais vu et un grain de peau d'une grande finesse.

– J'arrive de province, Monsieur.

– Oh !

Dans cette simple exclamation, on peut entendre toute l'horreur qu'il a de la province.

– Je veux ressembler à une princesse et qui mieux que vous, pourrait m'exaucer ? Vous serez mon génie, Monsieur Worth !

Sa voix tremble à peine et elle dit cela avec toute la fougue dont elle est capable. Le couturier est ravi et ça se voit.

– Je ne suis pas magicien, Madame…

– Mademoiselle, s'il vous plaît.

– Excusez-moi, Mademoiselle ! Je crois que nous allons faire de grandes choses ensemble. Daignerez-vous cependant retirer votre manteau à présent ?

– J'ai tellement honte de me montrer ainsi devant vous !

– Allons très chère, n'ayez aucune crainte…

Armand n'en peut plus. Il a une envie de rire qui le tenaille et ne le lâche plus. Il se garde bien d'intervenir.

– Je suis au théâtre pense-t-il, ça n'est pas possible !

Toutes leurs simagrées l'étonnent mais Alexandra plus encore.

– Ma fille est une grande comédienne et je ne le savais pas ! Décidément, que me prépare-t-elle pour demain ?

Elle retire enfin sa capuche et Worth la découvre avec plaisir.

– Quelle belle jeune femme ! pense-t-il. C'est une aubaine ! Elle sera une vitrine incroyable.

Mais lorsqu'elle laisse tomber sa cape, il ne peut réprimer un sursaut :

– Cette robe est une horreur ! s'exclame-t-il.

– Mais la silhouette est parfaite, pense-t-il encore. Comme je l'avais soupçonné ! Elle est grande et fine mais pas trop, juste comme il faut !

Sa robe est la plus jolie de son armoire et Alexandra éclate en sanglots devant la réaction écœurée du couturier.

– Vous comprenez mieux à présent ? lui dit-elle plus charmante encore, des larmes glissant gracieusement sur ses joues.

– En effet, quel gâchis ! Vous ne pouviez pas vous présenter ainsi. On vous aurait sans conteste rangée dans la catégorie de ces provinciales mal dégrossies !

Il tourne à présent autour d'elle, sans dire un mot.

– Cessez de pleurer, reprend-il brusquement. Je ne vais plus pouvoir distinguer la vraie couleur de vos yeux qui est très intéressante.

Il continue et s'arrête d'un coup en apercevant enfin Armand !

– Monsieur ?

– Je suis le comte du Pommeau Desbally. Et voici ma fille, Alexandra.

– Ne nous sommes-nous pas déjà vus ? Votre visage m'est familier…

– Samedi, nous nous sommes « heurtés ». Puis vous m'avez congédié comme un vulgaire laquais.

– C’était vous ?

– C’était moi !

– Je tiens à vous formuler toutes mes excuses, Monsieur. Si j’avais eu vent de la grande beauté de votre fille, je vous assure qu’impératrice ou non, je me serais déplacé !

Armand n’a pas le temps de répondre car le couturier prend déjà les mesures d’Alexandra en réfléchissant aux teintes qu’il va pouvoir utiliser.

– Ce bleu lavande ne vous va pas du tout, dit-il. Vous ne devez absolument pas en porter.

Le conseil est presque un ordre et Armand pense avec dépit à la belle ombrelle de cette couleur qu’il vient d’offrir à sa fille.

– Combien de robes allons-nous confectionner ?

– Ce qu’il faut pour une jeune fille qui fait son entrée dans le monde.

– Le budget ?

– Illimité !

Worth a les yeux qui brillent.

– Je pense déjà à certains modèles. Nous allons les regarder et ensuite il faudra me laisser un peu de temps pour vous en proposer d’autres. Je vais appeler un sosie.

– Un sosie ?

– Une jeune femme qui possède à peu près vos mensurations. Elle va défiler devant vous avec des robes. Les mannequins d’osier sont dépassés ! Quoi de mieux qu’une femme qui bouge, qui vit, qui respire pour se rendre compte ?

– En effet.

– Attendez ! intervient Armand. Vous voulez dire que d'autres clientes sont susceptibles d'avoir déjà vu vos modèles ?

– Oui, mais ils sont d'une très grande qualité.

– Je n'en doute pas mais je croyais que nous parlions d'œuvres d'art, Monsieur ?

– C'est vrai mais je…

Pour une fois, Armand le coupe et ça lui fait le plus grand bien !

– Je souhaite que vous fassiez des modèles exclusifs pour ma fille et dans le plus grand secret.

Worth sourit et Armand continue :

– Cultivons le mystère jusqu'au bout. Personne ne doit voir vos créations… mais faites tout de même courir le bruit de l'inconnue à la cape noire.

Alexandra lui saute au cou :

– Oh ! Père, vous êtes adorable ! Quelle idée splendide !

– Vous vouliez réussir votre entrée ? Vous ferez sensation ! Entre votre grande beauté et les créations de cet artiste, je crois que nous réussirons notre coup !

Worth est radieux. Enfin quelqu'un qui n'attribue pas tout le mérite à la maison Gagelin et qui lui fait entièrement confiance. Un jour, grâce à des gens comme ce comte, il pourra enfin ouvrir sa propre maison. Quelle douce perspective…

– Je suis votre homme, Monsieur le Comte.

Le ton est à présent respectueux et Armand a même cru y déceler de l'émotion.

– Nous allons faire de l'art, du beau, que dis-je, du magique ! Et surtout du mystère…

Alexandra est heureuse. Elle a tellement rêvé de ce moment toute sa vie. Son entrée dans le monde… elle va enfin la vivre !

– Ce sera merveilleux, dit-elle à haute voix en regardant les deux hommes.

Ce soir-là, au cours du dîner, Sergueï leur annonce que l'ouverture de l'Exposition Universelle est ajournée au quinze mai, à cause de l'attentat contre l'empereur.

– Et cet assassin ? A-t-on du nouveau ?

– J'étais justement chez la princesse Mathilde, hier soir. Il paraît que l'homme qui a tiré sur l'empereur n'a pas voulu répondre aux questions qu'on lui posait. Il a fallu le menacer d'être fusillé sur-le-champ dans la prison même, pour qu'il daigne répondre. Et encore, nous ne sommes pas certains qu'il n'a pas menti.

– Et alors ?

– D'après le journal la « Patrie », il s'appelle Libérani. Il vient de Rome et fait partie des bandes de Garibaldi.

– Quelle histoire ! dit Alexandra.

– Vous ne devriez pas parler de cet incident devant une jeune fille émotive, les réprimande Aude avec hauteur.

– Il faut bien qu'Alexandra soit au fait des événements, ma chère sœur. Nous n'allons pas la garder indéfiniment sous cloche !

Elle rougit et plonge le nez dans son assiette, sans plus prononcer un mot. Armand est agacé par ses remarques et l'ignore.

– Et l'empereur mon oncle ? Il n'a pas eu trop peur ?

– Savez-vous ce qu'il a dit au Sénat hier ? « Je ne crains pas les assassins aussi longtemps que ma mission ne sera point remplie. »

– Ça ne m'étonne pas, continue Armand. Vous l'auriez vu sur son cheval ! Quelle prestance ! Quelle allure ! Il était à peine plus pâle, peut-être…

Alexandra trouve tout cela fort romanesque. Et puis entendre parler ainsi d'empereur et d'impératrice… La Bretagne lui paraît bien loin à présent.

– L'impératrice était beaucoup plus choquée par contre. Samedi, à l'Opéra Comique, elle n'a eu de cesse de s'essuyer les yeux. Et elle était aussi blanche que cette nappe ! Mais ce qui était incroyable, c'est l'accueil de la population. Dès que les voitures impériales sont arrivées au théâtre, une grande ovation, comme un seul cœur, est montée très haut : « Vive l'Empereur ! » criaient-ils. « Vive l'Empereur ! ». Et au retour pareillement ! Les mêmes encouragements tout au long du chemin. Et les maisons resplendissaient d'illuminations en leur honneur. C'était magnifique…

Le silence règne autour de la table. Plus un bruit de fourchette ne vient troubler ce moment très intense. Constance, la mère d'Armand, une Orléaniste convaincue, essuie même une petite larme traîtresse qui s'échappe de ses yeux.

– Eh ! Bien, Mère ! se moque gentiment Armand. Vous, une Louis-Philipparde acharnée, vous voilà émue pour notre empereur ?

– Que voulez-vous ? Je reste une femme avant tout, malgré mes convictions. Je pense à la peur qu'a dû avoir l'impératrice…

Tout le monde sourit en voyant la vieille dame si digne, pleurer sur le sort de son ennemi juré !

Après le dîner, Alexandra s'enferme vite dans sa chambre. Elle est épuisée et ne pense plus qu'à se coucher, afin de rêver au mieux et de savourer tous ces moments qu'elle vit déjà à Paris. Sa grand-mère, Constance, abandonne vite ses travaux de broderie pour l'imiter. Alors qu'Armand et Sergueï sont sur le point de s'enfermer dans la bibliothèque afin de fumer un cigare et de déguster un merveilleux cognac à la robe pleine de promesses, Aude s'impose devant son frère :

– J'aimerais que nous ayons un entretien… s'il vous plaît.

– Cela peut bien attendre demain !

– Non, non ! Ce n'est pas possible.

Armand s'excuse auprès de son beau-frère et suit Aude dans le petit salon. Le ton est aussitôt donné. Elle l'agresse et, véhémente, lui balance ses griefs :

– Je ne suis pas contente, Armand ! Alexandra devient capricieuse et vindicative ! Vous la pourrissez et je ne pense pas que ce soit bon pour son éducation.

– Pensez-vous, Aude, que le fait d'être ma sœur, vous donne le droit de me réprimander comme un petit garçon pris en faute ? Allez-vous me punir ?

Elle rougit.

– Pas du tout. Je pense seulement que je me dois de vous faire…

– La morale ?

– Mais non !

– Alors quoi ?

– Laissez-moi parler à la fin !

– Et qu'allez-vous m'apprendre ? Que vous ne maîtrisez plus Alexandra ?

– Elle devient presque méchante à mon égard.

– C'est normal, pense-t-il sans toutefois le lui dire.

Armand la regarde et se demande comment sa sœur a pu devenir cette créature aigrie. Leur mère est si douce !

– Elle grandit, reprend-il en parlant de sa fille.

– Et alors ?

– Je ne l'ai jamais vue vous manquer de respect.

– Vous n'êtes pas toujours là !

– Ce que vous ne supportez pas au fond, c'est qu'elle puisse être différente de la jeune fille un peu terne que vous avez voulu façonner ? Rendez-vous compte ! Elle a des idées et une personnalité ! Quelle horreur !

– Je veux juste l'éduquer. N'est-ce pas vous qui m'avez demandé de le faire ?

– Ça ne signifie pas que vous deviez l'aliéner ! Alexandra n'est pas une poupée, Aude ! J'ai eu peur qu'elle manque de caractère et je suis heureux de constater qu'il n'en est rien ! Vous devriez apprendre à vivre pour vous ma sœur car j'ai le regret de vous annoncer qu'Alexandra a l'air de savoir précisément ce qu'elle fera de son avenir.

Elle pince la bouche et les yeux remplis de fureur, lance à Armand :

– C'est votre satanée petite paysanne qui me l'a changée ! Si elle…

– Vous avez la chance d'être une femme, sans quoi vous auriez mérité une bonne correction !

Elle pâlit légèrement sous la menace.

– Pourquoi m'avez-vous confié votre fille ? Vous semblez me détester !

– Je ne vous déteste pas. Je suis heureux de l'éducation que vous avez donnée à Alexandra. Ce que je ne supporte pas, c'est votre obstination à ne pas vouloir la laisser grandir. Elle change et vous devez l'accepter. Et ne parlez plus jamais de Blanche en ces termes. Je me fiche de votre opinion à son égard.

– Maintenant que j'ai fait le plus difficile, vous me renvoyez en quelque sorte ?

– Pourquoi dites-vous cela ?

– Vous vous interposez lorsque je sermonne Alexandra, vous l'emmenez choisir ses nouvelles robes sans me consulter, vous l'encouragez à avoir des discussions d'hommes, vous…

– Mais arrêtez à la fin ! Je ne vous dis pas que votre rôle est terminé ! Je vous dis par contre que si vous n'acceptez pas qu'elle devienne une femme, je me passerai de vous !

Elle semble se tasser sur elle-même.

– Je n'en reviens pas ! Me faire ainsi congédier par mon propre frère à qui j'ai sacrifié ma vie…

– Votre vie ? Vous étiez une vieille fille et je parie que vous le seriez restée ! Je me suis toujours demandé dans quelle mesure Alexandra aurait eu votre attention si ma femme avait vécu ? Cessez de jouer les saintes avec moi, Aude. Vous ne voyez toujours que votre intérêt. Comme celui de m'imposer de rester seul après la mort de ma femme. Vous ne supportez décidément pas qu'on puisse être heureux.

Elle ravale ses larmes et tel un serpent qui se tend, elle lui lance :

– Très bien ! J'ai compris. Soit j'accepte, soit je pars ?

– Prenez-le comme vous voulez après tout. J'en ai assez de cette conversation ! Et sachez qu'à partir d'aujourd'hui, s'il me vient l'envie de me marier, je n'hésiterai pas. Votre odieux chantage est terminé !

Il la plante dans le petit salon et, furieux, monte les marches à grandes enjambées jusqu'à sa chambre. Une fois dans son lit, il a beaucoup de mal à dormir. Il pense à cette conversation douloureuse qu'il a eue avec sa sœur. Blanche… Si loin d'eux… Que fait-elle depuis qu'ils sont partis ? Il sent toujours cette grande détresse au fond de lui lorsqu'il pense à elle. Il finit par s'endormir mais un violent cauchemar le réveille en sueur vers six heures du matin. C'est Blanche. Dans son rêve, elle est en danger. Elle crie et court dans la forêt. Elle a froid, elle a peur… Une ombre la poursuit. Armand tend la main pour l'aider mais alors qu'il s'apprête à la toucher, elle disparaît dans un hurlement. Il ne dormira plus ce matin-là et il fera ce rêve chaque nuit, durant presque deux semaines…

Cette après-midi-là, Alexandra sort pour la première fois de l'hôtel particulier. Ses robes ne sont pas terminées bien sûr mais Worth lui a démontré à quel point il serait intéressant qu'on la voie… sans la voir !

– Je vous ai confectionné une cape noire. Une voilette de dentelle astucieuse vous garantira l'anonymat, n'ayez crainte ! Imaginez ? Tout Paris a eu vent de « l'inconnue à la cape noire » ! Certains se demandent si vous êtes lépreuse, d'autres pensent que vous êtes une princesse qui voyage incognito ! En tout cas, on parle de vous ! Je suis en train de terminer une robe féerique. Lorsque vous apparaîtrez à votre premier bal, il est évident qu'on parlera de vous pendant une bonne dizaine d'années… voire plus !

Elle sort donc, emmitouflée dans une chatoyante cape de velours noir et regarde au travers de la dentelle, la ville de Paris. Son père et son oncle sont à ses côtés. Sergueï a eu du mal à grimper dans le ravissant cabriolet. Il est très irrité à chaque fois qu'il doit emprunter ce mode de transport. Pour lui, un homme se doit d'être à cheval.

– Pour me faire plaisir, s'il vous plaît, implore Alexandra devant l'air têtu qu'il affiche.

Il baragouine en russe des mots qu'Armand et sa fille font mine de ne pas comprendre, tant ils sont grossiers !

– C'est pour vous que je le fais, ma nièce.

– Merci, mon oncle, je vous adore !

La jeune fille et Sergueï se regardent avec tendresse et il lui tire un peu la capuche pour la taquiner. Armand est heureux de constater une fois encore la grande complicité qui les unit.

– Alors Alexandra, êtes-vous prête à affronter le monde ?

– J'ai très peur, Père.

– Il ne faut pas, reprend Sergueï. Et puis, vous êtes à l'abri sous votre voilette !

– Peut-être est-ce trop ! Peut-être que je…

– Ça ma chérie ! Il fallait y penser avant !

Les lourdes portes s'ouvrent et la jeune fille a l'impression qu'on la pousse dans le vide.

– Nous allons au Bois de Boulogne, lui dit son oncle. C'est là qu'il faut être vu. Et je vous prédis qu'on ne verra que vous !

Ses ongles meurtrissent ses paumes et pour penser à autre chose, elle écoute les deux hommes parler.

– On a exécuté Giovanni Pianori aujourd'hui. L'empereur a voulu lui faire grâce mais ses ministres s'y sont opposés.

– Qui est ce Pianori ? demande Armand.

– C'est l'homme qui a tiré sur l'empereur.

– Je croyais qu'il s'appelait Liberani ?

– C'était un faux nom sur ses papiers. Il n'était que cordonnier, incroyable, non ?

– C'est du gâchis surtout. Et vous Sergueï ? Où en êtes-vous de votre mission diplomatique ?

– Je suis déçu. Il y a plus d'un mois maintenant que je suis à Paris et l'empereur n'a pas encore daigné me recevoir. Sa cousine, la princesse Mathilde, est pourtant toute reliée à ma cause.

– Vous parlez souvent d'elle mon oncle, comment l'avez-vous connue ?

– Elle a épousé un comte russe en 40 : Anatole Demidoff. Un homme très riche qui possède des mines dans l'Oural. Il espérait gagner une reconnaissance sociale en épousant une cousine du tsar Nicolas Ier.

– Et alors ?

– Cet homme est un odieux personnage et si Mathilde est devenue la coqueluche de Saint-Pétersbourg… on la recevait sans son mari !

– Oh !

– Demidoff la battait et la trompait. Par vengeance j'imagine. C'est le tsar en personne qui l'a sortie de cette situation. Elle était brisée. Anatole a dû accepter la séparation et lui verse depuis, une belle pension.

– Bien fait pour lui !

– C'est certain. Nous sommes amis depuis cette époque où elle vivait en Russie et elle n'a jamais failli à notre amitié. Malgré la guerre de Crimée, elle reste russophile et ne le cache pas.

– Pourquoi souhaitez-vous voir l'empereur ? demande encore Alexandra qui n'a pas remarqué les regards des Parisiens qui l'escortent tout au long du chemin.

– Je suis en mission. Le tsar m'a envoyé pour lui parler. Seulement, je commence à croire qu'il n'acceptera jamais.

– Et quelle est cette mission ?

– Vous êtes bien curieuse ! En quelques mots alors… Savez-vous que nous sommes en guerre ?

– Oui, Père me l'a dit. Cela fait une année déjà, je crois ?

– C'est cela. Le 27 mars 1854, la France et l'Angleterre se sont alliées contre la Russie.

– C'est un petit peu plus compliqué que ça ! intervient Armand. La Russie n'est pas une pauvre nation à qui nous avons décidé un jour de livrer bataille !

Sergueï sourit.

– Ne nous cherchons pas querelle, mon cher beau-frère ! Ne soyons pas aussi stupides que nos deux pays.

– Je suis d'accord, seulement sans rentrer dans les détails, j'aimerais qu'Alexandra sache ce qu'il en est.

– Très bien. Alors écoutez Alexandra. Nicolas Ier exigeait un traité avec l'Empire ottoman pour protéger tous les chrétiens orthodoxes de l'Empire turc. Mais le sultan et ses ministres ont refusé. Le tsar ne pouvait l'accepter.

– Je ne comprends pas. Pourquoi exiger cela ?

– À l'origine, disons que c'est une querelle entre nos deux empereurs, chacun voulant assurer en exclusivité la protection des lieux saints de Jérusalem, qui font partie de l'Empire turc.

– Ce n'est qu'un prétexte, Sergueï ! Admettez-le ! Le tsar ne souhaite en réalité, qu'annexer Constantinople et les détroits, afin d'accéder à la Méditerranée. Et ça, les Français comme les Anglais ne pouvaient l'accepter.

– Ce n'est donc pas pour préserver l'Empire ottoman que vous vous êtes alliés contre nous alors ? demande Sergueï agacé. Vous êtes donc aussi hypocrites que nous !

– Mais je l'admets moi, au moins !

Le ton monte entre les deux hommes et Alexandra s'interpose.

– Mais calmez-vous enfin ! Vous deviez simplement m'expliquer ce qui se passe en Mer Noire ! Pas vous chamailler !

– Elle a raison. Il suffit déjà de cette guerre sans qu'en plus n'éclate un conflit au sein de notre famille.

– Et vous mon oncle, vous êtes là pour faire cesser cette guerre ?

– Oh ! J'aimerais bien mais mon rôle n'est pas à ce point capital ! Je dois juste convaincre votre empereur de donner sa liberté à un homme très important pour nous, qu'il a fait emprisonner.

– Qui est-ce ?

– Cette fois, petite curieuse, je ne vous répondrai pas. Disons que le tsar le porte en haute considération.

– Et c'est pour cela que le tsar vous a envoyé ?

– Eh ! Oui ! Et c'est aussi pour cela que j'ai appris votre langue.

Le silence règne à présent dans la voiture et Alexandra regarde enfin Paris. Elle remarque que les gens l'observent avec curiosité. Sur l'Avenue des Champs Élysées, elle ne peut retenir un « oh ! » d'admiration en apercevant l'Arc de Triomphe. Armand leur explique encore une fois où et comment, il a été témoin de l'attentat contre l'empereur.

– Qu'est-ce que c'est que ça ? demande Alexandra en voyant un magnifique attelage entouré de lanciers.

– Mais c'est l'impératrice ! s'exclame Sergueï.

La jeune fille la dévore des yeux et Eugénie la regarde à son tour avec étonnement. L'histoire de cette inconnue à la cape noire lui est parvenue. Elle ne peut bien sûr s'approcher pour lui parler car on la dit peut-être lépreuse. La souveraine regarde les deux hommes qui l'accompagnent et Armand la salue.

– Qu'elle est belle ! dit Alexandra lorsque le cortège les a dépassés.

Elle garde en mémoire le teint sans défaut. Les cheveux tirés en un lourd chignon sous un petit chapeau ont une teinte chaude et ses yeux, un peu tombants, lui donnent l'air doux et romantique.

– Mon Oncle ! Vous auriez dû essayer de lui parler !

– Alexandra a raison, c'est peut-être le moment d'obtenir un entretien.

– Surtout que vous êtes l'ami de la cousine de l'empereur.

– Raison de plus ! Si Mathilde aime la Russie, l'impératrice, elle, est une anglophile convaincue. Et puis les deux femmes ne s'entendent guère…

La jeune fille est déçue.

– Rien qu'à entendre mon accent, je vais la faire fuir ! Ne lui gâchons pas sa promenade.

– Tant pis.

La jeune fille se tasse dans son siège et regarde à nouveau autour d'elle. Son attention est vite attirée par un drôle de manège. Trois jeunes hommes à cheval ne cessent de trotter à quelques mètres de la voiture en essayant vainement de la voir. Ils se baissent, rient, se dépassent…

– Vous avez des admirateurs, je crois, Alexandra !

Son père sourit en voyant les trois jeunes gens se tordre et se chamailler pour attirer son attention. Elle est soulagée d'être à l'abri sous sa cape car la rougeur qui lui monte aux joues est telle qu'elle a soudain très chaud. Ils abandonnent leur poursuite aux abords de l'Arc de Triomphe. La voiture emprunte l'Avenue de l'Impératrice menant tout droit aux belles grilles dorées du Bois de Boulogne. Ces dernières remplacent les affreux murs gris qui en interdisaient l'entrée auparavant. Sur de grandes allées sablées se croisent jusqu'à quatre rangs d'équipages. D'élégants cavaliers se saluent ou se parlent et on discute ou on s'interpelle entre calèches et autres phaétons. Alexandra les écoute et les regarde avec envie. Elle aimerait tant partager les invitations qu'on se lance !

Armand aperçoit une amazone qui ne lui est point inconnue. Hortense porte ce jour-là, une robe verte qui fait ressortir ses beaux yeux. Il est encore une fois très attiré par la beauté de la jeune femme. Lorsqu'elle le reconnaît, elle ne s'embarrasse pas de savoir-vivre et, sans gêne, le salue devant Sergueï et Alexandra.

– Bonjour, Monsieur le Comte. Comment allez-vous ?

– Bien, je vous remercie.

Il est confus et ne sait quelle attitude adopter. Il ne peut tout de même pas présenter ce genre de créature à sa fille ! Cette dernière la regarde d'ailleurs sous sa cape et il peut distinguer ses yeux si particuliers qui l'étudient du haut en bas.

– Vous n'êtes pas encore venu me voir. Vous aviez promis, lui rappelle-t-elle avec une moue enfantine.

– Je n'y manquerai pas.

– À bientôt alors !

Ce n'est pas un espoir, c'est un ordre. Elle s'en va enfin et Armand respire.

– Eh ! Bien mon cher Armand ! le taquine Sergueï.

– Père ? Mais qu'est-ce que…

– Quoi ? la coupe-t-il. Je n'ai fait que lui parler. Une seule fois en plus.

– « L'épineuse », tout de même ! rajoute encore son beau-frère.

– Vous la connaissez ? demande Armand surpris.

– Qui ne la connaît pas ?

– « L'épineuse » ? questionne Alexandra.

– Hortense « l'épineuse ». Une actrice ! Enfin, si l'on peut dire.

Armand est vexé.

– Mais…

– Cessez de poser des questions, Alexandra ! tranche Armand avec véhémence.

Elle est surprise par le ton qu'emploie son père. Il ne lui a jamais parlé ainsi. Sergueï lui dit :

– On ne peut pas parler de ce genre de femme à une jeune fille, vous comprenez ?

Elle acquiesce en rougissant.

Ils reprennent leur promenade et Alexandra est émerveillée par les deux lacs et la cascade.

– Je voudrais marcher un peu, annonce-t-elle.

– Dans cette tenue ?

– Pourquoi pas ? Je n'en peux plus, je voudrais faire quelques pas pour aller voir la cascade de plus près. S'il vous plaît.

– Très bien. Nous vous attendons ici.

Elle descend prudemment et un attroupement se forme aussitôt. Mais les gens gardent leurs distances, tout en chuchotant et en la montrant du doigt. Les deux hommes sourient et ne la quittent pas des yeux. Avec grâce, elle évolue jusqu'à la cascade et, là, s'arrête pour admirer cette prouesse technique.

Sergueï ne sait pas comment parler à Armand de cette actrice. Il a remarqué l'émotion de son beau-frère devant cette femme.

– Elle est certes belle, pense-t-il. Il est seul depuis trop longtemps et il se laisse émouvoir par le premier jupon qui passe ! Une belle garce, c'est certain.

Il décide de lui dire les choses franchement.

– Prenez garde Armand.

– Pourquoi ? Pour Alexandra ?

– Non, prenez garde à cette « épineuse ». Elle porte bien son nom. Sa réputation est des plus inquiétantes. On la dit prête à tout pour se trouver, non pas un protecteur fortuné mais un mari… avec un titre ! La Païva, cette petite Russe devenue marquise… Cette histoire lui est montée à la tête. Mais elle n'a pas son intelligence !

– Vous la connaissez bien, dites-moi, Sergueï ! Seriez-vous jaloux ?

Il éclate de rire.

– Ne vous méprenez pas, Armand. C'est un ami qui m'en a parlé.

– Occupez-vous donc de vos affaires. Je suis bien assez grand pour m'occuper des miennes.

– Si vous le prenez comme ça…

Les deux hommes ne se parleront plus de la journée. Alexandra les observe de loin, derrière sa voilette et ne se doute pas de leurs tourments. Elle a chaud sous sa cape et elle aimerait pouvoir l'enlever. Autour d'elle, les gens se sont dispersés, faute de voir un spectacle plus attrayant. Elle est donc seule aux abords de la cascade et cette eau qui dégouline sans discontinuer, lui donne envie d'y plonger. Elle relève un instant la dentelle de sa voilette et repousse légèrement sa capuche pour sentir le léger souffle d'air qui fait danser les branches. C'est à ce moment qu'elle le voit pour la première fois. Un homme très brun la regarde en souriant. Il porte une fine moustache et ses yeux bleus la fixent intensément. Elle se rajuste très vite et continue à le regarder. Son cœur s'est emballé et elle reste immobile. La bienséance voudrait certainement qu'elle rejoigne son père mais elle ne peut s'y résoudre, captivée par l'insolence de cet homme. Ils restent ainsi quelques secondes et Armand la rappelle pour prendre le chemin du retour. Elle le voit alors monter sur un magnifique cheval noir au pelage luisant et s'arrache difficilement à ce spectacle. Elle remonte dans la voiture, bouleversée. Son visage ne quittera plus ses pensées.

– Qui peut-il bien être ? se demande-t-elle.

Elle sait qu'il l'a aperçue lorsqu'elle a dégagé son visage. Il est le seul qui l'ait vu. Et elle est déjà toute à lui…

Ce soir-là, après le dîner, Armand se rend au théâtre du Vaudeville. La belle rousse l'attire dangereusement et il décide d'aller la voir malgré les recommandations de son beau-frère. En la voyant sur scène, il la trouve irrésistible. La pièce est accompagnée de musique. Elle joue très mal mais Armand est envoûté. Après la représentation, il se fait accompagner jusqu'à sa loge. Elle l'accueille, un sourire de triomphe aux lèvres et il ne voit plus qu'elle dans un peignoir froufrouteux indécent. Ses cheveux roux dégringolent, lui tombent jusqu'au milieu des reins et lorsqu'elle se lève, marche vers lui, chaque pas dévoile savamment la peau nue de ses jambes splendides. Elle ne porte ni bas, ni pantalons de dentelle et il toussote pour se remettre de ses émotions. Elle est heureuse de voir sa réaction et ne regrette pas ce petit jeu. Elle l'a tout de suite remarqué dans la salle et a eu tout le temps de préparer son plan d'attaque. Personne ne se mettra en travers de son chemin maintenant qu'il est venu jusqu'à elle. Celui-ci est comte et ne semble pas faire partie de cette aristocratie sans fortune. Ses vêtements coûteux trahissent sa condition et si elle l'a trouvé un peu démodé la première fois, il est aujourd'hui dans le ton. Il est très séduisant en plus, ce qui ne gâche rien. Elle voit bien qu'il est hypnotisé par ses charmes et elle compte bien en abuser.

– Mais avec élégance ! se dit-elle. Je serai bientôt comtesse car je suis certaine qu'il n'est pas marié.

Elle prend les fleurs qu'il n'a pas oublié de lui apporter et comme un jeune garçon inexpérimenté, il se tient gauchement devant elle.

– Oh ! Je suis tellement heureuse de vous voir. Et ces fleurs sont superbes, je vous remercie.

– Je vous avais promis de venir.

– C'est vrai…

Ils se regardent intensément.

– Irons-nous boire quelque chose ? Avez-vous faim ?

– Je suis affamée ! Laissez-moi passer une robe et je suis toute à vous !

Il rougit et sort en se maudissant d'être si stupide.

– Conduis-toi en homme bon sang !

La soirée et la partie de la nuit qu'ils passent ensemble sont merveilleuses. Hortense est drôle, intelligente et a de la répartie. Armand, qui a craint un moment de la voir porter une de ses tenues extravagantes, est rassuré en la voyant apparaître dans une jolie robe vert pâle qui tranche radicalement avec ses cheveux roux. La crinoline est vaporeuse à souhait, peut-être un peu chargée et le décolleté trop profond, mais elle reste élégante malgré tout. Elle ne porte ni chapeau haut-de-forme, ne fume pas de cigare et lorsqu'elle s'accroche au bras d'Armand, elle lui offre un sourire de petite fille intimidée. Elle a compris qu'elle a réussi à attirer Armand par son attitude agressive et ses vêtements trop voyants mais elle sait aussi qu'elle ne le gardera pas en continuant dans cette voie.

– Où m'emmenez-vous ?

– On m'a recommandé la Maison Dorée.

– Qui vous a dit ça ? demande-t-elle en essayant de se contrôler.

– Un homme qui passait dans le couloir, devant votre loge.

Elle est furieuse. Elle est certaine que c'est Jean, le pianiste. Il est fou amoureux d'elle et même s'il est beau garçon, il n'a pas un sou en poche ! Pas question pour elle de le fréquenter. La Maison Dorée est certes un bel endroit, mais c'est surtout là qu'on s'affiche avec les cocottes à la mode. Il existe même des cabines privées pour de joyeux tête-à-tête. Hortense doit réfléchir et vite. Elle ne veut pas être une Cora Pearl ! Celle-là a autant d'esprit que de talent. Non, pas elle ! Une marquise de la Païva, ça oui ! Elle se verrait bien comtesse dans un bel hôtel particulier, sur une des nouvelles rues qu'a fait ouvrir le baron Haussman. Ou pourquoi pas sur les Champs Élysées ? Cette marquise a bien mené sa barque. Dans son hôtel, Place Saint Georges, elle reçoit des gens comme Théophile Gautier, Sainte Beuve, Offenbach… Et elle s'est offert son titre de noblesse à trente-deux ans. Hortense en a vingt-huit. Elle a connu Thérèse Lachmann avant qu'elle ne soit titrée et celle-ci lui avait prodigué de nombreux conseils, dont celui de ne pas se fier à un homme et de bien gérer son argent.

– Tu dois rester indépendante, avoir l'air inaccessible et, le plus important, tu dois être chère.

– Chère ?

– Plus tu seras chère, plus ils te voudront.

Mais Hortense n'a jamais réussi à garder un seul homme. Elle n'a pas plus réussi à mettre de l'argent de côté.

– Qu'est-ce que cette putain de Juive russe a de plus que moi ? pense-t-elle rageusement.

Lorsque la Païva a acheté son époux pour devenir marquise, Hortense s'est juré d'être plus maligne qu'elle et d'être elle aussi quelqu'un, mais sans avoir à débourser la moindre petite pièce.

– Ce comte est un cadeau du ciel, se dit-elle encore. Et puis, j'ai justement cette nouvelle robe à payer.

Après une courte promenade en direction de la Maison Dorée, Hortense propose à Armand de l'emmener chez elle.

– Nous y serons mieux pour bavarder, qu'en pensez-vous ?

Il est un peu surpris mais accepte. Elle possède un coquet appartement que lui a laissé sa mère. Elle a dû congédier sa bonne à tout faire car elle ne pouvait plus la payer. Elle s'occupe donc de le servir et il trouve cela charmant.

– C'est agréable de ne pas avoir de personnel. C'est plus intime.

– Je vous assure que c'est moins drôle l'hiver, lorsque je rentre le soir et que personne n'a allumé le poêle !

– Vous avez raison. Je suis stupide de vous dire cela. Excusez-moi. Votre appartement est très joli, dit-il pour se rattraper.

La décoration est un peu clinquante et vieillotte mais Armand s'y sent bien. Ils parlent de tout et de rien. Hortense lit beaucoup et aime la musique. Il lui promet de l'emmener à l'Opéra. Lorsqu'elle rit aux éclats, il la trouve irrésistible. Elle en rajoute, se fait câline, féline et enfin, il finit par l'embrasser. Il est fébrile et elle le repousse doucement. Elle se lève et se déshabille devant lui. Elle prend son temps et s'effeuille petit à petit. Elle est experte en la matière évidemment ! Elle s'est tellement entraînée ! Il la laisse faire, subjugué. Il n'est pourtant pas naïf mais celle-ci… Quelle femme pour un homme ! Son horrible cage qui supporte ses jupons est enfin à terre. Elle se tient devant lui en corset et pantalon de dentelles. Elle lâche ses cheveux qui dégringolent, se retourne et retire ce qu'il lui reste. Elle est à présent nue, avec pour seule parure, sa somptueuse chevelure en cascade. À la lueur des bougies, il admire ses longues jambes très fines et bien dessinées.

– Quel dommage qu'une telle femme porte une crinoline ! pense-t-il.

Ses fesses sont un peu plates mais lorsqu'elle se retourne à nouveau, il découvre avec ravissement ses deux énormes seins. Il a dû mal à se maîtriser et manque de lui sauter dessus. Avec toute la retenue dont il est encore capable, il se lève en homme du monde et lui fait une première fois l'amour avec patience et courtoisie. Il se sent extrêmement frustré, aussi lorsqu'elle se frotte à lui une seconde fois, il ne reste plus rien de la délicatesse dont il a fait preuve auparavant. Il se jette sur elle, la dévore et la culbute comme une chienne. Elle le griffe et en redemande à chaque fois un peu plus. Enfin repus, ils finissent par s'endormir.

– Blanche ! hurle Armand.

Il s'est assis d'un bond sur le lit.

– Blanche ? Mais qu'est-ce que… quoi ?

Hortense, la voix ensommeillée, tente de comprendre. Il se lève et s'habille.

– Que se passe-t-il ? Qui est Blanche ? Votre femme ?

– Ma fille. Elle est en danger. Je dois y aller.

Il a encore fait ce cauchemar mais cette fois, il sent que c'est différent. Il se passe réellement quelque chose.

– Mais que faites-vous, vous n'allez pas partir ainsi ?

Elle s'est levée et totalement nue, se glisse dans les bras d'Armand.

– Je vais revenir. Ne vous en faites pas.

Elle fait la moue. Il ne peut pas la laisser ainsi. Pas un sou ? Pas un bijou ? Une simple promesse un peu vague ?

– Moi qui voulais tellement que vous m'aidiez à m'habiller demain matin.

– Comment ?

– C'est vrai, sans femme de chambre, c'est si difficile…

Avec ses airs affriolants, il la reprendrait bien sur le champ mais il n'a pas le temps. Il a compris ce qu'elle demande et en lui mettant de l'argent dans la main, lui dit en se dégageant de son étreinte :

– Tenez ! Prenez-vous du personnel. Nous verrons le reste à mon retour.

Elle l'embrasse et se retient de hurler de joie. Dès demain, elle va pouvoir reprendre un train de vie digne de ce nom.

La porte est fermée lorsqu'il arrive devant l'hôtel particulier. Il est un peu plus de quatre heures mais il n'hésite pas à réveiller toute la maison. Sergueï en robe de chambre est très inquiet.

– Qu'avez-vous Armand ? Vous semblez bouleversé.

– C'est Blanche ! Elle est en danger. J'en ai la certitude.

Alexandra, qui s'est levée elle aussi, s'élance vers son père.

– Allez la chercher, je vous en prie…

– C'est bien mon intention.

– Je vous accompagne, annonce Sergueï.

Il part aussitôt se changer.

– Faites comme lui père. Allez enfiler une tenue plus confortable pour voyager.

Armand a totalement oublié qu'il est en tenue de soirée. Avant de disparaître, il dit à sa fille :

– L'Exposition ouvre ses portes demain. Nous irons à mon retour.

– Nous irons avec Blanche, Père. Et ce sera encore mieux ! Allez, vite !

Accompagné de Sergueï, Armand passe les portes de l'hôtel particulier au grand galop. Il fait encore nuit et il est très inquiet.

CHAPITRE VIII
Traquée

– Yann ! Je dois te parler, commence Marie.

– Toi ? Me parler ? Crois-tu seulement que j'ai du temps à perdre ?

– S'il te plaît… l'implore-t-elle à contrecœur.

– Je ne t'écouterai pas. Alors à présent, laisse-moi donc !

Ils sont dans l'étable et Yann s'apprête à prendre son cheval. La journée promet d'être belle et il compte se rendre chez Léon pour parler de l'avenir de leurs enfants. Antoine est agressif à son égard et il veut lui donner une bonne leçon.

– Il saura qui commande ensuite ! pense-t-il satisfait de lui-même.

– Il faut que nous parlions, insiste-t-elle. Maintenant !

– Je t'ai déjà dit de ne pas employer ce ton avec moi !

Elle se calme car elle sait qu'autrement, il n'écoutera rien.

– C'est à propos de Blanche.

Il laisse retomber le pied qu'il a passé dans l'étrier et sent un frisson le parcourir à la seule évocation de la jeune fille.

– Quoi Blanche ?

– Tu… tu vas la laisser tranquille !

Il est très surpris que Marie ait compris et le jeu commence à lui plaire.

– Il a dû t'en falloir du courage pour venir me voir et me dire ça ! Ta si précieuse fille ! L'ai-je donc ennuyée ?

– Tu sais très bien…

– Mais pas du tout et j'attends tes…

– Arrête de lui tourner autour !

Il sursaute car il ne s'attendait pas à cette attaque.

– Tu ne te sens pas bien, Marie ?

Il prend un air mauvais et Marie frissonne.

– Elle n'est pas ta fille, je le sais. Mais ne la touche pas. Je t'en prie…

L'air implorant de sa femme l'écœure.

– Qui te dit que ce n'est pas déjà fait ?

Elle ouvre des yeux épouvantés et pense aussitôt au comportement de sa fille.

– Mon Dieu, est-ce possible ? se dit-elle. Ai-je réagi trop tard ?

Il éprouve un plaisir malsain à la voir soudain aussi mal.

– Allons Marie, ne fais pas cette tête ! dit-il en riant.

– Tu me dégoûtes, Yann ! Tu es un monstre ! Tu n'es qu'un…

Une claque vient lui couper la parole.

– Tu la fermes maintenant ! Tu entends ?

Il lui attrape les cheveux et elle se tord de douleur.

– Cesse donc de te tortiller, ça te fera plus mal encore ! Ne me parle plus jamais de Blanche, tu as compris ?

Il la repousse violemment et elle trébuche, avant de tomber dans la paille souillée.

– Je voudrais que tu meures, lui crache-t-elle.

– Désolé ! Mais je vais vivre longtemps encore, tu peux me faire confiance !

Marie rentre, dès qu'il a quitté la cour. Isabelle, qui s'est encore affaiblie ces derniers jours, n'arrive pas à se lever de son fauteuil, douillettement placé dans l'âtre. Jeanne accourt.

– Oh ! Marie, ça s'est mal passé ?

Elle éclate en sanglots et leur raconte la scène.

– Je voudrais qu'il meure, répète-t-elle au comble de la colère.

– Ne dis pas ça, la coupe sa sœur. Tu ne le penses pas.

– Si, elle le pense, reprend leur mère. Et je suis d'accord avec elle.

– Où est Blanche ? s'inquiète Marie.

– Avec Antoine. Ne t'en fais pas, il veille sur elle. Je suis sûre qu'il sait ce qui s'est passé l'autre jour…

– Eh ! Bien, tant mieux. Avec son frère pour la protéger, je suis rassurée.

Yann passe devant la ferme de Léon, en espérant que le maître des lieux le voie et l'invite à entrer. Il est contrarié par la dispute qui l'a opposé à Marie.

– De quoi se mêle-t-elle, après tout ? se dit-il énervé. Que je meure… C'est d'elle dont je devrais me débarrasser ! J'en épouserais une plus jeune !

L'image de Blanche s'impose à son esprit et il sourit.

– Ce n'est peut-être pas une mauvaise idée… Si Blanche sait que je ne suis pas son père, je suis certain de son amour. Ses petits regards par en-dessous ne mentent pas !

– Holà ! Le Yann ! l'interpelle Léon. T'as l'air bien loin dans tes rêveries ? Ça me fait plaisir de te voir !

– Ouf ! pense Yann soulagé. L'accueil est bon ! Peut-être n'en veut-il pas à Antoine pour son manque d'empressement. Je dois rattraper les bêtises de ce jeune idiot.

Il descend de sa monture.

– Bien le bonjour, Léon. Je ne veux surtout pas te gêner, tu sais. Je vais m'en aller dès que je t'aurai salué.

La coutume veut que l'on ne s'impose surtout pas et il faut s'excuser en faisant mine de partir.

– Qu'est-ce que tu me racontes ? Tu es le bienvenu ! Beau temps, n'est-ce pas ?

Ils échangent rapidement quelques informations sur les conditions climatiques, comme le veut encore la tradition.

– Allons Yann, viens donc saluer Augustine.

Les deux hommes pénètrent dans la maison et Yann est impressionné par le calme qui règne. Ils n'ont eu que Ninon comme enfant, aussi les cris et les pleurs ont depuis longtemps disparu, la jeune fille venant de fêter ses dix-huit ans. Yann regarde la femme de Léon en pensant :

– Si elle me tourne le dos et fait semblant de ne pas me voir, c'en est fini de mes espoirs de mariage…

Au contraire, Augustine se lève de sa chaise et l'accueille chaleureusement.

– Ninon, va donc chercher la nappe blanche, dit-elle à sa fille.

– Tout va bien, se dit-il. Elle sort son beau linge et m'offre des crêpes.

C'est ainsi dans les fermes. Certains signes permettent d'éviter un refus blessant et il suffit d'y prendre garde. Si Augustine lui avait tourné le dos, il aurait compris aussitôt que le mariage entre leurs enfants n'était même pas envisageable. Il est soulagé car tout se déroule selon ses désirs. L'ambiance est détendue et même si on ne parle pas de noces, il sait que c'est gagné. Lorsque les deux femmes quittent la maison sous un faux prétexte, il comprend qu'il doit parler.

– Écoute Léon, on se connaît depuis longtemps…

– Depuis toujours, tu veux dire !

– Voilà, je sais que normalement, j'aurais dû t'envoyer le « bazvalan »[25] mais je préfère qu'on en discute tous les deux. Après tout, Ninon est ta seule fille et Antoine mon aîné.

– Tu as bien fait, le Yann. J'espère que nous allons nous entendre… Seulement avant, je voudrais te poser une question…

---

[25] Bazvalan : baguette de genêt. La demande en mariage n'était pas faite directement aux parents de la jeune fille par le prétendant ou le père, comme ici entre Yann et Léon. C'était un mandataire attitré, au fait de la situation des deux familles, qui exécutait cette demande. Et lorsque cet agent matrimonial allait faire cette demande, il portait deux bas de couleurs différentes : un blanc et un rouge. Et dans sa main, on trouvait la fameuse baguette de genêt.

– Oui ?

– Ton Antoine, t'es bien sûr qu'il veut de ma Ninon ?

Le ton n'est plus à la plaisanterie et il se fait même un peu dur.

– Mais qu'est-ce que tu vas chercher là ? Il m'en parlait encore ce matin ! Je vais te dire Léon, il y a pas plus timide que mon Antoine !

Léon s'esclaffe et Yann souffle de soulagement. Ils se mettent d'accord sur les modalités et se quittent avec le sourire.

– Encore une chose, Léon. Viens donc manger quelques crêpes de Marie, tout à l'heure. Avec tes femmes bien sûr !

– Avec grand plaisir. Elles seront enchantées.

Yann prend le chemin du retour, ravi de jouer ce mauvais tour à son fils.

– Tout est réglé, se dit-il satisfait. Reste plus qu'à prévenir cet idiot !

– Tu ne peux pas lui faire ça ! crie Marie en entendant Yann lui raconter son exploit.

Isabelle est livide et Jeanne reste muette. Seule Marie laisse éclater sa colère.

– Léon, Augustine et Ninon viendront tout à l'heure pour sceller les accordailles. C'est ainsi.

– Tu es fier de toi, n'est-ce pas ? Je le vois bien… Antoine ne le sait même pas ! Comment peux-tu lui faire ça ?

– Ce garçon ne fait que me décevoir, il sera très bien chez Léon et Ninon est une fille bien.

– C'est une coquette et une paresseuse comme sa mère !

– Peut-être, mais la ferme sera pour eux un jour. Tu préfères qu'il épouse cette miséreuse de Lucie ? Je devais m'en occuper avant qu'il ne gâche sa vie.

– Ton fils n'est pas comme toi !

– Justement !

– Il n'a pas forcément envie d'épouser une ferme !

La porte s'ouvre à cet instant laissant passer Antoine, Blanche et Pierre. Leur bonne humeur apparente s'efface aussitôt.

– Que se passe-t-il ? demande Antoine sourdement.

Marie le regarde et n'arrive pas à parler, tant la colère qui l'anime est forte.

– J'ai invité Léon et sa famille.

Le jeune homme devient blême.

– Pourquoi ?

– Pour tes accordailles, mon garçon ! annonce Isabelle d'une voix forte et claire. Ton cher père vient de tout arranger…

– Tu n'as pas fait ça ? Non, ce n'est pas possible, n'est-ce pas ? demande-t-il incrédule.

– Et pourquoi pas ? Tu es trop empoté pour le faire toi-même !

– Non, dit-il en reculant. Je ne peux pas croire que tu me détestes à ce point-là.

– Je t'avais prévenu, mon garçon, alors ne mélange pas tout. Ce n'est pas pour te punir. Ninon aura une belle dot et vous vous installerez dans sa ferme. Ensuite, c'est vous qui hériterez. Je te trouve bien ingrat alors que tu devrais songer à me remercier !

– Te remercier ?

– Le Jean, qui a ton âge, tu le connais ?

– Et alors ?

– On vient de publier les bans.

– Je me fous du Jean !

– Il n'a pas fait tant de manières lorsque son père lui a dit d'épouser la petite Noémie. Ils ont l'air plutôt heureux, même. Et puis avec Ninon, je te signale que tu fais une meilleure affaire. Et elle est plus jolie ! Alors ? Tu ne te trouves pas un peu difficile ?

Blanche n'en revient pas. Elle attrape la main de son frère et la serre très fort. Il a fini par lui parler de Lucie, elle sait qu'il l'aime beaucoup et qu'il pense même à demander sa main. Cette Ninon ! Blanche ne peut guère la souffrir. Et puis elle ne la trouve pas si jolie. La colère l'envahit et elle sait qu'elle ne pourra pas se taire car elle aime trop Antoine. Elle n'a plus ouvert la bouche devant son père depuis des jours, aussi personne ne s'attend à l'explosion de mots qui déferlent :

– N'en as-tu jamais assez ? Tu nous détestes tous pour nous faire tant de mal ! Je te hais ! Tu n'es qu'un monstre sans cœur !

Yann est le premier surpris mais il veut la faire taire et s'approche d'elle, menaçant. Il a l'impression de voir le comte durant un moment et il ne supporte pas d'être ainsi rabroué. Il la gifle. À la surprise générale, elle lui rend ! Il se tient la joue qu'elle vient de frapper, stupéfait. Elle est devant lui, haletante, fière et ses nobles origines sont à cet instant une évidence. Yann se sent misérable et ridicule. Pour se venger, il tente de l'attraper mais elle se débat comme une furie et le tape aveuglément. Marie, Antoine et Pierre essayent de les séparer et Isabelle s'en veut d'être incapable d'intervenir. Elle est la seule qui canalisait un peu Yann mais à présent, elle se sent inutile. Les deux garçons finissent par maîtriser leur père et Marie tient précieusement Blanche dans ses bras. Sa fille ne pleure pas et regarde Yann, haineusement. Soudain, Geoffroy, le plus jeune garçon de la famille, s'exclame :

– Une charrette dans la cour. C'est Ninon !

Yann se métamorphose sous leurs yeux et leur commande à tous :

– Les voilà. Vous avez intérêt de vous tenir correctement. Le premier qui me fait honte…

Sa menace tombe à plat et Blanche lui lance :

– C'est toi qui nous fais honte !

– Calmez-vous, dit Marie. Je ne veux pas que tout le village apprenne ce qui se passe dans cette maison.

– Ne t'inquiète pas Maman, tu n'auras pas à rougir de tes enfants, lui dit Antoine.

– Merci, lui répond-elle simplement avant d'inspirer un grand coup pour accueillir ses invités.

– « Deiz mad deoch'h »[26] ! lance Léon en pénétrant dans la maison.

Yann et ses fils ont remis leurs chapeaux comme il se doit car on ne reçoit pas un invité sans être couvert, ce serait de la pire inconvenance. Augustine et Ninon saluent discrètement et se tiennent un peu gauchement. Blanche observe la jeune fille et se dit :

– Elle n'est vraiment pas jolie ! J'en suis sûre à présent. De loin encore… mais là, non !

---

[26] Bonjour à vous !

Elle trouve que son visage ressemble à celui d'une souris. Tout est petit : ses yeux sont trop rapprochés et seul son nez ressort de l'ensemble tant il est pointu. Et puis, elle est si propre que c'en est douteux. La mère et la fille se ressemblent et on n'a aucun mal à deviner comment sera Ninon dans vingt ans.

Antoine aussi les observe pendant que son père et Léon parlent trop fort. Son regard est critique, à l'instar de sa sœur. Ninon bat des cils et passe son temps à remettre une mèche qui s'échappe de l'ordre parfait de sa coiffure trop étudiée.

– Venez Augustine, l'appelle Marie. Vous allez boire et manger quelque chose, n'est-ce pas ?

En parfaite maîtresse de maison, Marie sourit, bavarde gaiement et semble ravie de les recevoir. Dans son cœur brûle un grand feu de haine à l'égard de Yann mais personne ne peut s'en douter. Pierre, d'habitude volubile, ne dit pas un mot et regarde la promise de son frère avec émotion. Elle lui plaît, c'est certain, et une douleur diffuse se répand dans son corps quand il pense au mariage qui la liera à son frère pour la vie.

Après quelques verres d'un bon cidre râpeux et la moitié des crêpes avalées, Léon regarde Antoine et Ninon, côte à côte qui ne se sont pas adressé un mot.

– Alors les enfants, si on parlait du « frikot dimez »[27] ?

Antoine devient blême et Ninon rosit de contentement. Elle le trouve beau Antoine. Depuis toujours. Elle ne croit pas à sa chance car il ne l'a même jamais regardée. Lorsqu'elle en a parlé à son père, il lui a répondu :

---

[27] repas de fiançailles

– Il paraît qu'il y a pas plus timide que lui ! Ne t'inquiète pas ma fille, Yann m'a confirmé qu'il parle de toi.

Depuis, elle est sur un petit nuage.

– On pourrait publier les bans à la grand-messe, ce dimanche ? poursuit Yann impitoyablement. Qu'en penses-tu, Antoine ?

Le sadisme de son père le révolte mais sa mère, d'un regard, le supplie de bien se comporter.

– C'est vous qui décidez.

Ce sera sa seule phrase et elle tombe comme un couperet. Isabelle ferme les yeux et Marie essuie furtivement une larme prête à s'échapper. Blanche assise au pied de sa grand-mère, la tête sur ses genoux, serre les poings de rage.

– Je vais exploser, ne cesse-t-elle de se dire.

Isabelle sent le désarroi de la jeune fille et tout doucement lui murmure :

– « Eur wech e oa… »[28]

La voix de sa grand-mère l'apaise et elle écoute l'histoire d'une fée et d'un lutin qu'elle a entendue maintes fois au cours des veillées. Ses plus jeunes frères et sœurs s'approchent à leur tour et tous écoutent avec attention, la vieille femme leur raconter ce conte surnaturel. Antoine, dont le peu d'enthousiasme s'est fait sentir, n'arrive plus à se concentrer sur la conversation devenue monotone et se laisse bercer par le ton régulier de la voix de sa grand-mère.

---

[28] Il y avait une fois…

La nuit est tombée et les invités prennent enfin congé. Blanche rejoint Antoine alors que Ninon s'approche timidement de lui pour le saluer.

– Au revoir, Antoine, dit-elle de sa voix haut perchée.

Son nez trop pointu bouge lorsqu'elle parle.

– Au revoir, Ninon, lui répond le jeune homme avec difficulté.

– Adieu ! lui lance cruellement Blanche.

Les adultes n'ont pas entendu mais la pauvre Ninon devenue cramoisie, s'enfuit auprès de sa mère, comme un enfant se cacherait dans les jupes maternelles.

La porte à peine fermée derrière Léon et les deux femmes, un lourd silence s'installe. La tension devient telle que personne n'ose ouvrir la bouche, de peur de déclencher un cataclysme. La petite Hélène choisit ce moment-là pour pleurnicher et il n'en fallait pas plus pour qu'Antoine laisse exploser sa colère :

– Jamais ! Tu m'entends ? Jamais je ne l'épouserai !

Yann s'approche de lui, l'œil torve.

– Je me fiche de ce que tu crois ! Tu l'épouseras, crois-moi ! Tu es fier de ton comportement envers tes futurs beaux-parents ?

La situation dégénère rapidement. Pierre, qui ne cesse de penser à Ninon, reste vigilant car il sent que son père et son frère vont en venir aux mains. Marie leur crie de se calmer mais les insultes pleuvent et comme l'avait craint Pierre, ils s'empoignent. Le jeune homme essaie de les séparer mais leur rage est si forte qu'il arrive à peine à les empêcher de se frapper.

– Lâche-le, crie brusquement Blanche qui se jette sur le dos de Yann.

Il la sent à peine et continue de se battre avec son fils qui est à présent aussi fort que lui mais bien plus jeune et résistant. Marie supplie Blanche de descendre mais la jeune fille ne l'entend pas non plus. Un cri strident retentit soudain et leur glace le sang. C'est Jeanne qui l'a poussé en voyant sa mère, Isabelle, étalée de tout son long sur la terre battue. Ils la regardent tous avec horreur, incrédules. Blanche se précipite auprès de sa tante pour l'aider à arracher sa grand-mère de la souillure du sol.

– Voyez ce que vous avez fait ! crie Jeanne comme une démente. Vous êtes tous fous !

– Mais que s'est-il passé ? demande Marie qui soutient précieusement la tête de sa mère.

– Elle n'a pas cessé de vous dire d'arrêter ! Regardez donc comme elle a pleuré !

Deux sillons humides, souillés par la terre, se dessinent nettement sur ses joues. Jeanne sanglote bruyamment.

– Elle a voulu se lever pour intervenir, je pense. J'ai seulement eu le temps de la voir s'évanouir…

Antoine pousse doucement les trois femmes agglutinées autour de sa grand-mère.

– Laissez-moi faire, leur dit-il en la prenant aussi délicatement que si elle était ce qu'il y a de plus précieux au monde.

Il la porte jusqu'à son lit et la pose avec douceur. Elle n'a pas repris connaissance.

– Donnons-lui de la goutte, ça la réveillera, propose Pierre.

Ils sont tous autour d'Isabelle et l'inquiétude se lit sur leurs visages. Blanche, en retrait, cherche à se rendre utile. La panique qu'elle ressent est inscrite dans ses yeux mais elle ne veut surtout pas s'effondrer. Plus personne ne s'occupe du feu, pourtant ce n'est vraiment pas le moment qu'il s'éteigne. Elle le tisonne et lance des coups d'œil à sa grand-mère.

– Mon Dieu, prie-t-elle, faites qu'elle se réveille…

Yann ne cesse de la regarder. Penchée ainsi, au-dessus des braises, la chaleur fait rougir le visage de la jeune fille. L'inquiétude est inscrite sur ses traits. Ainsi, il la trouve plus désirable encore. Il est à côté de Marie mais personne ne lui prête la moindre attention, tous obsédés par l'état d'Isabelle. Il ne manque rien des faits et gestes de Blanche : la petite ride qui se creuse entre ses yeux, l'expression tourmentée de son regard, le pli de sa lèvre inférieure qui tremble légèrement… Il n'a même pas honte du violent désir qui augmente à chaque instant, tandis qu'il se tient au pied du lit d'Isabelle, toujours inanimée. Alors que Marie, Antoine, Pierre et Jeanne tentent de la réveiller par tous les moyens, personne ne remarque Blanche qui sort de la maison, chercher quelques bûches. Un seul l'a vue. C'est Yann. Il ne réfléchit plus : elle est seule, dehors.

Discrètement, il s'éloigne à son tour et sans attendre plus longtemps, s'élance à sa poursuite.

Trois bûches dans les bras, Blanche regagne tranquillement la maison. Ce bol d'air lui a fait du bien et elle se sent prête à affronter l'état de sa grand-mère. La porte de la maison s'ouvre alors qu'elle se trouve encore à une vingtaine de mètres. Une ombre en sort très vite et referme aussitôt. Elle a reconnu

Yann et une sourde angoisse l'étreint. Elle se sent comme une proie sans défense. À sa merci.

– Blanche ! s'exclame-t-il sourdement.

Elle lâche les bûches qui s'en vont rouler plus loin et sans attendre, s'élance dans la direction opposée. Elle l'entend jurer et sait qu'il la suit. Son cœur cogne fort dans sa poitrine et elle se traite d'idiote. Elle vient de se jeter dans la gueule du loup. Elle profite de la petite longueur d'avance qu'elle a sur lui et se jette dans les bois qui jouxtent la ferme. Les arbres pourront lui assurer une cachette et elle n'hésite pas une seconde. Elle connaît chaque sentier, chaque buisson, presque les brins d'herbe même !

– Blanche ! hurle-il à présent. Arrête-toi ! Tu vas prendre une raclée, je te préviens !

Ils sont sous le couvert des arbres et il n'a plus aucune crainte d'être entendu. Elle continue cependant, nullement effrayée par ses menaces et s'enfonce plus profondément dans la forêt à chaque foulée. Il est très étonné par sa résistance et ne parvient pas à se rapprocher d'elle.

– Comment fait-elle avec sa fichue robe et tous ses jupons ?

Blanche a grandi, entourée de deux frères plus âgés et il n'était pas question pour elle de les laisser se moquer. Au contraire, Pierre et Antoine ont toujours eu de l'admiration pour cette fille capable de courir aussi vite qu'eux, qui n'a pas eu peur de se jeter à l'eau pour apprendre à nager, et qui est plus agile qu'eux deux réunis pour grimper au sommet des plus hauts arbres ! Par contre, elle n'a jamais pu lutter avec eux car au niveau de la force purement physique, elle n'est pas très solide. C'est pourquoi elle doit lui échapper grâce à la ruse mais s'il l'attrape… elle sait aussi qu'elle ne pourra lui résister longtemps.

À la ferme, Isabelle ouvre enfin les yeux.

– Marie ? demande-t-elle faiblement.

Elle n'arrive pas à distinguer le visage des ombres penchées sur elle. Le son des voix est assourdi et ses oreilles sifflent. Elle essaye de se relever mais elle n'arrive même pas à bouger ses doigts.

– Comment te sens-tu ? Maman ? Tu m'entends ?

– Oui, mais je suis si faible… si faible…

Une douleur irradie dans son dos et le long de ses jambes, jusqu'à ses pieds. Cette même douleur qui ne la quitte plus depuis des semaines et qui semble avoir empiré.

– J'ai si mal, murmure-t-elle.

Jeanne et Marie se regardent, au bord des larmes, et pensent la même chose : c'est la première fois qu'elle se plaint. Elles ne se laissent pas aller au chagrin car ce n'est pas le moment. Antoine et Pierre sont très inquiets et se sentent totalement impuissants.

– Demande à Blanche d'apporter de l'eau. Toi Jeanne, va coucher les petits.

Antoine cherche aussitôt sa sœur et une boule d'angoisse se forme dans sa gorge.

– Blanche, appelle-t-il incrédule. Blanche !

Marie comprend en même temps que sont fils.

– Où est Yann ? souffle-t-elle au bord de la crise de nerfs.

– C'est pas vrai ! s'exclame Antoine en tapant du point sur la table.

Isabelle se débat dans sa faiblesse et sa douleur mais ne comprend pas ce qui se passe. Marie ordonne à ses deux fils de se calmer et de parler moins fort. La vielle femme ne doit surtout pas deviner que Blanche et Yann ont disparu de la maison. Ce serait fatal pour elle. Les deux garçons ont déjà attrapé leurs vestes et enfoncé leurs chapeaux sur la tête.

– Prends soin de grand-mère, dit doucement Antoine à sa mère. Je te ramène Blanche.

Elle le sert fort et les laisse enfin partir, l'esprit tourmenté.

Le silence de la forêt est oppressant. Blanche s'est cachée sous un très grand arbre, tombé lors d'une violente tempête. Elle le connaît bien puisqu'il lui arrive régulièrement d'y accrocher Pommeau pendant qu'elle joue les funambules. Elle chante et saute du tronc aux branches, et de là, sur le sol couvert d'un épais tapis mousseux. Mais cette nuit, elle n'est pas là pour s'amuser. Après sa course folle, terrassée de fatigue, elle a choisi cet endroit pour se reposer. Elle se sent prise au piège et son cœur bat si fort, qu'elle tente de se calmer pour que Yann ne l'entende pas. Elle n'a aucune idée d'où il se trouve et se loge encore plus profondément dans la petite cavité qu'elle a trouvée sous le tronc. Le froid la gagne rapidement et elle se retient de claquer des dents. Elle s'entoure de ses bras pour se réchauffer mais la fumée qui s'échappe de sa bouche lui fait vite comprendre qu'elle n'y pourra rien. Les nuits printanières sont encore fraîches et elle aura de la chance si elle ne tombe pas malade.

Il marche précautionneusement depuis une bonne heure. Il a cessé de courir depuis qu'il a compris que

Blanche s'est cachée. Il entendait nettement ses pas et sa jupe qui traînait derrière elle et puis soudain, ce fut le silence. La nuit est opaque et il ne voit rien mais comme la jeune fille, il connaît très bien la forêt. Il espère bien pouvoir la surprendre et la stratégie qu'il a élaborée à cette fin, le satisfait pleinement. Il a d'abord effectué un grand cercle à partir de l'endroit où il ne doute plus qu'elle a disparu, puis à force de diminuer les anneaux, il pense qu'il ne pourra que la trouver. Pour le moment, rien n'indique sa présence mais il sait qu'elle est là. Pas loin. Tapie à l'ombre d'un arbre ou d'un buisson, tremblante et apeurée. Son désir pour elle ne fait qu'augmenter lorsqu'il l'imagine ainsi. Il est comme fou mais garde son calme pour mieux apprécier la suite. Il laisse échapper un soupir de contentement et réduit encore une fois le cercle de ses recherches.

Elle entend d'abord le « crak ! » discret que ferait une branche de modeste taille. Ensuite, c'est un bruit étouffé de pas que l'on veut cacher. Il est là à présent. Non loin d'elle, et certainement reposé lui aussi. Elle comprend qu'il tourne autour de l'arbre, telle une araignée tissant sa toile. Il doit être encore à une distance raisonnable mais bientôt, elle ne pourra plus lui échapper. Nul doute qu'il fouillera sous chaque feuille, s'il le faut !

– Je dois faire vite, se dit-elle paniquée de le sentir si proche.

Elle sort de sa cachette sans faire un bruit et reste un moment couchée sur le sol pour faire bouger ses membres endoloris.

Yann se fige. Il pense avoir entendu comme un froissement et imagine un animal. Pour en être certain, il ne bouge plus. Soudain, le souvenir du grand arbre abattu par un orage lui revient. La cachette idéale !

– Pourquoi diable, n'y ai-je pas pensé plus tôt ? se dit-il agacé.

Il se met aussitôt à courir.

Elle se lève enfin et attrape ses jupons. Autour d'elle, pas un bruit. Seul un petit souffle fait bouger les feuilles. Il croît et décroît tout en faisant danser doucement la cime des arbres. Elle fait un pas, puis deux. Au troisième, elle l'entend. La peur s'abat sur elle et sans plus attendre, Blanche s'élance en courant, elle aussi. Elle n'est pas assez rapide cette fois-là. Au bout de quelques mètres, il se rapproche et finit par se jeter sur elle. Elle tombe, le souffle coupé, dans un cri de bête en danger. Elle ne peut même pas se débattre car il pèse de tout son poids sur son dos.

– Lâche-moi ! réussit-elle à lui souffler.

Il la respire, la touche, lui parle d'une voix rauque et haletante. Il lui fait même une déclaration d'amour ! Elle essaie de se retourner mais il la bloque toujours. Il remonte ses jupes et elle sent avec horreur ses mains sur sa peau.

– Non ! hurle-t-elle. Arrête ! Tu ne peux pas faire ça, je suis ta fille !

Elle entend son rire de dément et rassemble toute ses forces. Dans un cri de rage qui déchire les ténèbres, elle réussit enfin à le faire basculer. Elle tente de se mettre debout, en vain…

– Tu préfères comme ça ? lui dit-il en face.

Il l'embrasse et passe sa langue partout, son haleine empeste et elle a envie de vomir. À la lueur de l'aube naissante, elle aperçoit la folie qui anime son visage et cela lui fait vraiment peur.

– Réfléchis, ne cesse-t-elle de se dire. N'aie pas peur de lui. Ne pleure pas. Tu dois lutter contre ce fou !

Il lui attrape les mains et, sa force décuplée par le désir qui l'habite depuis tant de semaines, l'empêche de bouger. Il déchire son corsage et avec un râle, plonge sa tête entre ses seins.

– Arrête de te débattre, lui dit-il gentiment. Je sais que tu aimes ça, toi aussi. C'est si bon…

Elle lui crache dessus et il s'en moque. Elle manque de s'évanouir lorsqu'elle le sent fourrager dans son pantalon. Il lui remonte ses jupes mais comme elles lui résistent, il se redresse et les déchire violemment. Couchée dans ses vêtements lacérés, Blanche regarde avec horreur le sexe de son père, raide, juste au-dessus de son ventre.

– Alors ? lui dit-il fièrement. Ça te plaît, n'est-ce pas ?

– Mais tu es fou ? Tu es mon père !

– C'est ça qui te gêne ? lui répond-il avec douceur. Ne t'en fais pas pour ça car je ne suis pas ton père !

Il lui parle comme on parlerait à une enfant impressionnée. Il est beaucoup plus calme à présent et il la caresse comme jamais il ne l'a fait avec une femme. Elle frissonne de dégoût et ne le regarde plus. Elle pleure doucement et pense à ce qu'il vient de lui dire.

– Évidemment ! se dit-elle. Comment pourrait-il être mon père ?

Elle imagine Armand et une sourde colère la gagne. Yann ne se méfie pas, croyant que ses révélations l'ont calmée.

– C'est bien. Tu deviens docile. Tu verras, je ne te ferai pas mal.

Lorsqu'elle sent son sexe dur toucher sa jambe, elle se redresse vivement, lui envoie un coup-de-poing si violent qu'elle sent sa main exploser. Elle attrape une pierre non loin d'elle et lui frappe contre la tête, de toutes ses forces. Il s'écroule, sonné, et un filet de sang s'échappe de la plaie. Elle saute sur ses pieds, ne le regarde même pas et s'enfuit en essayant de cacher sa nudité avec des lambeaux de tissu. Sans hésitation, en grelottant de peur, de rage et de froid, elle prend la direction du château.

Pierre et Antoine se séparent dès qu'ils sont sortis de la maison.

– Fouille d'abord la ferme, Pierre. Ensuite, prends par le chemin qui longe la forêt vers le village.

– Et toi Antoine, où vas-tu ?

– Je connais Blanche. Je pense qu'elle a dû se réfugier près du château. Mais deux précautions valent mieux qu'une et je peux me tromper. Pas un mot à qui que ce soit !

– Et ...et le père, tu crois qu'il est avec elle ?

Pierre a des difficultés à poser cette question, tant cela lui paraît monstrueux.

– J'en suis certain. S'il l'a attrapée, bien sûr. N'oublie pas que Blanche est un sacré brin de fille !

– Tu as raison.

Après une franche accolade, ils partent chacun de leur côté, pressés de retrouver leur sœur.

Pierre court plus qu'il ne marche. Il longe les arbres menaçants dans cette nuit presque noire, totalement absorbé par ses pensées. Pourquoi son père se comporte-t-il ainsi avec Blanche ? Elle est très belle, c'est vrai, et lui-même est toujours fier de l'avoir à son bras lorsqu'ils vont au village. Mais ce n'est pas une raison suffisante. Il se sent mal, et aimerait lui donner une bonne correction. Il se vengerait ainsi doublement car il est très malheureux que son père n'ait pas pensé à lui pour épouser Ninon. Et dire que ce nigaud d'Antoine, n'en veut pas ! Ça aussi ça le rend malade…

Antoine explore rapidement les abords du château. Il se rend dans les écuries, fait le tour de la grande bâtisse, du jardin et se rend même dans la serre. Il finit par réveiller le gardien en lui racontant un mensonge qui ne le convainc absolument pas et qui croit plutôt à une mauvaise blague. Fort mécontent, l'homme ferme sa porte sans lui répondre. Il continue ses recherches et ne sent pas la fatigue qui aimerait pourtant le terrasser. Alors qu'à l'horizon, il aperçoit les premières lueurs de l'aube encore timide, il entend un cri qui lui glace le sang.

– La forêt ! s'exclame-t-il.

Il se lance à travers les parterres de fleurs qu'il écrase au passage et pénètre enfin sous les arbres qui se trouvent à quelques centaines de mètres.

Blanche ne le voit pas. Alors qu'il s'enfonce profondément dans la forêt, elle en sort meurtrie et affolée. La lumière diffuse qui l'entoure à présent, l'angoisse encore plus et sans hésitation, elle contourne le château, brise une vitre à la porte de l'office et en se coupant en plusieurs endroits, ouvre de l'intérieur.

– Pourvu qu'il ne les remarque pas, pense-t-elle en voyant les bris de verres.

Elle essaie de les dissimuler en les poussant sur le côté mais dans sa précipitation, se coupe encore. Satisfaite malgré tout, elle pénètre enfin à l'intérieur. Elle s'appuie quelques instants contre le mur afin de reprendre son souffle. Elle sent les larmes la gagner mais se force à résister. Elle monte au premier étage et malgré l'obscurité, due aux lourdes tentures qui obstruent les ouvertures, elle se sent un peu rassurée de se trouver dans ces pièces si familières. Dans la chambre d'Alexandra, malgré une odeur un peu rance d'humidité, elle sent le parfum de la jeune fille. Un mélange de rose et de vanille, qu'elle affectionne particulièrement et dont elle aspergeait Blanche à la moindre occasion ! Elle sourit à ce tendre souvenir et tremble un peu moins en se dirigeant vers la monstrueuse armoire, dans laquelle elle attrape une robe, au hasard. Elle a des difficultés à l'enfiler et s'aperçoit rapidement qu'elle est trop étroite pour elle. Elle est plus grande qu'Alexandra et plus athlétique aussi.

– Tant pis, se dit-elle en la remettant dans l'armoire et en attrapant une couverture dans laquelle elle s'enroule.

Elle regarde alors discrètement dehors, en se glissant derrière les rideaux.

– Ce n'est pas possible ! crie-t-elle en voyant Yann remonter l'allée en se tenant la tête.

Elle ne retient plus ses larmes et les tremblements la reprennent.

La souffrance le fait tituber mais il se dirige résolument vers le château.

– La petite garce ! Elle va me le payer, se dit-il persuadé qu'elle a trouvé refuge dans la haute bâtisse.

Il est entré dans une colère terrible lorsqu'il s'est réveillé sur le tapis de mousse. Le sang poisseux, maculait son visage et depuis, une douleur intenable lui martèle la tête. Il marche d'un pas qu'il veut assuré mais Blanche devine que le coup qu'elle lui a porté l'a sérieusement diminué.

– Il va entrer. C'est une question de minutes !

Elle sort de la chambre et dans la panique ne sait plus quoi faire. Elle monte au troisième étage et une fois qu'elle s'y trouve, comprend que c'est le dernier endroit où elle aurait dû venir se cacher.

– Que je suis bête, se dit-elle en attrapant un tisonnier dont elle est bien décidée à se servir s'il veut l'attaquer à nouveau.

À la ferme, on entend beaucoup de bruit venant de la cour. Marie sort précipitamment car elle espère trouver Antoine, Pierre et Blanche. À leur place, elle découvre deux cavaliers emmitouflés dans de longs manteaux crottés, le chapeau au ras des yeux. L'un des deux a un regard incroyable, presque transparent, l'autre… Mais ces yeux-là, elle les connaît !

– Armand ?

– Marie, répond-il en sautant de sa monture.

Maintenant qu'il est là, il se sent un peu stupide. Tout a l'air calme et rien n'indique un drame. Elle devient livide en le voyant. Comment va-t-elle pouvoir lui dire que sa fille a disparu ? Il remarque aussitôt le changement d'attitude de Marie et l'angoisse le reprend.

– Où est Blanche ? demande-t-il abruptement.

– Elle… elle est…

– Mais réponds enfin !

Sergueï intervient.

– Calmez-vous. Allons Armand, soyez raisonnable.

Il regarde Marie. C'est la première fois qu'il la rencontre. Sous ses traits, il devine une légère ressemblance avec la petite Blanche. Il ne l'a jamais oubliée, chérissant l'unique moment qu'il a passé avec elle. Il garde, son calme comprenant, qu'Armand autant que Marie, est affolé.

– Je suis Sergueï, se présente-t-il. Le beau-frère d'Armand. Calmez-vous, Marie, il ne sert à rien de pleurer.

– Blanche a disparu cette nuit, lâche-t-elle d'un seul coup, rassurée par la voix profonde et grave de Sergueï.

– Quoi ? s'écrit à nouveau Armand. Mais quand ?

Ils ont passé plus d'une journée et une nuit entière à cheval. Galopant sans cesse. Il ne sent même plus les deux heures de sommeil qu'ils se sont octroyées dans une auberge crasseuse, afin de changer leurs montures fourbues par cette course folle.

– Elle a disparu… avec Yann.

– C'est son amoureux ? demande Sergueï un peu jaloux.

– Non. C'est mon mari.

– Donc son père ? Mais qu'est-ce que…

– Il n'est pas son père, le coupe Armand.

Marie garde les yeux baissés et Armand s'approche d'elle pour la prendre dans ses bras. Elle éclate en sanglots et lui raconte tout entre deux hoquets. Il sent la colère l'envahir et lorsqu'il la lâche, elle se sent un peu mieux de pouvoir partager ce fardeau avec lui. Sergueï a tout entendu et ressent la même chose qu'Armand.

– Nous allons les retrouver, Marie. En attendant, va t'occuper d'Isabelle. Je reviendrai vite pour la voir. Dis-lui de m'attendre… En selle Sergueï, et je lui souhaite de ne pas l'avoir touchée…

– Faites ce que bon vous semble. Je veux juste revoir ma fille.

Au fond d'elle, Marie espère que Yann ne rentrera pas…

Antoine, harassé, s'est laissé tomber sur une souche d'arbre. Sans le savoir, il se trouve à quelques mètres seulement de l'endroit où Yann a tenté de violer Blanche. La tête dans les mains, il se sent désespéré. Un bruit de branche cassée et un sifflement le font se redresser.

– Qui est là ? demande-t-il d'une voix ferme et assurée.

– Antoine ?

– Pierre !

– Alors ?

L'espoir dans la voix de son frère l'anéantit. Il n'est pas là pour lui dire que Blanche est rentrée tranquillement à la ferme et que toute cette histoire n'est qu'un malentendu. Seul le hasard de leur sordide recherche est responsable de leur rencontre improbable à la lisière de la forêt.

– Toi non plus alors, tu ne l'as pas trouvée ?

Ils se regardent avec effroi.

– Et… le père ?

– Non plus ! Rien !

Antoine est en colère et tape de toutes ses forces sur un arbre.

– Ce n'est pas possible !

Il se rassoit sur la souche, totalement découragé.

– Allons, lui intime Pierre. Continuons par là-bas, en direction du château.

– J'en viens !

– Quel chemin as-tu emprunté ?

Il le lui indique de la main.

– Alors lève-toi et prenons de l'autre côté. Près de l'arbre qui s'est abattu ce printemps.

Après quelques mètres, ils se figent. Par terre, règne un désordre indescriptible. Ils reconnaissent les vêtements déchirés de leur sœur sur lesquelles on peut facilement reconnaître des tâches de sang. Les traces de lutte sont visibles tout autour.

– C'est la robe de Blanche, s'exclame Pierre atterré.

– Oui, c'est bien sa robe. Mais où peuvent-ils être ?

– Il y a du sang…

C'est celui de leur père mais cela, les garçons ne peuvent le deviner.

– Et là ! Dans les buissons ! Je jurerais que ce sont des morceaux de tissu qui viennent de sa robe ! Elle a dû partir vers le château.

– Mais j'aurais dû les croiser ! À moins que… ce serait terrible !

– Quoi ?

– J'ai dû les manquer de peu. Allons Pierre, ne perdons pas plus de temps.

Yann a rapidement découvert la porte qu'a utilisée Blanche pour entrer. Il se faufile à son tour et se retrouve dans des pièces très sombres qu'il ne connaît pas et dans lesquelles il se perd un peu. Les meubles recouverts de housses blanches ressemblent à des fantômes et il est impressionné par le calme qui règne. Un frisson le parcourt un instant et il s'en veut de se conduire comme une fillette apeurée. De rage, il arrache les housses, touche quelques objets et en profite pour subtiliser une jolie pipe en ivoire qui, longtemps, lui a fait envie. Il se sent moins mal à l'aise mais sa douleur à la tête est si insupportable qu'il doit se reposer quelques minutes dans une confortable causeuse. Sa vision se trouble par moments et ses oreilles bourdonnent sans cesse.

– Blanche ! hurle-t-il sans prévenir, ce qui lui arrache un cri de douleur. Je sais que tu es ici, petite garce !

Deux étages plus haut, quelque peu assourdie, la voix de Yann fait cependant sursauter la jeune fille. Accrochée à son tisonnier, elle s'est cachée dans le placard d'une chambre de domestique.

– Blanche ! entend-elle à nouveau.

Elle voudrait se boucher les oreilles mais elle ne peut pas car elle ne saurait plus où il est.

– Ma petite Blanche ! dit-il en montant les escaliers. J'arrive !

– Il monte ! dit-elle tout bas. Oh ! Non !

Il se met à chanter à l'étage en dessous, claque les portes, crie son prénom et puis soudain, plus rien. Elle ne l'entend plus. Le silence qui s'installe est plus angoissant encore et la peur la fait trembler à nouveau. Elle ferme les yeux et attend. Un seul étage les sépare, peut-être sera-t-il bientôt là. Pour la toucher… Ce seul souvenir lui donne la nausée. Dans la chambre d'Alexandra, Yann devine que Blanche y est entrée. En chantant, il ouvre les portes des armoires, les vide, traverse les pièces, les boudoirs et même une salle de bain dans laquelle il découvre une baignoire entourée de tissu fleuri.

– Hum ! Qu'il doit être bon de se glisser dans l'eau bien chaude apportée par les domestiques…

Et là encore, il fait un vacarme terrible en poussant même les meubles, dans l'espoir de trouver Blanche. Du bruit et des voix le détournent à cet instant de sa quête et il s'approche d'une fenêtre qui donne sur la cour. Au centre, il découvre deux cavaliers qui descendent prestement de leurs montures et ses fils, Antoine et Pierre, qui les rejoignent.

– Mais que font-ils là ?

Les couleurs se retirent de son visage et une peur panique s'empare de lui. Il regarde tout autour, désespéré d'avoir commis cette imprudence et sans plus attendre, monte doucement au troisième étage dans l'espoir de se cacher.

Dehors, Sergueï et Armand voient Antoine et Pierre arriver en courant.

– Monsieur le Comte ! Quel soulagement de vous voir.

Les deux garçons ne savent pas quelle attitude adopter face aux deux hommes. Sergueï les impressionne particulièrement.

– Avez-vous des nouvelles ? leur demande aussitôt Armand.

– Vous savez ?

– J’arrive de la ferme. Croyez-moi mes garçons, si j’attrape votre père…

– Nous sommes presque certains qu’elle est dans le château, continue le cadet. Des traces et ses vêtements nous…

– Ses vêtements ? le coupe Armand. Que voulez-vous dire ?

– Sa robe… heu… elle était…

– Elle était déchirée, par terre, au milieu de ce que nous avons pensé être des traces de lutte.

– Dépêchons-nous Armand, dit Sergueï. Si elle est là, il est peut-être avec elle.

– C’est vrai. Venez ! Vous allez nous aider.

Armand passe par la grande porte d’entrée et remarque aussitôt le désordre qu’a laissé Yann derrière lui.

– Aucun doute. Quelqu’un est bien venu ici et il y a peu de temps. Sinon le gardien n’aurait jamais laissé cela ainsi.

Antoine et Pierre sont intimidés d’être dans le château et ne savent pas comment se tenir. Ils se redressent, bombent le torse et arrangent leurs cheveux. Armand remarque leur malaise et les rassure :

– Allons, ne soyez pas mal à l’aise. Ce n’est qu’une grande maison ! Rien de plus !

Les deux garçons acquiescent et se détendent enfin.

– Il n’y a pas un bruit, remarque Sergueï. C’est trop calme.

– Peut-être sont-ils cachés dans une pièce et la retient-il prisonnière ? Appelons-la et fouillons le moindre recoin. Antoine et Pierre, faites comme nous. Nous devons la retrouver !

Ils détalent sur le champ en criant le nom de leur sœur et Armand et Sergueï les imitent. Bientôt, le château résonne de ces quatre voix graves, qui d'un seul cœur, prononcent un nom : Blanche.

Deux étages plus haut, toujours à l'abri dans son placard minuscule, la jeune fille, épuisée, manque de s'assoupir mais la peur la retient encore. Une forte migraine et des bourdonnements dans les oreilles la laissent dans un état cotonneux. Elle prie. Elle supplie que Yann ne la trouve pas. Tout au fond de son esprit, une voix vient l'arracher à son angoisse.

– Est-ce possible ? se demande-t-elle en se débattant pour sortir de sa torpeur.

Elle se concentre et écoute plus attentivement.

– Blanche ! entend-elle. Blanche !

– Belenka !

– Cette voix, se dit-elle encore pleine d'espoir. C'est celle de…

Elle sort précipitamment de sa cachette, oubliant son arme de fortune, et sans aucune autre précaution, s'élance en courant vers ces voix qui la portent. Armand, Antoine, Pierre… Et celle plus rauque qu'elle a entendue il y a longtemps et dont elle chérit le souvenir.

– Sergueï… murmure-t-elle en caressant chaque lettre de son prénom.

Sa couverture autour d'elle, elle sort de la chambre et s'apprête à les appeler, lorsqu'une main implacable et moite se plaque sur sa bouche et l'attrape vigoureusement par la taille. Elle ne le voit pas puisqu'il est derrière elle mais rien que sentir le contact de sa peau lui provoque à nouveau des nausées.

– Tais-toi, lui murmure Yann à l'oreille. Je te tue si tu ouvres la bouche. Tu as compris ?

Elle acquiesce de la tête et n'essaie même pas de se débattre. Yann est mort de peur et malgré sa blessure à la tête, ses forces ont décuplé. Elle a l'impression d'être prise au piège dans un véritable étau. Il l'entraîne vers une petite porte comme une poupée de chiffon. Elle ferme les yeux lorsque la couverture qui protégeait sa nudité tombe à terre et les larmes coulent à flot sur son visage quand il lui fait monter le minuscule escalier qui accède au grenier.

– Avance, la menace-t-il encore sous l'énorme toit qui ressemble à une coque de navire renversé.

Ses yeux sont comme fous et il cherche la cachette idéale. La sueur dégouline le long de son visage et Blanche remarque que sa plaie n'est vraiment pas belle. Il se tient la tête par moments et grimace de douleur. Tout au fond du grenier il remarque un bric-à-brac de malles, de vieux meubles et de tableaux anciens représentant des gens d'une autre époque.

– Mets-toi là, rugit-il en la poussant sous cet amoncellement. Il faudra qu'ils soient très malins tes sauveurs pour te trouver là ! Bon, où en étions-nous ?

Il sort de sa poche des morceaux de cordelette qu'il a trouvée auparavant, ainsi qu'un foulard soyeux.

– Laisse-moi ! lui intime Blanche en se recroquevillant.

– Tais-toi ! Je t'ai prévenue ! Encore un coup comme celui-là, dit-il en lui désignant sa blessure, et je t'envoie rejoindre tes maudits ancêtres ! Sale putain !

Il lui crache dessus et la bâillonne rapidement, tout en l'insultant elle, sa mère et Armand. Ensuite il lui attache les mains derrière le dos et Blanche, qui a cessé de lutter, détourne la tête pour ne plus le voir. Il la regarde et le désir qu'il sent à nouveau en lui, lui fait oublier jusqu'à la peur et les appels qui se rapprochent pourtant de plus en plus.

– Tu es une diablesse, lui susurre-t-il en lui embrassant le visage. Jamais je n'ai vu plus belle femme que toi.

Elle le regarde alors brusquement et ses yeux glacés le transpercent de leur colère.

– Je t'aime, Blanche…

Il caresse ses seins violemment et halète de désir. Elle est dégoûtée et détourne à nouveau les yeux.

– Cesse de pleurer, lui dit-il. Tu me gâches tout mon plaisir.

Il lui envoie une claque qui lui coupe le souffle, tant à cause de la surprise portée par le coup, que par la violence qu'il y a mise. Il glisse sa main entre ses cuisses et elle se trémousse pour l'empêcher de la toucher.

– Tu as raison, ne perdons plus de temps.

Il se redresse et défait à nouveau son pantalon. Mais au moment de le baisser, la porte du grenier s'ouvre avec fracas.

– Blanche ? Tu es là ? crie son frère. Réponds ! Il ne peut plus te faire de mal à présent. Le comte est là !

Elle voudrait tant lui répondre mais avec son bâillon, il lui est impossible de proférer un son. Et puis Yann a encore ajouté sa main poisseuse sur sa bouche pour être sûr qu'elle ne puisse pas les appeler. Ils sont coincés entre deux malles et, à moins de tout déplacer, on ne peut pas deviner leur présence.

– Alors, Antoine ? demande Pierre en le rejoignant. Tu vois quelque chose ?

– Non, mais j'ai le sentiment qu'elle est là. J'ai trouvé cette couverture devant la porte qui mène ici.

Yann s'en veut d'avoir encore laissé cet indice supplémentaire. Décidément, cette fille lui fait perdre toute prudence. Il est terrifié lorsqu'il entend la voix d'Armand et respire trop fort à l'oreille de Blanche.

– Il est pétrifié, songe-t-elle. Dire qu'ils sont juste là…

– Vous avez fouillé ici ? demande Sergueï.

– Non, mais je ne crois pas qu'on puisse se cacher dans cet endroit.

La jeune fille a trop peur de les voir s'en aller et décide de tenter sa chance. Après tout, Yann ne pourra plus rien lui faire si elle se fait entendre car ils seront immédiatement sur lui. Au bout de la malle, à ses pieds, il y a un carton à chapeau. Sans attendre plus longtemps, elle le pousse de son talon. Hélas ! Le bruit tant espéré ne vient pas. Yann qui a compris ce qu'elle essaye de faire, la serre plus fort encore pour lui montrer qu'il lui fera payer sa trahison. La boîte ronde cependant, roule sous l'impulsion. Antoine est le premier à la voir sortir de ce tas de malles.

– Regardez ! crie-t-il.

Ils regardent tous avec stupéfaction ce spectacle déroutant. Sans un mot mais avec un cri de rage, Sergueï attrape chacune des malles et les envoie valser à l'autre bout du grenier où certaines s'éventrent avec fracas sous le choc. Armand ne pense même pas à l'arrêter et espère au contraire que cette intervention va l'aider à récupérer sa fille. Mais dans quel état… Yann lâche enfin Blanche et recule beaucoup plus loin en rampant pour trouver une autre cachette. Quelle surprise pour Sergueï de découvrir la jeune fille, totalement nue et ligotée derrière une malle ! Il repose celle qu'il tenait au-dessus de sa tête et retire aussitôt son manteau pour le jeter sur elle, rouge de confusion.

– Elle est là ! s'exclame-t-il joyeusement.

Les autres le rejoignent et la découvrent à leur tour.

– Mon Dieu, Blanche ! Tu es vivante !

Armand lui retire son bâillon et elle pousse un hurlement de terreur et de soulagement tout à la fois, juste avant de perdre connaissance. Yann, toujours à l'abri, tremble en attendant la sentence qui ne tardera plus. Il n'a jamais vu cet homme immense aux yeux presque transparents.

– C'est un géant ! Il va me tuer d'une main !

Il pleure comme un enfant terrorisé et prie pour que Blanche ne reprenne pas ses esprits.

– Elle est dans les pommes, dit Antoine. Je vais la porter jusqu'en bas.

– Attendez ! intervient Sergueï. Elle… elle est nue sous ce manteau. Et ses mains sont attachées…

– Éloignez-vous, leur dit fermement Antoine. Je m'en occupe.

Tout en délicatesse, Antoine retire ses liens en prenant garde de respecter sa nudité. Elle reprend connaissance, et en voyant son frère, se jette dans ses bras sans plus penser à rien.

– Antoine ! Tu es là !

Elle se met à trembler violemment mais n’arrive plus à pleurer.

– Nous allons descendre.

– Non ! hurle-t-elle.

– Calme-toi, Blanche. Il ne peut plus rien te faire à présent. Nous sommes là. Regarde.

Il se décale et elle voit les trois hommes alignés, l’air soucieux mais un peu gênés par la situation.

– Enfile le manteau de Sergueï, s’il te plaît. Je vais t’aider si tu veux.

Ses tremblements sont de plus en plus forts et cela inquiète Antoine.

– Elle est trop mal, Monsieur le Comte ! Venez !

Armand s’approche et aide le jeune homme à lui enfiler le vêtement. Son regard, fixe à présent, et ses lèvres qu’elle mord jusqu’au sang pour ne plus trembler, glacent les deux hommes. Elle lève alors la tête et crie. De toute ses forces, jusqu’à ce que le souffle lui manque.

– Poussez-vous, leur dit fermement Sergueï.

Il l’attrape dans ses bras et la soulève si facilement qu’elle ne semble pas être plus lourde qu’une enfant. Il la berce un instant et elle se calme aussitôt en l’entendant parler dans sa langue maternelle.

– Belenka !

Le visage niché dans son cou, elle réussit enfin à murmurer :

– Il est là… Yann.

Sergueï se fige. Les trois hommes le regardent sans comprendre.

– Que se passe-t-il ? demande Armand.

– Antoine. Viens prendre ta sœur.

Sa voix n'est qu'un souffle rauque, tremblante de colère qui n'attend qu'à se libérer dans la tempête. Il lui dit en russe :

– Yann est là.

Il s'élance comme un sauvage vers l'endroit où il a trouvé Blanche et Yann le voit foncer sur lui, prostré.

– Sors de là, espèce de rat !

Sergueï l'attrape et le soulève. Blanche en le voyant apparaître, se remet à trembler.

– Chien ! lui crache-t-il en le jetant par terre sans ménagement.

Il lui envoie un coup de pied et Yann se recroqueville encore plus en pleurnichant. Les deux garçons regardent leur père avec dégoût et Armand l'attrape pour le mettre debout.

– Bats-toi à présent ! Tu ne vas pas te laisser frapper ainsi ?

Il garde la tête baissée en signe de soumission. Sergueï lui donne alors une gifle si violente, qu'il chancelle.

– C'est plus facile d'attaquer une jeune fille, n'est-ce pas ?

Sergueï pourrait le tuer de ses propres mains, tant le personnage le rebute et sa lâcheté l'exaspère.

– Je ne lui ai rien fait ! dit-il pitoyablement. C'est la vérité !

Blanche le regarde avec horreur, se dégage des bras de son frère et s'approche de Yann.

– Ose le dire en me regardant, siffle-t-elle.

Elle a peur d'être si près de lui mais la colère qu'elle ressent est si forte qu'elle ne peut s'en empêcher.

– Dis-le ! Tu m'as… tu m'as touchée, tu m'as dit des choses affreuses, tu m'as…

– Je ne t'ai pas violée ! Vous pouvez vérifier !

L'insinuation malsaine et le mensonge la révoltent.

– Parce que tu n'en as pas eu le temps !

Elle lui crache dessus et Armand l'éloigne avec douceur de son bourreau.

– Calme-toi, à présent. Nous allons tous descendre et Sergueï et moi, nous irons prendre l'air avec Yann… pour bavarder.

Le ton est dur et ironique. Yann blêmit.

– Regardez-le ! Il n'a pas plus de courage qu'une fillette ! s'exclame Sergueï.

– Il se fait dessus ! rajoute Pierre incrédule.

– Tu es pitoyable, lui lance encore Antoine.

Une large flaque d'urine se répand autour de lui et une odeur âcre s'en dégage.

– Descends ! lui ordonne Armand, qui ne supporte plus de le voir.

Antoine pousse son père dans les escaliers et celui-ci n'a d'autre choix que de les descendre en trébuchant. La sueur perle à son front et sa blessure lui fait horriblement mal mais le pire, c'est la peur qu'il ressent car il ne sait pas quel sort lui réservent les deux hommes. Arrivé au premier étage, Armand lui dit :

– Je devrais te faire ranger pièce par pièce pour te punir du désordre que tu as mis.

Ils sont tous arrêtés devant l'un des deux escaliers qui descend dans l'entrée.

– C'est une bonne idée, continue Antoine en se moquant de son père.

Yann se retourne alors vers son fils l'œil mauvais et lui lance :

– Tu feras moins le malin devant l'autel avec Ninon !

Il ricane, sûr de son effet devant le teint devenu blême d'Antoine. Excédée, Blanche se jette sur lui et le pousse de toutes ses forces en hurlant :

– Tu ne cesseras donc jamais ?!

La terreur se lit dans les yeux de Yann qui recule et manque la première marche avant de dégringoler l'escalier de pierre. Le sang s'inscrit çà et là durant sa chute car sa blessure s'est rouverte et lorsqu'il s'arrête enfin en bas, il ressemble à un pantin désarticulé. Sa tête fait un drôle d'angle avec son corps, ses yeux sont grands ouverts et il a cessé de crier. Blanche le regarde avec effroi et murmure :

– Ce n'est pas possible ! Je ne l'ai pas tué ?

Armand s'approche d'elle et en voyant l'inéluctable dans son regard, elle chancelle et s'évanouit dans les bras de Pierre, qui a juste le temps de la rattraper.

CHAPITRE IX
La chapelle blanche

Blanche sent la fraîcheur bienfaisante d'un linge humide qu'on lui passe sur le visage.

– N'ouvre pas les yeux, se dit-elle résolument. Tant que tu seras inconsciente, ce cauchemar ne pourra être vrai…

Antoine lui bassine délicatement le front, les joues et les tempes. Il ne cesse de penser à l'horreur de la situation mais ressent en même temps un soulagement qu'il n'a pas le droit de formuler. Il a un peu honte et regrette surtout que ce soit Blanche qui l'ait tué.

– Il ne méritait rien d'autre, ne peut-il s'empêcher de se répéter depuis que son père a dégringolé l'escalier.

Lorsque sa sœur a perdu connaissance, il l'a portée dans un petit salon du rez-de-chaussée à la demande du comte. Il est passé par l'autre escalier pour rester le plus loin possible du corps sans vie de Yann. Jamais il n'oubliera cette scène et elle se répète inlassablement dans son esprit.

Pierre quant à lui, a préféré rester auprès de Sergueï pour l'aider à bouger le cadavre. Il n'a pas vraiment de chagrin mais ne réalise pas encore ce qui vient de se produire.

– Pauvre Blanche… J'espère qu'elle ne s'en voudra pas trop. Quel malheur de terminer sa vie ainsi. Moi, je voudrais finir mon passage terrestre, entouré des miens, dans la chaleur d'un foyer uni et dans mon lit !

Sergueï enroule le corps dans un drap blanc et Pierre tente de fermer les yeux de son père. Avec effroi, il réalise qu'il n'y arrivera pas.

– Allons le cacher à présent. Aide-moi, petit !

Pierre sourit. C'est bien la première fois qu'on lui donne affectueusement ce sobriquet. Lui petit ? Il dépasse d'une bonne tête tous les hommes du village mais à côté de ce géant, c'est vrai qu'il se sent minuscule ! Ils descendent la dépouille enveloppée dans son linceul à la cave. Il le dépose derrière un énorme fût de bois, placé contre un mur en pierres apparentes.

– Ça va, petit ?

Pierre frissonne et serre ses mains l'une contre l'autre.

– J'ai vu mieux mais je m'inquiète surtout pour Blanche.

– Tu as raison. Allons voir comment elle va.

Sergueï, de façon aussi chaleureuse qu'imprévue, le prend par les épaules et Pierre se repose un peu contre lui.

– Merci, lui dit-il simplement.

– Allons-y.

Ils retrouvent Armand dans l'entrée.

– Je crois avoir remis tout en ordre. Et vous, ça va ? Toi Pierre, comment te sens-tu ?

– Ne vous inquiétez pas pour moi, Monsieur le Comte. Ça va aller.

– Ton courage t'honore mais tu as le droit d'avoir du chagrin, tu sais.

– Je ne crois pas avoir de chagrin pour mon père. Il n'était bon avec personne ! Mais… c'est plutôt la situation que je trouve terrible. Et puis Blanche… Elle est très jeune. J'ai un peu peur pour elle. J'espère qu'elle va s'en remettre.

– Elle est forte. Et puis nous sommes là !

– D'ailleurs Monsieur le Comte, comment se fait-il que vous soyez justement rentré à ce moment-là ?

– C'est une longue histoire. Je dirai simplement qu'une main invisible m'a poussé à venir car j'ai senti que ta sœur était en danger. Malheureusement, j'avais raison. Elle compte beaucoup pour moi.

Pierre un peu surpris par sa dernière phrase chargée d'émotion, le regarde avec méfiance. Armand devine aussitôt ses pensées.

– Pas ça, mon garçon ! Ta sœur est importante pour moi comme le serait… une fille, par exemple !

Armand ne lui laisse pas le temps de creuser plus avant et l'entraîne rejoindre Antoine et sa sœur, dans le petit salon.

Elle n'a toujours pas ouvert les yeux. Les quatre hommes se réunissent autour d'une table pour parler.

– Alors, commence Armand, récapitulons… Le corps de Yann est caché. Les marches, sont-elles nettoyées ?

– Il n'y a plus une trace de sang, répond Sergueï. Et j'ai brûlé les chiffons dont je me suis servi.

– Très bien. J'ai rangé le désordre laissé par Yann. En ce qui concerne le carreau cassé, j'en aviserai le gardien en prétextant une maladresse de ma part. Nous devons prévenir votre mère… Et j'ai besoin de vous mes garçons. Mais avant, nous passerons dans les bois pour ramasser toutes les preuves laissées derrière votre sœur. Sergueï ? Je peux vous laisser avec Blanche ?

– Bien sûr, Armand.

– Cachez-la, si le gardien vient. Je ne veux pas qu'il la voie.

– Allons prévenir maman, à présent, leur dit Antoine un peu tendu. Elle doit être morte d'inquiétude. Et puis, il y a grand-mère… J'aimerais la voir.

– Tu as raison, dépêchons-nous.

Ils se lèvent et Pierre avec un tremblement, pose une main sur l'épaule de son frère avant de lui annoncer :

– Je n'ai pas réussi à fermer les yeux du père…

Devant leur désarroi, Sergueï ne peut s'empêcher de demander :

– Et qu'est-ce que ça veut dire ?

Derrière eux, Blanche la voix pleine de larmes, répond :

– Ça veut dire que « l'Ankou »[29] n'a pas fini sa besogne et qu'elle viendra chercher quelqu'un d'autre à la maison.

---

[29] Le trépas. Désigne la mort.

Ils la regardent tous les quatre avec tristesse, et se sentent totalement impuissants devant son chagrin.

– Allez-y Armand et n'ayez crainte. Je veille sur elle.

– Nous pouvons partir tranquilles. Merci Sergueï.

Les deux garçons acquiescent et suivent Armand.

– Nous ramènerons le corps de votre père cette nuit. Personne ne doit savoir ce qui s'est passé. Jamais. Vous êtes d'accord ? leur demande-t-il une fois dehors.

– C'est évident, répondent-ils en chœur. Mais il va falloir inventer une histoire, continue Antoine.

– J'y ai déjà pensé…

Sergueï est assis à côté de la jeune fille. Elle n'ose pas le regarder et garde obstinément les bras autour de ses jambes, comme pour se protéger.

– Je ne te ferai pas de mal Belenka, tu sais ?

Elle lui lance un regard chargé de méfiance. Elle s'en veut un peu car elle sait qu'il lui a sauvé la vie. Elle a l'impression de sentir encore les mains de l'ignoble Yann sur elle et se met à trembler. Il se rapproche d'elle et elle s'éloigne brusquement.

– Calme-toi Belenka, je ne te toucherai pas si tu ne le veux pas.

– Je … je ne peux pas. Excusez-moi, Sergueï.

Il est à côté d'elle et elle n'arrive même pas à apprécier ce moment qu'elle a tant attendu.

– Je te maudis, Yann, se dit-elle. Tout ça c'est ta faute ! Ta faute !

Les larmes coulent à nouveau sur son visage et Sergueï la regarde sans bouger.

– Tu ne dois pas t'en vouloir, Belenka ! Ton père…

– Ce n'est pas mon père ! le coupe-t-elle en criant. Il me l'a avoué lorsqu'il… était sur moi ! Il pensait qu'en sachant ça, je me laisserais faire !

Ses sanglots redoublent un moment et sans qu'il s'y attende, se tarissent d'un seul coup. Elle se lève alors brusquement et Sergueï ne peut s'empêcher de la trouver touchante avec ses yeux rouges, ses cheveux en bataille, dans son grand manteau qui traîne autour d'elle.

– Dire qu'il a osé la toucher… pense-t-il rageusement.

– Je ne regrette pas de l'avoir tué, lance-t-elle d'un coup.

Ses yeux lancent des éclairs.

– Il était mauvais et méchant comme une teigne. Il n'a eu que ce qu'il méritait !

– Tu n'as pas besoin de te justifier, Belenka, dit-il en se levant à son tour. Si tu ne l'avais pas fait… par accident en plus ! Moi je l'aurais fait… mais intentionnellement !

Il se tient devant elle et il voit toutes sortes d'émotions passer sur son visage : l'inquiétude, la peur, le remords et enfin le soulagement. Elle se jette alors dans ses bras et s'accroche à lui, désespérée.

– Mais que va dire ma mère ? demande-t-elle en pleurant. Elle va croire que je suis un monstre !

– Je l'ai vue et je peux t'assurer qu'elle ne pense pas ça. La seule chose qui lui importe, tu sais, c'est que tu rentres saine et sauve. Tu dois être forte pour elle car elle aura besoin de toi dans cette épreuve.

Elle renifle bruyamment et s'essuie les yeux et le nez avec la manche du manteau de Sergueï. Il sourit intérieurement devant ce geste enfantin.

– C'est vrai. Maman va avoir besoin de moi.

Elle le regarde à présent comme si c'était la première fois qu'elle le voyait. Il se sent un peu gêné par l'intensité de son regard mais le soutient gravement.

– Merci, Sergueï. Vous parlez français, maintenant ?

– Je l'ai appris pour toi.

Il est surpris par sa réponse mais comprend à cet instant que c'est la vérité. Il ne peut pas retirer ce qu'il vient de dire et le regrette un peu car il ne devrait pas charmer une fillette de quatorze ans !

– Fillette ? pense-t-il. Tu aimerais te persuader qu'elle en est une mais regarde-la et vois quelle femme elle va devenir !

Il secoue doucement la tête, comme pour chasser les pensées qui le taraudent. Elle le regarde, beaucoup plus calme à présent, et essaie de comprendre ce qu'il ressent. Elle ne possède pas encore la maturité d'une femme et lui sourit naïvement.

– Allons ! Viens te reposer à présent.

Il l'allonge sur une méridienne en soie jaune et attrape une couverture qu'il pose sur elle.

– Je reste là. Ne t'inquiète pas.

Il s'assied dans un lourd fauteuil qui sied mieux à sa corpulence et la regarde s'endormir.

– Je suis ensorcelé… songe-t-il. Ensorcelé par une enfant ! Et elle m'a ensorcelé à dix ans à peine ! Pauvre Sergueï !

Il sourit, heureux de l'avoir retrouvée et sans s'en rendre compte, glisse dans le sommeil à son tour.

Marie regarde Armand, Antoine et Pierre avec horreur.

– Il est mort ? demande-t-elle à nouveau pour s'en convaincre.

– Oui.

– Mais comment ?

Ils sont restés dans la cour pour ne pas déranger Isabelle et malgré le soleil, Marie frissonne.

– Il est tombé dans les escaliers du château.

– Mais Blanche ? Où est-elle ? Il ne l'a pas touchée au moins ?

– Elle est en sécurité avec Sergueï. Nous la ramènerons cette nuit.

– Tu ne me réponds pas, Armand. Est-ce qu'il l'a…

– Non ! Il n'en a pas eu le temps. Blanche est plus maligne que lui. Mais nous avons un problème…

– Quoi ?

– Il n'est pas tombé tout seul dans les escaliers.

– Comment ça ?

– C'est un accident, bien sûr mais c'est Blanche qui l'a poussé.

– Oh ! Mon Dieu ! s'exclame-t-elle en pressant ses deux mains sur sa bouche. Ma pauvre petite fille, je veux la voir.

– Pas avant cette nuit, Marie. Tu dois être raisonnable. De toute façon, Isabelle a trop besoin de toi.

– Mais Blanche aussi !

– Je suis là, Marie. Pour une fois, fais-moi confiance et laisse-moi m'occuper d'elle.

– Tu as raison. Excuse-moi.

Elle s'éloigne un instant pour se reprendre. Ils respectent son silence et attendent. Elle revient enfin et s'approche de ses fils.

– Je suis très fière de vous. À partir d'aujourd'hui vous êtes les maîtres de cette maison. Au moins jusqu'à ce que vous vous mariiez. Ensuite, nous verrons… J'espère que la mort de votre père ne vous affecte pas trop ?

– Ne t'inquiète pas pour nous, Maman. Il faut penser à grand-mère maintenant.

– Tu as raison, Pierre. N'en veuillez pas à votre sœur. Yann lui a fait beaucoup de mal et…

– C'est pour me défendre qu'elle l'a poussé, Maman.

– Ça ne m'étonne pas d'elle ! Je pense quant à moi qu'il a eu ce qu'il méritait et je veux que vous le sachiez. Ce n'était pas un bon mari. Il était brutal et méchant… Mais nous respecterons la tradition et il aura un bel enterrement, avec sa veuve éplorée et ses enfants qui le regrettent. Personne ne doit soupçonner quoi que ce soit et nous inventerons ce qu'il faut pour cela. Tant pis si le bon Dieu m'en veut après ça !

Ils sursautent en l'entendant blasphémer ainsi. Elle si pieuse d'habitude !

– Et ensuite… que la vie me semblera douce sans lui…

Armand lui sourit et ne peut s'empêcher de la prendre dans ses bras. Les deux garçons rougissent mais sont très heureux pour leur mère. Elle s'éloigne vite de lui.

– Soyons prudents, on ne doit pas nous voir.

– Tu as raison. Antoine, Pierre, pouvez-vous me laisser une seconde avec votre mère ?

Ils s'enfuient confus.

– Armand, laisse-moi m'excuser pour Blanche. J'aurais dû t'écouter au lieu de la garder égoïstement près de moi. Nous aurions pu la perdre.

– Ne t'excuse pas, Marie. Tu es une mère merveilleuse et tu as fait ce que tu croyais bon pour elle. Cependant, lorsque je vais repartir, je veux que tu la laisses venir avec moi.

– Je le savais déjà…

Il se sent très cruel de lui annoncer ça maintenant mais il n'est pas question de laisser Blanche encore une fois derrière lui. Sa place est à ses côtés. Marie va vivre des moments difficiles mais elle est entourée et la jeune fille doit quitter cette région qui ne peut que lui rappeler des moments douloureux. Un nouveau départ pour une nouvelle vie : voilà ce qui la sauvera !

– Allons voir Isabelle, à présent s'il te plaît.

– Elle est inconsciente et délire depuis quelques heures. Je crois que c'est la fin… Sans elle, cette maison sera bien vide.

Il lui presse doucement une main pour lui signifier son soutien et il la suit lorsqu'elle pénètre dans cette maison qu'il connaît si bien.

Blanche se réveille en hurlant et se redresse d'un bond sur la méridienne. Il fait sombre dans la pièce et son cœur cogne fort dans sa poitrine. En tremblant, elle se recroqueville sous la couverture et pense à son rêve. Baigné d'une couleur orangée, Yann la poussait dans les escaliers et son visage était celui d'un démon. À chaque fois, elle ratait cette même première marche. Yann riait, découvrant de vilaines dents pointues et noires, et lorsqu'elle atteignait enfin le bas, sa tête explosait en des milliers de petites étoiles de lumière. La scène se répétait… Inlassablement.

– Blanche ! s'exclame Armand en se précipitant sur elle. Que se passe-t-il ? Je t'ai entendue crier.

– Pourquoi fait-il si sombre ? Pourquoi Sergueï n'est-il plus là ?

– Je suis là, Belenka.

Elle le voit juste derrière Armand.

– Pourquoi m'avez-vous laissée ?

Les deux hommes se regardent, ennuyés.

– Tu as dormi toute la journée… Sergueï est resté très longtemps auprès de toi.

– Excusez-moi. Je ne me sens pas bien et je dis n'importe quoi.

– Depuis quand n'as-tu rien avalé ?

– Je ne m'en souviens plus. Et je meurs de faim !

Un sourire éclaire enfin son beau visage.

– C'est bon signe. Allons dans la cuisine, Gwénaëlle, la femme du gardien, nous a préparé un festin digne des plus grandes cuisinières. N'est-ce pas Sergueï ?

Elle se lève trop rapidement et manque de tomber tant sa tête tourne.

– Attends un peu ! Nous allons t'aider.

Sergueï s'est déjà précipité et Armand remarque aussitôt le regard qu'ils échangent.

– Je dois rêver, se dit-il. Sergueï n'est pas le genre d'homme à s'amouracher d'une enfant d'à peine quatorze ans !

Dans la cuisine, après avoir dévoré une cuisse de chevreuil, Blanche demande enfin des nouvelles.

– Ta mère était surtout inquiète pour toi. J'ai dû l'empêcher de venir te voir.

– Et pour Yann ? Elle ne m'en veut pas ?

Armand remarque qu'elle ne l'a pas appelé « mon père » mais Yann.

– Ton père ?

– Il n'était pas mon père. Il me l'a dit. Pour que je me laisse faire…

– Peut-être était-ce une ruse pour te berner ? avance Sergueï.

Armand s'éloigne, ému et gêné à la fois. Il aurait aimé lui annoncer cette nouvelle dans d'autres circonstances.

– Mais peut-être est-ce justement le moment ? songe-t-il.

Blanche le regarde et s'en veut un peu de lui dire cela ainsi. Pourtant, avant qu'il ait pu placer un mot, elle déclare :

– Je crois que vous êtes mon père. N'est-ce pas ?

Sergueï sursaute et regarde Armand. Il se traite d'idiot ! Comment a-t-il pu ne pas le comprendre avant ! Leurs yeux, leurs chevelures, leurs traits ! Tout correspond ! Et cette tendresse qu'il a pour Marie.

– N'est-ce pas ? demande-t-elle anxieuse devant ce silence qui semble durer depuis une éternité.

Il se met à genoux devant elle et lui prend doucement les mains.

– J'aurais voulu te le dire mieux que ça…

– Mais… ma mère… vous ?

– Nous nous sommes beaucoup aimés et je ne mentirai pas en disant que nous nous aimons encore.

Sergueï ne dit rien et Armand se retourne vers lui.

– Cela n'enlève rien à l'amour que j'ai porté à votre sœur.

– Je n'en ai jamais douté et je suis très heureux pour vous. La mort prématurée d'Alexandra est une horreur qui n'aurait jamais dû arriver. Elle était si jeune ! Mais c'est ainsi. Ne vous justifiez pas. Ma sœur vous aimait et je sais que vous le lui rendiez. Il n'y a rien à ajouter. Et je comprends mieux tout ça !

Ils rient ensemble et ce moment allège un instant la gravité de la situation.

– Allons Blanche ! Nous profiterons bientôt pleinement de ce lien qui nous unit. Mais avant cela, nous devons penser au présent. Et tu dois te montrer courageuse. N'oublie pas que tu es une Pommeau Desbally !

Les mots sont magiques et elle opine de la tête, heureuse malgré les événements.

– Nous allons te ramener chez toi. La nuit est bien noire à présent, tu vas t'habiller pendant que nous chargeons le corps de Yann.

– Le corps de Yann… J'avais presque oublié, dit-elle livide.

– Allons Blanche. Il n'y a plus de temps à perdre. Ta mère t'a préparé des affaires dans ce sac.

Elle l'attrape et le serre contre elle. En sortant de la cuisine pour aller s'habiller, elle frôle Sergueï pour s'encourager. Il s'en veut du plaisir que lui procure ce contact et tente de garder ses esprits.

– Mon ensorceleuse… se dit-il malgré lui avec tendresse.

Une fois dans l'office qui jouxte la cuisine, Blanche caresse une dernière fois le tissu du manteau de Sergueï. Elle le respire et le quitte avec regret pour enfiler une vilaine robe, trop petite pour elle. Elle les rejoint ensuite dehors et rapporte son manteau à Sergueï.

– Merci.

– Tu n'en as plus besoin ? Tu n'auras pas froid dans cette simple robe ?

Il regarde d'un œil critique sa tenue et regrette de ne pouvoir lui offrir une toilette digne d'elle et de sa beauté. Elle comprend qu'il la trouve laide ainsi et s'enfuit.

– Avez-vous besoin d'aide, Armand ?

Il est trop tôt pour qu'elle use d'un autre mot pour le nommer. Elle recule instinctivement devant le cadavre enveloppé de tissu blanc qui se trouve placé en travers de la selle.

– Tu vas monter avec Sergueï, lui dit-il. Moi, je m'occupe de ce fardeau. Ne le regarde pas. Ça ne sert à rien.

– Qu'allons-nous dire ?

– Que c'est un accident. Après tout, nous ne mentirons pas sur ce point. Ensuite, il sera simple d'inventer une chute à cheval ou d'une échelle.

– Vous ne pensez pas que les gens vont se méfier ?

– Comment pourraient-ils savoir ?

– Et votre présence, comment la justifierez-vous ?

– Mais je n'ai rien à justifier ! Je suis le comte ! Ne l'oublie pas !

– Et à moi ? Direz-vous pourquoi vous êtes revenu ?

– Mais pour toi.

– Ton père a senti le danger que tu courais, rajoute Sergueï.

– Mon père… reprend-elle en savourant le mot. Merci d'être venu.

Ils s'étreignent sous le regard attendri de Sergueï.

Le cortège macabre avance doucement sous un ciel sans étoile. Ils sont silencieux et ne peuvent éviter de regarder le linceul blanc qui se balance au rythme de l'animal. Armand le maintient d'une main et de l'autre tient ses rênes. Blanche est agrippée à Sergueï et profite de le sentir contre elle. Lorsqu'il a aidé la jeune fille à monter sur son cheval, ses jupes sont remontées si haut qu'il a pu admirer ses jambes parfaites avant de les cacher avec brusquerie, agacé par ses émotions de jeune puceau. Blanche est d'ailleurs un peu triste car depuis ce moment-là, il ne lui parle plus. Elle se demande ce qu'elle a pu faire pour le contrarier.

Ils arrivent dans la cour et Marie sort aussitôt, entourée d'Antoine, de Pierre et de Jeanne, mise au courant à son tour.

– Du courage, murmure Marie. Il va nous falloir beaucoup de courage.

Antoine lui presse le bras pour lui montrer son soutien et Pierre aspire un grand coup pour tenir bon car la vue du corps de son père l'émeut à nouveau.

– Ma Blanche ! s'exclame Marie.

La jeune fille glisse aisément du cheval et tombe dans les bras de sa mère, de ses frères et de sa tante.

– Je vais bien. Ne vous en faites pas pour moi. Et grand-mère ?

– Elle ne va pas mieux. Peut-être le fait de t'entendre va-t-il l'aider à revenir vers nous.

– Elle est toujours inconsciente ?

– Elle a repris connaissance un court instant mais depuis… Prépare-toi à la trouver changée. Va ! Je suis sûre qu'elle t'attend !

Blanche entre vite, pressée de retrouver Isabelle et Marie s'approche enfin du corps.

– Alors le voilà…

– Où est Allan ? s'inquiète alors Armand.

– Ne vous en faites pas, Monsieur le Comte. Il est absent comme promis.

– Et sa femme ? On la dit fouineuse ?

– Absente aussi. Chez une sœur depuis des jours déjà. Et puis Léna n'est plus aussi mauvaise qu'on l'affirme au village. Avoir des enfants peut changer une femme, conclut Marie qui la détestait tant auparavant.

Sergueï et Armand s'occupent de rentrer le corps. Dans la maison, tout est déjà en place. L'horloge est arrêtée et le petit miroir voilé. La chapelle blanche est dressée et Armand ressent toujours la même angoisse en la voyant. Un drap blanc recouvre la table sur laquelle on couche le défunt et deux autres sont suspendus aux poutres du plafond, de chaque côté. Si ce n'est le lieu, il peut encore bien imaginer sa jeune et belle épouse, ses longs cheveux blonds épars et les yeux clos à jamais. Il frissonne et détourne les yeux. Marie apporte un crucifix qu'elle pose sur la table ainsi qu'un cierge allumé. À l'autre extrémité se trouve une coupelle d'eau bénite où baigne déjà un rameau de buis. Alors que Jeanne s'effondre en larmes, Marie, sans émotion apparente, organise les funérailles.

– Les garçons ! Vous allez attacher ces morceaux d'étoffe noire à chaque ruche. C'est du gâchis mais c'est la coutume ! Après tout, c'est le maître de maison qui est mort.

Le mépris et l'assurance qu'elle affiche ne sont qu'une façade et Armand comprend qu'elle est à bout de nerfs.

– Marie, as-tu besoin de moi ? Pour la toilette, tu as pensé à prévenir Angèle ?

– Oh ! Non ! J'ai complètement oublié !

– Jeanne, va la chercher s'il te plaît, et dis-lui qu'il y a eu un malheur ici. À ce propos, qu'allons-nous dire ?

– Antoine et Pierre ont tout organisé dans la grange. Yann est tombé de l'échelle à cause d'un barreau qui a cédé. Tu as entendu Jeanne ?

– Oui… murmure-t-elle à contrecœur.

Elle se sent mal. Mentir aussi effrontément sur un sujet si grave devant Dieu, la met dans tous ses états. Elle ne cesse plus de prier et part chercher Angèle au village sur les ordres du comte.

– Pose-toi là, Jeanne, lui dit Angèle de son ton un peu sec. Et bois ça pendant que je me prépare.

Jeanne accepte et sans se méfier un instant, avale d'un coup le liquide transparent. Elle manque de s'étouffer et pense avoir pris feu de l'intérieur.

– Holà ! Jeanne ! Remets-toi ! C'est pas de la pisse d'âne, hein ? C'est un grand-oncle qui nous l'a apportée de Russie. Il y a quarante ans maintenant… ou peut-être plus ! Je sais plus !

Angèle s'en sert un verre et l'avale d'un trait sous l'œil effaré de la pauvre Jeanne encore cramoisie. Elle suit ensuite Angèle, les larmes aux yeux car elle a dû lui mentir sur la tragédie.

– Sacré Yann ! Il aurait pu vérifier son matériel, ce bougre d'âne ! Mourir à cause d'une échelle, c'est bête quand même !

– Bougre d'âne, pense Jeanne. Mauvais homme, plutôt ! J'ai bien fait de ne pas me marier, continue-t-elle en essayant de s'en persuader.

Marie est seule avec Angèle. La nuit est déjà bien avancée mais à part les petits et Isabelle, personne ne dort. Armand est sorti avec Sergueï pour qu'Angèle ne les voie pas en arrivant. Blanche est toujours auprès de sa grand-mère mais elle s'est assoupie en lui tenant fermement la main. Les garçons ne sont pas revenus des ruches et Marie les soupçonne d'avoir rejoint Armand. Ils n'ont rien à faire là de toute façon. La toilette mortuaire n'est pas terminée. Jeanne n'a pas voulu rentrer lorsqu'elle est revenue du village.

– Elle est bien fragile votre sœur, lui dit Angèle. Qu'est-ce qui lui arrive ? C'est point son époux tout de même !

– C'est… c'est elle qui l'a trouvé… Elle s'en veut beaucoup.

– Après tout, se dit Marie, je ne suis pas à un mensonge près.

– Comme si elle y pouvait quelque chose, la pauvresse ! Ah ! Quel malheur.

Et elle s'en retourne à sa besogne comme s'il ne s'agissait là que d'une vulgaire tâche quotidienne à accomplir.

– Cette femme a le cœur sec ! songe encore Marie. Comment peut-elle ignorer le corps ?

En y regardant de plus près, elle remarque cependant qu'Angèle fait au moins dix ans de plus que son âge. Ses yeux sont soulignés de vilains cernes violacés et son nez est trop rouge.

– Elle boit… Forcément ! Avec une pareille activité !

– On appelle le barbier, ou je m'en occupe ?

– Oui, ce serait bien. Ça m'évite un tracas de plus.

Une nausée persistante ne quitte plus Marie depuis qu'elle a découvert le corps sans vie de Yann. Et depuis qu'Angèle lui manipule la tête, c'est pire. Comme il s'est cassé la nuque, on pourrait la lui tourner de la même façon que le fait une chouette. Elle s'éloigne car elle ne supporte plus de le voir et Angèle croit qu'elle a trop de chagrin.

– Il s'est pas raté le Yann, pense-t-elle. En tout cas, il laisse derrière lui une bien jolie veuve et… combien d'enfants déjà ? Sept, je crois. Ça va pas être facile pour Marie, même si les aînés sont en âge de se marier. Et avec la vieille Isabelle qui tardera plus à passer, c'est un souci de plus. Je crois qu'on me rappellera d'ici peu, se dit-elle en essayant sans succès de lui fermer les yeux.

Minutieusement, elle effectue la dernière toilette de Yann. Elle lui enfile une chemise blanche, l'enroule dans un linceul qui le couvre jusqu'à la poitrine et lui maintient les pieds, sans les serrer. Elle lui peigne encore les cheveux et les lisse en prenant soin de camoufler les vilaines plaies.

Sergueï passe timidement sa tête à la porte.

– Avez-vous besoin de moi, Marie ?

– Non, c'est gentil mais entrez. Venez donc boire quelque chose.

Il entre et regarde Yann, installé dans sa chapelle blanche.

– Eh ! Bien ! Même ainsi tu as bien mauvaise mine, pense-t-il.

Angèle observe ce géant qui semble remplir l'espace et se dit qu'elle n'a jamais vu plus bel homme. Elle range ses affaires et lui lance des sourires et des œillades qui le laissent perplexe.

– Venez vous asseoir Sergueï.

Il s'installe avec soulagement sur une mauvaise chaise qui a l'avantage de tourner le dos à Angèle. Marie lui tend un verre de goutte et il l'avale d'un seul coup, ravivé un instant par la brûlure bienfaisante. Les deux femmes s'entretiennent derrière lui et il ne les écoute déjà plus. Son regard est posé sur Blanche qu'il n'avait d'abord pas vue. Elle se trouve assise sur une chaise similaire à la sienne et, la tête sur le lit de sa grand-mère, dort d'un profond sommeil.

– Elle paraît encore plus jeune en dormant, pense-t-il amèrement, un sourire cynique au coin des lèvres. Que t'arrive-t-il donc ? Tu as le double de son âge !

Pas un instant il n'a pensé à Tatiana, sa belle fiancée qu'il doit épouser à l'automne.

– Tatiana a vingt-trois ans et possède toutes les qualités qu'un homme cherche chez une femme ! Elle est magnifique, sera une maîtresse de maison exemplaire, une mère parfaite pour leurs futurs enfants ! Mais réveille-toi Sergueï !

Mais ce n'est pas Blanche… Blanche qui aura quinze ans.

– Maudite gamine ! se dit-il en maugréant. Elle rend fous les hommes !

Il se sent à l'étroit dans cette salle commune. Sa haute stature ne peut convenir à un pareil endroit si bas de plafond et encombré de meubles trop lourds. Il est habitué aux pièces immenses des palais et aux espaces qui s'étirent indéfiniment. Il se lève brusquement avec la sensation qu'il va étouffer s'il ne sort pas. Il doit se soustraire à la vision obsédante de Blanche.

– Sergueï ? Vous vous sentez bien, lui demande Marie, inquiète.

– Je vais sortir. Excusez-moi, Marie.

Il manque de bousculer Jeanne qui entre, et passe enfin la porte. Il inspire une grande quantité d'air en regardant le ciel noir.

– Il faut que je dorme, pense-t-il abruti de fatigue. Demain, j'y verrai plus clair.

Il prévient Armand, un peu surpris de le voir fuir. Il ne lui reproche rien et, au contraire, le pousse à partir au château prendre un repos largement mérité.

– Pourquoi est-il si nerveux ? se demande encore Armand en le voyant détaler.

Antoine et Pierre le précèdent pour rejoindre Marie qui doit s'impatienter.

– Ah ! Quel malheur, ma pauvre Marie. Tes fils m'ont tout dit. Ton Yann s'est bien rompu le cou dans la grange, je suis allé constater.

Angèle le regarde les yeux ronds.

– Monsieur le Comte, lui dit-elle ravie de le trouver là.

– Bonsoir Angèle. Je vois que vous avez déjà effectué votre besogne. C'est bien, c'est bien.

Armand utilise un ton que Marie ne connaît pas et son air si compassé lui donne envie de rire.

– Un peu plus, j'y croirais, se dit-elle.

Angèle n'est pas étonnée de voir le comte en pleine nuit chez Marie. Tout le monde au village connaît et envie les relations que le châtelain entretient avec sa nourrice. Armand fait confiance à Angèle pour répandre la nouvelle au village. Elle se vantera à coup sûr d'avoir été présente lorsque le comte a confirmé le caractère accidentel du décès. Nul doute que personne n'aura de soupçons. Il fait preuve d'une autorité absolue ici.

– Ah ! Il nous manquera ce pauvre Yann. C'est certain.

– Il était si bon, continue Marie sans conviction. Ça va être terrible sans lui. Et les petits, demain matin… Ils ne savent même pas que leur père est mort…

Elle renifle un peu et, du coin de l'œil, s'assure qu'Angèle a tout vu et entendu. Dès le lendemain, le village au complet saura ce qui s'est passé cette nuit et c'est bien ce que souhaite Marie. Armand la regarde et admire l'aplomb avec lequel elle ment.

– Elle est encore jolie, se dit-il. Elle retrouvera facilement un nouveau mari… Le noir qu'elle portera, la vieillira peut-être un peu mais il faudrait être sot pour ne pas remarquer la femme admirable qu'elle est. Yann n'aura pas vu sa chance. Quelle vie gâchée par trop d'orgueil, d'avidité et de bêtise ! Antoine est un bon gars… Je vais lui donner cette ferme, ainsi Marie sera à l'abri et elle aura enfin le choix de décider de sa vie. Mon Dieu… Je me défile. Elle est libre ! Sot toi-même !

Marie remarque qu'Armand la regarde intensément. Elle rougit, heureuse soudain au milieu de toute cette horreur. Il voit immédiatement l'effet qu'il vient de produire sur elle et s'en veut. L'espoir qu'il lit dans ses yeux lui fend le cœur et il se traite de lâche. Ça ne change pourtant rien. Il vient de renaître à la vie en allant à Paris et il ne se sent pas capable de lui promettre quoi que ce soit. Il s'en va en même temps qu'Angèle, pour aller dormir à son tour, mais promet à Marie de venir tôt le lendemain pour la soutenir dans cette épreuve, surtout avec les plus petits qui ne savent pas encore…

Une fois au château, malgré le poids des heures sans sommeil et toutes ces émotions, il n'arrive pas à s'endormir. Marie est au cœur de ses pensées. Il a peur de se lier à elle mais ne supporte pas l'idée qu'elle en épouse un autre ! Il garde un mauvais souvenir de son retour de Russie avec Alexandra. Jamais il n'avait imaginé qu'elle puisse être mariée !

– Mais pour qui te prends-tu ? Croyais-tu qu'elle allait sagement t'attendre pendant que tu menais la grande vie en Russie ou que tu en épousais une autre ? Le sot c'est moi ! C'est moi !

De rage, il jette un oreiller à l'autre bout de la chambre et ressent encore la brûlure de la jalousie et le sentiment de trahison qu'il avait éprouvés en la retrouvant mariée et mère de deux enfants ! Il s'endort enfin d'un mauvais sommeil très agité.

Avant de rejoindre le lit clos, seule pour la première fois, Marie regarde Yann.

– Tu as l'air vieux, lui dit-elle doucement.

Ses joues sont flasques et avec ses cheveux tirés ainsi en arrière, elle le trouve franchement laid.

– Je ne t'ai jamais aimé, continue-t-elle devant la dépouille. Tu as gâché ma vie et celle de nos enfants. Je suis bien certaine de savoir où tu te trouves à présent… Dans le froid glacial de l'enfer ![30]

Avant de se coucher, elle réveille Blanche.

– Viens ma fille. Tu vas attraper froid à rester ainsi. Et puis tu vas m'aider à changer les draps de mon lit. Je ne supporte pas l'idée de dormir une nuit de plus dans son odeur.

Blanche suit docilement sa mère. Un frisson d'effroi lui traverse le dos en voyant Yann, allongé, les mains jointes, paume contre paume et les poignets enroulés d'un chapelet.

– Ne le regarde pas. Bientôt il ne sera plus là.

Elle aide sa mère à changer les draps et une fois à l'abri dans le lit, se plaque contre elle pour trouver de la chaleur. Les tremblements qui l'ont reprise en voyant le cadavre se calment très vite, car terrassée par la fatigue, elle s'endort à nouveau.

Marie et Blanche s'éveillent ce matin-là, en entendant des reniflements et des pleurs d'enfants.

---

[30] Contrairement à l'enfer classique, l'enfer breton est froid et les damnés y sont glacés jusqu'à la moelle de leurs os.

– Tes sœurs doivent être levées. Vite, sortons de là !

– Juste une chose maman…

– Oui ?

– Aimes-tu toujours Armand ?

Marie rougit violemment mais heureusement, dans la pénombre du lit clos, sa fille ne peut pas la voir.

– Qui t'a dit que…

– Lui-même.

Marie prend les mains de sa fille et s'approche d'elle pour lui murmurer à l'oreille :

– Je l'ai toujours aimé. Il est le seul et le restera. Tu es le cadeau qu'il m'a fait car je crois qu'un jour lui aussi m'a aimée.

– Il m'a dit que vous vous aimiez toujours.

– Il t'a dit ça ?

Marie est bouleversée par les révélations de sa fille.

– Je suis heureuse qu'il soit mon père.

Blanche sort enfin rejoindre ses sœurs pendant que sa mère prend quelques instants pour se remettre de ses émotions.

La petite Hélène, trois ans, est collée contre Pauline qui en a six. Emma quant à elle, est figée dans son chagrin et c'est elle qu'on entend pleurer. Du haut de ses huit ans, elle comprend mieux la situation et regarde son père allongé sur la table. Elles n'ont pas souffert à cause de lui car il ne les voyait même pas ! Elle les prend toutes les trois dans ses bras et les réconforte du mieux qu'elle peut.

– La mère va mieux ce matin, dit Jeanne à Marie qui effectue une toilette sommaire. Elle n'a plus de fièvre.

– Est-ce possible ? demande Marie pleine d'espoir.

– Ne te réjouis pas trop vite, on dit qu'il y a souvent un mieux… avant le grand départ.

Antoine et Pierre se sont levés à l'aube. Ils entrent à ce moment-là.

– Allan connaît déjà la nouvelle !

– Mais il ne devait rentrer que ce matin !

– C'est le cas !

– Angèle n'a pas perdu de temps pour parler !

Geoffroy se lève enfin et découvre son père. Il ne dit rien et devient blême.

– Mais que s'est-il passé, murmure-t-il. Ce n'est pas possible…

Il se retourne alors vers Blanche.

– Et toi, tu es rentrée ? Où étais-tu ?

À treize ans, à l'inverse de ses petites sœurs, il sait qu'un drame s'est produit entre son père et Blanche. Il devient agressif et lui demande encore :

– Alors tu vas me répondre ? Qu'est-ce que t'as fait ?

Ils sont tous étonnés par son chagrin qu'il n'essaye même pas de cacher.

– Allons Geoffroy, tu ne…

– Laisse-moi ! crie-t-il à sa mère. Qu'est-ce qui s'est passé ?

– Il est tombé de l'échelle cette nuit. Dans la grange. Et c'est un accident !

Antoine s'approche de son frère pour le calmer car il frise la crise de nerfs.

– Je suis certain que c'est faux !

– Tu veux aller vérifier ?

– Mais enfin calmez-vous, reprend Marie. Et toi Geoffroy, cesse d'insinuer des horreurs ! C'est difficile pour tous ici, alors rends-toi utile au lieu de te comporter comme un enfant.

Antoine s'éloigne, sans quoi il risque de lui donner une bonne correction. En grandissant son jeune frère ressemble de plus en plus à leur père, aussi bien physiquement que moralement. Marie le sait également et le regrette mais elle espère qu'avec la disparition de Yann, Geoffroy prendra à l'avenir, exemple sur ses frères. Le jeune garçon a du mal à se calmer, persuadé qu'on ne lui dit pas tout. Il finit par l'accepter lorsqu'Armand et Sergueï viennent « rendre hommage » à Yann. Il a une telle admiration pour le comte qu'il est prêt à y croire si c'est lui qui le dit. Lorsqu'il apprend que c'est Armand en personne qui est venu constater les faits, il n'émet plus aucun doute et s'excuse même auprès de sa sœur.

Armand et Sergueï se recueillent devant la dépouille de Yann comme le veut la tradition. Blanche observe son « prince russe », dépitée. Il ne la regarde même plus depuis qu'ils sont entrés dans cette maison. Elle ne comprend pas.

– Je ne suis qu'une enfant pour lui.

Il sent le regard brûlant de la jeune fille mais se détourne d'elle.

– Je ne dois plus m'intéresser à elle. Je dois penser à Tatiana.

Il essaie vainement mais rien n'y fait…

La journée est longue. Parents, amis et voisins, viennent se recueillir devant la chapelle blanche. Ils lancent doucement quelques gouttes d'eau bénite avec le rameau de buis et s'assoient pour dire une prière. Le soir a lieu la veillée mortuaire et beaucoup de gens restent pour écouter une vieille femme, réciter les oraisons traditionnelles d'une voix plaintive, auxquelles ils répondent avec ferveur. Au grand soulagement de Marie, la veillée prend fin vers minuit. Ensuite, il faut encore servir un repas. Blanche est chargée de dresser le couvert. Elle a pourtant bien des difficultés à mettre une assiette devant la place vide de Yann.

– Il lui faut des forces au Yann pour rejoindre le repos éternel, dit Allan un peu triste. Je suis très honoré de manger une dernière fois en face de lui. C'est une belle coutume, je trouve.

– Ce n'est qu'une assiette vide et il est mort ! lance-t-elle.

Elle évite de lui dire que le repos éternel de Yann ne se fera certainement pas au paradis ! Allan sursaute et s'éloigne, rouge de confusion. Il ne s'attendait pas à une telle réaction de sa part. Il sait que Yann n'était pas un bon père et peut-être que Blanche laisse éclater sa rancœur à présent. Il a tout de même du mal à réaliser qu'il a disparu définitivement.

– Quelle foutue échelle ! se dit-il.

Il n'aimait plus travailler avec lui car il était trop violent et prétentieux. Malgré tout, sa mort si soudaine lui laisse un sentiment étrange…

Blanche ne peut rien avaler. Elle ne cesse de regarder Sergueï, espérant toujours un sourire, un mot gentil. Mais ce dernier garde la tête obstinément baissée sur son assiette et semble très contrarié. Elle quitte la table, trop malheureuse pour supporter son désintérêt et se réfugie auprès de sa grand-mère. Elle lui donne un peu d'eau et la vieille femme qui semble avoir encore rapetissé, tousse un peu.

– Tu dois ouvrir les yeux, grand-maman. S'il te plaît. Fais un effort…

Sergueï l'observe à la dérobée et son chagrin lui fait l'effet d'un coup de poignard dans le cœur. Il ne peut en supporter davantage et rentre au château, sans Armand.

Isabelle ouvre les yeux le lendemain matin. Ses paupières sont lourdes mais elle se force à regarder autour d'elle. Avec horreur, elle aperçoit la chapelle blanche mais ne peut voir qui gît dessous. Elle pense soudain à Blanche. Elle se souvient confusément qu'un drame se déroulait au moment de son malaise.

– Depuis combien de temps suis-je dans ce lit ? se demande-t-elle sans quitter des yeux le linceul.

Elle essaye de parler et d'appeler mais un pauvre son presque inaudible sort de sa bouche.

– Tu es réveillée Grand-mère ? demande innocemment la petite Hélène. Tu as beaucoup dormi, tu sais ?

– Appelle ta mère…

– Quoi ? Qu'est-ce que tu dis ?

– Appelle ta…

– Mais je n'entends rien !

La fillette a crié et enfin, Marie et Jeanne s'approchent du lit.

– Oh ! Maman ! s'exclame Jeanne. Tu es réveillée !

– Venez tous ! Grand-mère est réveillée !

Blanche est la première à les rejoindre et se jette sur sa grand-mère en pleurant. Isabelle est rassurée de la voir et de la sentir. Mais elle se demande toujours qui est mort avec angoisse. Ses oreilles bourdonnent et sa tête tourne. Elle n'a qu'une envie : dormir.

– Pas avant de savoir…

Elle regarde Marie et celle-ci comprend les interrogations de la vieille femme.

– C'est Yann, Maman…

Elle se rendort aussitôt et ne se réveillera qu'en fin de journée. Il n'y a plus de trace de Yann. On l'a enterré cet après-midi et il devient un mari et un père regretté, dont la veuve et les enfants chériront le souvenir. C'est en tout cas ce qu'on doit croire au village. Armand et Sergueï se trouvent au côté de Marie et Antoine à l'église. Ils s'étonnent.

– On pourrait presque croire qu'ils sont malheureux, murmure Armand.

– Peut-être le sont-ils un peu…

– Peut-être. Mais je ne crois pas.

Lorsqu'ils rejoignent la maison, ils sont heureux de constater qu'Isabelle est réveillée. Elle se sent très faible mais exige qu'on lui raconte ce qui s'est passé. Armand passe une heure à chuchoter à l'oreille de sa nourrice. Elle demande ensuite à voir Blanche. La jeune fille se précipite et se penche pour entendre ce qu'elle a à lui dire.

– Je vois le remords dans tes yeux…

Elle acquiesce.

– Tu n'as pas à en avoir ! C'était le plus mauvais des hommes, des maris, des pères…

– Il n'était pas le mien en tout cas.

– Tu le sais à présent. Tant mieux. Armand est un homme bien. Grâce à lui, tu vas avoir une vie magnifique. Fais-lui confiance et écoute ce qu'il te dit. Promets-le moi Blanche !

– C'est promis. Mais toi, tu dois guérir… n'est-ce pas ?

– Je suis au bout du chemin et bientôt il sera temps pour moi de partir. Tu ne dois pas avoir de chagrin, ma Blanche, car moi j'en suis très heureuse. Armand va t'emmener avec lui. Tu dois y aller.

La jeune fille lui sourit, puis elle sort de la maison et s'enfuit un peu plus loin pour pleurer. Elle a compris qu'elle doit suivre Armand, même si cela lui brise le cœur, car elle ne reverra jamais sa grand-mère.

Durant trois jours, Isabelle est mieux. Elle ne récupère pas assez de forces et reste d'une grande faiblesse. Néanmoins, elle peut parler, rire et même chanter pour les trois petites, ravies de l'entendre à nouveau. Armand connaît l'inéluctable et il a le cœur serré à chaque fois qu'il la regarde. Il prépare son départ et Blanche a accepté avec beaucoup d'émotion de le suivre. Il sait que ce sera difficile pour elle de quitter les siens et surtout sa grand-mère. La réaction de Sergueï l'a cependant étonné. Lorsqu'il lui a annoncé que Blanche les accompagnait à Paris, il a eu l'air contrarié. Même fort mécontent ! Il ne comprend pas ce qui se passe entre eux. Ils s'entendaient si bien. À présent ils ne se parlent plus et s'évitent. Sergueï ne quitte plus le château ou seulement pour partir au triple galop dans la forêt. Il est devenu taciturne et ne parle plus que de sa fiancée, Tatiana, qu'il avait à peine mentionnée auparavant.

– Eh ! Bien ! Vous voilà devenu dithyrambique à son propos !

– C'est vrai. Mais vous ai-je dit à quel point Tatiana est une femme intelligente ?

– Non, mais je m'en doute, sinon vous ne l'auriez pas choisie. Je vous vois mal épouser une sotte sans intérêt !

– Tatiana est plus que cela : elle est belle, drôle, sensible. Elle sera une mère exemplaire !

– Vous êtes le plus chanceux des hommes ! J'ai hâte de la connaître.

Armand s'enfuit une fois de plus, ne supportant plus d'entendre le nom de Tatiana entretenir toutes les conversations. Il a des choses plus importantes à faire et laisse son beau-frère ruminer, seul, au château. Il doit aller voir Antoine pour lui annoncer une grande nouvelle. Il se présente donc à la ferme, la veille de leur départ.

– Si je suis là ce soir, c'est pour que nous parlions de l'avenir de cette ferme.

Ils sont tous réunis dans la salle commune et Isabelle écoute de son lit.

– Antoine !

Le jeune homme sursaute.

– Lève-toi, s'il te plaît.

Il s'exécute, un peu inquiet.

– Tu es l'homme de cette maison à présent et en ta qualité d'aîné, tu dois t'occuper des tiens.

– Justement, Monsieur le Comte…

– Appelle-moi Armand.

Il rougit mais se reprend.

– Très bien… heu… Armand ! Je voudrais vraiment continuer à m'occuper de cette ferme. Je la connais vous savez et avec votre permission…

– Je ne suis pas d'accord, le coupe-t-il.

– Armand ? demande Marie. Pourquoi ?

Elle panique et il ne veut pas aggraver son calvaire.

– Parce que nous allons faire mieux. Cette ferme est à toi, Antoine. Voici l'acte de propriété.

Il le lui tend mais comme Antoine ne sait pas lire, il s'agrippe au papier et regarde autour de lui.

– Vous… vous avez entendu, vous autres ?

– Eh ! Bien, vous la vouliez ou non, cette ferme ?

Des cris de joies fusent alors de tous les côtés. Mêmes les petites qui n'ont pas tout à fait compris, sont heureuses et rient à gorge déployée. Antoine, très ému, s'avance alors vers Armand et lui serre la main avec effusion.

– Je ne sais pas quoi vous dire. C'est beaucoup trop.

– Merci suffit largement. Mais attention Antoine, je te confie ta famille et je compte sur toi. Je peux te faire confiance ?

– Bien sûr que vous pouvez. Je ne vous décevrai jamais.

– Très bien, mon garçon.

– Armand, ce n'est pas possible ! lui dit Marie en larmes. C'est trop !

– Ce n'est pas encore assez. Mais au moins je vous saurai à l'abri.

Pierre boude franchement et Armand lui demande étonné :

– Quelque chose ne va pas ?

Il explose et exprime enfin sa colère :

– Antoine ! Antoine ! Toujours lui, bon sang ! Et moi alors ? Que serai-je lorsque mon frère sera le propriétaire de cette ferme ?

– Ne sois pas jaloux, mon garçon. Le moment est mal choisi.

Pierre se lève, furieux.

– Je pense au contraire que c'est le moment idéal, Monsieur le Comte ! Car moi, c'est bien ainsi que je dois vous appeler, n'est-ce pas ?

– Vu le ton que tu emploies, c'est une évidence.

– Mais Pierre, intervient Antoine. C'est pour nous tous ! Je me moque qu'il y ait mon nom sur cet acte !

– Et Ninon ? Elle est aussi pour nous tous ?

Il se retient de pleurer et ils le regardent tous avec surprise.

– Que vient-elle faire là-dedans ? Je ne comprends rien à ce que tu me racontes !

– De toute façon ça n'a pas d'importance quand c'est moi qui parle !

Un silence gêné s'installe, rompu par la voix d'Isabelle qui s'exclame très clairement :

– Il l'aime, la Ninon. Ça se voit pourtant !

Pierre rougit et se rassoit, la tête dans les mains. Ils le regardent tous incrédules.

– Tu l'aimes ? lui demande prudemment Antoine.

– Et alors ? Ça te paraît si incroyable ?

– Non, mais…

– Alors explique-moi ce que je vais faire moi, dans ta maison, quand tu serreras dans tes bras la femme que j'aime ? Dis-le-moi ?

Le drame qu'il vit les bouleverse.

– Mais le pire, continue-t-il, c'est que tu n'en veux même pas ! Bon sang ! crie-t-il en tapant du poing sur la table.

Armand s'approche de lui et pose une main sur son bras.

– Et pourquoi tu ne l'épouses pas ?

– Comment ?

– C'est simple, non ? Ton frère n'en veut pas, n'est-ce pas Antoine ?

– Mon père voulait me forcer à me marier avec elle.

– Tu ne veux toujours pas ?

– Oh ! Non !

Les deux frères se regardent avec espoir.

– Mais, intervient Marie, que va-t-on dire au village ?

– Rien Marie ! Tu sembles toujours oublier qui je suis ici ! Je vais m'en occuper personnellement. Cette Ninon, c'est bien la fille de Léon ?

– C'est ça.

– Je ne le connais pas beaucoup car sa ferme lui appartient mais je vous parie qu'il sera trop heureux de me voir chez lui !

– Vous voulez dire que Pierre va pouvoir l'épouser ?

– Si elle accepte…

– Oui, oui, bien sûr. Mais ce serait incroyable !

Antoine est très heureux et devant lui se profile le visage ravissant de la brune Lucie.

– Pas sûr qu'elle veuille de moi, reprend Pierre.

– Pourquoi ?

– Tu demandes pourquoi ? Mais parce que tout le monde préfère Antoine !

Et pourtant Ninon accepte. Et avec joie en plus ! Sa dernière rencontre avec l'aîné lui laisse un goût amer et elle n'est pas sotte au point de ne pas comprendre qu'il ne veut pas d'elle. Le cadet est beau garçon et elle est heureuse de ne pas lui être indifférente.

– Je suis complètement dépassé, dit Léon que la visite du comte laisse pantois. Mais après tout, pourquoi pas ?

Il est prêt à tout accepter pour lui être aimable.

– Mais au village ? Qu'est-ce qu'on va penser ?

– Ils n'ont rien à penser, mon cher ami. L'amour n'est-il pas un mystère, après tout ?

Léon est aux anges.

– Mon cher ami, il m'a dit le comte ! répète-t-il sans cesse à son épouse dès qu'Armand a quitté leur maison. Crois-moi, ma fille ! Tu vas entrer dans une famille importante. C'est un beau mariage que tu fais là !

Lorsqu'Armand arrive à la ferme, les deux frères, anxieux, l'attendent dans la cour.

– Alors ? demande Antoine.

– Je crois que ce n'est pas toi qui serreras Ninon dans tes bras… mais bien ton frère !

– Elle a accepté ? demande ce dernier pour être certain de ce qu'a dit Armand.

– Bien sûr ! Et elle n'a pas hésité une seconde ! Désolé pour toi, Antoine mais je crois qu'elle avait compris !

Les deux garçons s'étreignent fraternellement et Pierre s'en va rapidement cueillir un bouquet de fleurs pour sa promise.

– Et toi Antoine ? Tu penses à quelqu'un ?

Il sourit à Armand.

– Oh ! Oui ! Et grâce à vous, tout est possible à présent. Je ne pourrai jamais assez vous remercier.

– Je t'ai dit ce que j'attends de toi.

– Et je serai à la hauteur !

– Bravo, mon garçon ! Entrons à présent. Nous avons une bonne nouvelle à leur annoncer.

Antoine annonce d'une voix forte :

– Il y aura bientôt deux mariages dans cette maison !

Après la veillée, Marie et Armand restent seuls. Elle serre frileusement un châle sur ses épaules et pense tristement que demain il ne sera plus là. Elle aimerait trouver les mots pour lui dire de rester à ses côtés mais elle sait que c'est impossible. Et puis elle sent qu'il ne veut pas. Il est un peu fuyant et gêné depuis deux jours.

– Te voilà libre, Marie…

– Je sais.

Son air malheureux et résigné le met mal à l'aise, il tente de se justifier.

– J'ai donné cette ferme à ton fils pour deux raisons. La première c'est simplement parce que j'en avais envie. La deuxième, c'est pour que tu sois à l'abri et libre de choisir.

– Choisir ?

– Ta vie, ton destin… un homme pourquoi pas ?

Il essaie de lui dire ça avec désinvolture et elle a l'impression d'avoir été giflée. Elle se redresse et le regarde intensément.

– Je ne te demande rien, Armand. Tu n'avais pas besoin de nous donner tout ça pour te donner bonne conscience.

– Mais ce n'est pas du tout…

– Attends Armand, le coupe-t-elle, je veux que tu comprennes juste une chose : je sais qui tu es et qui je suis et je sais aussi que nous n'avons aucun avenir commun. Je l'ai toujours su. Mais ne me parle plus jamais de ça. Tu es et tu seras le seul à jamais. Ne me demande pas de refaire ma vie. Moi en tout cas, je ne te demande rien. Ou seulement de me laisser vivre avec mes souvenirs. Je veux que tu partes à présent.

Elle se lève et dans ses yeux, il peut lire tout l'amour qu'elle lui porte. Il voudrait la serrer fort contre lui mais il sent que ce serait maladroit dans un tel moment. Il lui effleure doucement la joue et elle lui sourit. Dès qu'il a passé la porte, elle tombe à genoux et pleure pendant un long moment…

CHAPITRE X
L'ensorceleuse

Ils ont pris la route ce matin. Après des adieux déchirants à sa famille, Blanche est montée sur le magnifique cheval qu'Armand lui a offert. Elle pensait prendre Pommeau mais il l'a convaincue de laisser le poney à la ferme.

– Il est encore fort, tu sais. Et il pourrait être bien utile à ta famille.

Cet argument l'emporte car elle n'a d'abord pas aimé qu'Armand lui dise :

– Tu es trop grande à présent. Il te faut une vraie monture !

– Mais Pommeau est une vraie monture !

– Ce n'est pas ce que je voulais dire… Tu ne trouves pas que c'est une bête magnifique ?

Il lui désigne l'animal et elle doit admettre qu'il est superbe. Sa robe est dorée, sa crinière blonde et il lui paraît immense. Mais ce qu'elle préfère, ce sont ses yeux en amandes qui lui donnent l'air si doux.

– C'est vrai que tu es beau, lui dit-elle en lui flattant l'encolure. Comment s'appelle-t-il ?

– Elle !

– Oh ! Pardon, jolie Demoiselle !

– Elle s'appelle Hestia.

– Drôle de nom !

– C'est celui d'une déesse grecque.

– Qu'est-ce que c'est que ça ?

– Je t'apprendrai. Il est temps que tu saches autre chose que monter à cheval.

– Hestia… ça me plaît.

– Tant mieux car c'est la déesse du foyer.

– Alors c'est parfait.

Sergueï la regarde caresser le cheval et son sourire l'émeut comme à chaque fois.

– Elle est encore plus belle lorsqu'elle est heureuse…

Elle se tourne vers lui et il ne peut détourner les yeux, sous peine de passer pour un mufle.

– Elle est magnifique Sergueï, n'est-ce pas ?

– C'est un bel animal en effet. Nous y allons ?

Le ton est impersonnel et il semble totalement désintéressé. Elle refoule ses larmes en pensant à la gentillesse avec laquelle il s'adressait à elle après la mort de Yann.

– Saurai-je un jour ce que j'ai fait pour mériter ça ?

Elle a pourtant plus que jamais besoin de son soutien. Elle va quitter sa famille pour des mois, sa grand-mère mourra d'ici peu alors qu'elle sera loin et en plus, depuis deux nuits, elle fait des cauchemars affreux où Yann la poursuit et l'attrape à chaque fois…

– Je te préviens Blanche, lui dit Armand en la faisant sursauter, à Paris tu devras monter en amazone.

Elle s'est habillée comme un homme pour faire le voyage et sa mère lui a même relevé les cheveux en un lourd chignon qui descend sur la nuque.

– Je sais mais je n'allais pas jouer les coquettes pour un tel voyage !

Elle se jette alors dans les bras de sa mère.

– Tu vas tellement me manquer, Maman. Prends soin de toi et de grand-mère.

Marie ne peut rien dire sous peine d'éclater en sanglots. Blanche comprend et s'éloigne en lui souriant.

– Antoine, dit-elle en prenant les mains de son frère. Je sais que je peux te les confier mais…

Il la serre dans ses bras et lui murmure à l'oreille :

– Va donc à présent et ne t'inquiète pas pour nous. Nous nous reverrons très vite !

– Tu seras peut-être déjà marié !

– Nous attendrons que la période de deuil soit terminée. Avec un peu de chance, tu seras rentrée ?

– J'espère…

– Mais pense donc à toi ! Tu te rends compte ? Tu vas à Paris ! Avec ton père…

Elle s'éloigne brusquement.

– Comment le…

– Chut ! dit-il espiègle, avec un doigt sur la bouche. Il faudrait être aveugle pour ne pas deviner !

– Tu ne m'en veux pas ?

– Quelle question idiote ! Tu n'y peux rien à ce que je sache ?

Ils rient et elle se défait de mauvaise grâce de ses bras réconfortants pour saluer les autres. Pierre est tellement heureux depuis qu'il sait qu'il peut épouser

Ninon que rien ne semble l'atteindre ! Il salue sa sœur comme si elle n'allait faire qu'une simple promenade ! Elle lui sourit avec indulgence, heureuse elle aussi de son bonheur. Jeanne l'embrasse avec effusion en lui recommandant mille prudences et Geoffroy lui dit à peine au revoir. Il ressemble tellement à Yann qu'elle frissonne et s'éloigne vite pour serrer ses petites sœurs, collées les unes aux autres pour se réconforter. Allan est venu exprès pour lui souhaiter une bonne route et sa chevelure blonde lui chatouille le nez lorsqu'il lui plaque un gros baiser sur la joue.

– Allons Blanche, nous devons partir, lui dit gentiment Armand qui s'en veut de la brusquer.

Il vient de dire adieu à Isabelle et il entend encore ses paroles :

– Ne laisse pas ta vie passer deux fois à côté de toi, Armand. Tu sais bien où est ton bonheur, prends garde de ne pas le perdre…

Il regarde Marie intensément et pas une fois, elle ne posera les yeux sur lui. À peine s'éloignent-ils de la ferme qu'elle court se réfugier à l'intérieur. Elle ne peut supporter de les voir partir, c'est au-dessus de ses forces…

– Il reviendra, lui dit sa mère.

– Je sais qu'il reviendra. Il ne restera pas éternellement dans cette ville.

– Et cette fois, tu seras libre.

– Et alors ? Il ne veut pas de moi.

– Il te l'a dit ?

– Il me l'a fait comprendre.

– Sois patiente, Marie.

– La patience ne m'aidera pas à me transformer en princesse !

– Non, mais peut-être en comtesse…

Blanche est triste que sa mère soit entrée dans la maison alors que les autres sont restés dehors. Elle les salue jusqu'à ce qu'ils disparaissent de sa vue.

– Ma chère grand-mère, pense-t-elle, si seulement tu pouvais guérir.

Mais les paroles d'Isabelle lui reviennent en mémoire lorsqu'elle est allée lui dire adieu.

– Je veillerai sur toi de là-haut, tu sais ? Ne pleure pas et à présent va-t'en sans remords et profite de ce que la vie va t'offrir.

– Oui, mais toi ?

– Quoi moi ? Mon existence terrestre touche à sa fin, et alors ? Je veux partir !

– Mais tu vas me manquer…

Elle attrape alors la main de sa petite-fille avec le peu de force qui lui reste et lui dit avec douceur :

– Je vivrai à travers toi. Et si le destin te joue de mauvais tours et que tu es trop malheureuse, reviens ici. C'est là qu'est ta famille et c'est eux qui t'aideront à aller mieux.

Un sourire se fige sur les lèvres de Blanche lorsqu'elle pense au visage ridé de sa chère grand-mère.

– C'est vrai que tu vis en moi, se dit-elle radieuse. Je ne t'oublierai jamais.

Une larme glisse sur sa joue.

Il y a des heures qu'ils sont à cheval, ne s'accordant qu'une courte pause dans une auberge. Pendant qu'Armand va réserver une table et commander le repas, il laisse Sergueï et Blanche s'occuper des chevaux.

– Peut-être feront-ils la paix, se dit-il en les laissant.

Mais à peine est-il parti que Sergueï s'en prend à la jeune fille.

– Mais qu'est-ce que tu fais à cette pauvre bête ?!

– Je la bouchonne…

– Elle sera malade avec un tel traitement ! Tu dois essuyer plus fort ! Comme ça !

Il attrape une poignée de paille et il frotte vigoureusement la jument qui ne semble pas apprécier.

– Vous trouvez que c'est mieux ?

Son humeur exécrable commence à sérieusement l'exaspérer et elle n'a pas du tout envie de le laisser se moquer d'elle.

– Je me suis toujours très bien occupée de Pommeau ! Il n'a jamais été malade !

Il la regarde avec dédain.

– Ne compare pas un poney et ta jument ! C'est une bête magnifique que tu as là ! Tu dois en prendre soin ! À moins que tu ne te comportes déjà en enfant gâtée…

– Mais qu'est-ce qui vous prend à la fin ? Qu'avez-vous contre moi ?

– Mais rien du tout ! Je n'aime pas les gamines écervelées ! C'est tout !

Il ne voulait pas lui dire ça, surtout qu'elle n'est pas du tout ainsi mais il veut lui faire mal. Il est presque heureux de constater qu'il a réussi.

– Vous êtes méchant, c'est horrible ce que vous me dites… Pourquoi avoir été si gentil avec moi si c'est pour me dire des horreurs pareilles maintenant ?

Elle s'éloigne de quelques pas, totalement anéantie, et il ne sait comment s'excuser.

– Pourquoi suis-je aussi dur avec elle ? Elle a raison… Et pourtant, je devrais lui dire à quel point je l'admire. C'est une cavalière exceptionnelle. Elle n'a peur de rien et suit notre rythme sans se plaindre !

Il pense à cet obstacle qu'ils ont dû franchir auparavant. Pas un cri. Elle l'a passé avec la même aisance qu'eux.

– Que vous ai-je fait, Sergueï ?

– Mais… rien ! Il n'y a rien !

Son ton supérieur la met hors d'elle. Elle s'approche de lui, l'air furibond, et les mains sur les hanches, lui lance :

– Vous vous moquez de moi ?

Un peu plus et il la prendrait dans ses bras tant elle est jolie en colère dans sa tenue d'homme.

– Est-ce une façon de s'adresser aux gens, jeune fille ?

– Aux gens peut-être pas mais à vous, oui ! Vous devenez franchement odieux ! Pourquoi ?

La détresse qu'il sent derrière son agression le déstabilise.

– Serait-il possible qu'elle aussi… se dit-il.

Il n'ose aller au bout de sa pensée. Elle l'observe sans lâcher sa position. Des tas d'expressions passent sur son visage et elle le trouve plus beau encore.

– Je le touche, se dit-elle victorieuse. Je ne lui suis pas indifférente alors !

Il comprend qu'elle a vu clair en lui et vexé, retourne sa fureur contre elle.

– Tu ne me parles plus sur ce ton, tu entends ? Une jeune fille doit se tenir correctement et encore plus vis-à-vis d'un homme !

Armand arrive à cet instant, étonné d'entendre son beau-frère tenir de tels propos.

– Que se passe-t-il, Sergueï ?

– Votre fille a été élevée dans une ferme ! Il va falloir lui apprendre les bonnes manières !

Il leur tourne le dos et s'en va en maugréant en russe.

– Blanche ? demande Armand, qu'as-tu fait ?

– Parce que c'est moi ? Il est injuste et je ne veux plus jamais lui parler !

Et comme Sergueï, elle quitte Armand en furie.

– Ça promet… se dit-il en souriant.

Ils voyagent durant deux jours. L'ambiance est exécrable et plus personne ne parle. Même Armand a abandonné l'idée de faire de ce voyage une fête.

– Je propose que l'on s'arrête encore cette nuit.

– Mais nous ne sommes plus très loin, nous avons dépassé Chartres.

– J'ai peur que Blanche ne puisse tenir plus longtemps.

– Je l'avais oubliée, répond-il.

Blanche se retient de l'insulter.

– Ça ira très bien, je vous remercie.

Elle ne veut surtout pas leur montrer qu'elle est épuisée. Sergueï s'approche d'elle et lui dit doucement afin qu'Armand ne l'entende pas :

– Les filles ne devraient pas monter à cheval… une vraie fille, je veux dire.

Les larmes aux yeux, elle le fusille du regard.

– Pourquoi ?

– Vous feriez mieux d'apprendre la broderie !

Il a parlé trop fort et Armand a entendu. Agacé, il répond :

– Mais elle va apprendre !

– Quoi ? demande la jeune fille.

– Je t'avais prévenue, Blanche. Tu ne peux pas t'occuper uniquement des chevaux, aussi bonne cavalière sois-tu. Je veux que tu deviennes une vraie demoiselle.

Elle soupire de dépit.

– La broderie… quelle horreur ! pense-t-elle sans oser le formuler à haute voix.

– Cela étant dit, j'ai le privilège de l'âge et je vous avoue que je suis fourbu. Arrêtons-nous dans cette auberge, demain nous rentrerons glorieusement dans Paris. Et tâchez de vous tenir correctement. J'en ai assez de vos disputes.

Sergueï se sent comme un petit garçon pris en faute. Il a vraiment honte de se comporter ainsi et comprend Armand.

– Je dois me calmer, se dit-il.

Il lance un coup d'œil à Blanche. Elle le regarde, une tristesse infinie au fond des yeux et lance son cheval au galop sans les prévenir. Il devine qu'elle a besoin de se défouler… ou peut-être seulement de s'éloigner de lui.

– Vous n'aimez pas Blanche, Sergueï ? lui demande Armand dès que sa fille a disparu.

– Excusez-moi, je suis seulement agacé depuis peu car je crois que mon pays me manque.

– Et Tatiana ?

– Évidemment.

Encore une fois, elle était si loin de ses pensées qu'il répond cela sans aucune conviction.

– Je vais demander pardon à Blanche.

Il part au galop lui aussi, dans l'espoir de la rattraper. Il ne supporte même pas l'idée de la savoir loin de lui. Avec soulagement, il voit rapidement qu'elle s'est arrêtée, laissant sa jument profiter d'une herbe bien grasse. Elle lui tapote affectueusement l'encolure et lui parle avec douceur. Elle se tend dès qu'elle l'aperçoit et s'attend au pire.

– Pourquoi arriver comme un beau diable ? Est-ce pour me gronder encore une fois ? Si c'est…

– Excuse-moi, Blanche, la coupe-t-il. Je ne voulais pas être méchant.

– Ah ? J'ai pourtant bien cru…

– Je sais, l'interrompt-il encore une fois. J'ai été stupide.

– Pourquoi, alors ?

– Je commence à avoir le mal du pays.

– Tatiana lui manque ! ajoute Armand qui s'arrête lui aussi à sa hauteur.

Blanche pâlit. Ses yeux bleu glacé se fixent dans le regard couleur d'eau de Sergueï et elle parvient à lui demander avec difficulté :

– C'est votre fiancée ?

Il n'arrive pas à lui répondre car ses soupçons se confirment à cet instant. Elle l'aime, il en est certain. Armand, surpris, répond à sa place :

– Mais oui ! Ils doivent se marier à l'automne. J'entends parler d'elle depuis des jours ! N'est-ce pas Sergueï ?

– Oui…

Chaque mot transperce un peu plus le cœur de Blanche mais avec courage elle lui dit :

– Félicitations. Je ne savais pas.

– Mais si Blanche, je t'en ai parlé une fois. Mais tu n'as rien écouté. Bon, allons-y à présent. Nous fêterons cette heureuse nouvelle à l'auberge. Puisque vous avez le mal du pays, comme vous dites, nous parlerons de Tatiana toute la soirée. Qu'en penses-tu Blanche ?

– J'ai hâte d'y être…

Une fois dans sa chambre, elle s'écroule sur le lit. La couverture est poisseuse et la pièce est très humide mais Blanche ne remarque rien. Elle ne pleure pas et reste très calme au contraire.

– Il est fiancé, ne cesse-t-elle de se dire. Il n'y a plus aucun espoir…

Elle frissonne et demande qu'on lui apporte du bois. Une joyeuse flambée crépite bientôt dans la cheminée et elle reste devant pour se réchauffer et détendre ses muscles endoloris.

– Tatiana… nia, nia, nia !

Elle marche furieusement dans la pièce de long en large mais ne parvient pas à se calmer.

– Il sera marié à l'automne.

Croyant devenir folle, elle va se poster devant un miroir posé sur un petit meuble. Il y a aussi un broc et une bassine. Elle se sent si sale, qu'elle décide de se débarbouiller. Elle retire son gilet d'homme et la grande chemise blanche qui lui bat les cuisses. Elle s'observe ensuite comme elle ne l'a jamais fait auparavant. Sa poitrine est ferme, ronde, bien développée pour son âge. Sa taille est fine et le pantalon qui appartenait à Pierre, lui moule les jambes et lui dessine une jolie silhouette. Elle se regarde de profil, de face et finit par éclater de rire.

– Je suis totalement idiote ! Heureusement que tante Jeanne ne me voit pas, elle pourrait croire que j'ai pactisé avec le diable à me déshabiller ainsi.

Elle verse l'eau glacée dans la cuvette et à l'aide d'un bout de tissu qu'elle trempe, elle se lave. Malgré les frissons que lui donne l'eau si froide, elle se sent mieux. La poussière des chemins ne macule plus son visage et elle retourne près de son lit, sur lequel elle a posé délicatement ses habits. À cet instant, elle pousse un hurlement de terreur car la porte de sa chambre s'ouvre avec fracas. Sergueï est entré comme un dément et la claque derrière lui. Il semble enfin comprendre que la jeune fille est à moitié dénudée. Elle rougit furieusement et plaque ses mains sur ses seins, en une illusoire protection.

– Mon Dieu, Blanche ! Mais habillez-vous bon sang !

– Je vous signale que je suis dans ma chambre ! Vous pourriez frapper avant d'entrer comme un sauvage ! Mais retournez-vous à la fin !

Il s'exécute, non sans avoir admiré au préalable, les lignes parfaites de son corps. Ses sentiments de plus en plus confus s'entrechoquent et il tente d'effacer l'image sensuelle de la jeune fille.

– Vous pouvez vous retourner à présent.

Il la regarde, presque déçu de la découvrir en chemise.

– Que voulez-vous ? l'attaque-t-elle de front. Me parler de Tatiana ?

– Pas du tout.

Il ne sait même plus pourquoi il est venu. Peut-être pour lui signifier qu'il souhaite la paix ? Ou seulement pour la voir ? Il faut cependant qu'il trouve une excuse. Au lieu de ça, il la regarde avec insistance et l'admire sans se lasser. Ses longs cheveux noirs retenus par le volumineux chignon, laissent échapper à présent quelques mèches indisciplinées. La couleur de ses yeux est si intense que sa peau paraît plus pâle encore et la roseur légère de ses joues trahit son mécontentement.

– Alors ? Que voulez-vous ?

Il se réveille enfin et toussote un peu gêné.

– Je suis venu en ami.

– C'est pour cette raison que vous venez de défoncer ma porte comme un soudard ?

– Je m'excuse, Blanche. Pourriez-vous être un peu aimable ?

– Et après ? Pour ce que ça change…

Elle va se mettre devant la cheminée et tend ses mains vers les flammes.

– Je viens en ami, je vous dis.

– Et vous me vouvoyez ?

– C'est votre père qui me l'a demandé. Il ne veut pas faire de différence entre Alexandra et vous, c'est pour ça. Je voudrais vous aider moi aussi pour votre arrivée dans notre monde. Il est sensiblement différent et je ne voudrais pas que vous dépareilliez.

Voyez-vous, les femmes de la haute société se comportent avec un peu plus de délicatesse…

– Et les hommes du mien, frappent aux portes avant d'entrer !

– Combien de fois devrai-je vous dire pardon ?

Elle ignore sa question et il continue :

– Le fait que vous ayez grandi dans une ferme entourée par vos grands frères vous… comment dire… ?

– Oui, comment dire, Sergueï ?

La discussion l'agace et son jugement l'attriste.

– Vous n'êtes pas un garçon, voilà. À Paris…

– Je vais être franche avec vous, le coupe-t-elle rageusement, je n'ai pas honte de la ferme où j'ai grandi et si les sottes de votre monde ne sont pas contentes et bien, ça m'est égal ! Ne vous occupez plus de moi et gardez donc votre précieuse amitié pour quelqu'un d'autre ! Pour votre Tatiana, nia, nia, nia !

Il essaye de garder son calme.

– Je voulais simplement me comporter avec vous comme je le fais avec Alexandra.

– Oui, mais je ne suis pas Alexandra. Elle, c'est une vraie fille, n'est-ce pas ? J'imagine qu'elle a droit à un peu plus d'égard de votre part. Écoutez-moi, si ma tenue ne vous convient pas, ce n'est pas mon problème. En attendant, pour s'arrêter dans ce genre d'auberge je trouve ça beaucoup plus décent et pratique. Et puis je n'allais certainement pas passer trois jours à cheval en amazone pour vous faire plaisir et ne pas écorcher vos yeux !

– Vous êtes insolente !

– En plus ! Décidément, je n'ai aucune qualité ! Si cela ne vous convient pas, vous pouvez bien sortir de ma chambre. Après tout, je ne vous ai pas invité.

Il est estomaqué d'être ainsi congédié. En deux pas, il la rejoint devant la cheminée. Elle se retient de reculer, écrasée par sa force et au contraire, le regarde bien droit dans les yeux avec défi.

– On ne me parle pas ainsi ! Personne, et encore moins une femme !

– Décidez-vous à la fin ! Il y a quelques instants, je n'en étais pas une !

– Vous n'êtes qu'une gamine insupportable !

– Et vous, vous êtes odieux !

Elle ne lui cède pas un pouce de terrain et Sergueï est à bout.

– Vous allez vous excuser.

– Certainement pas !

Il est partagé entre l'envie de la serrer dans ses bras et celle de lui coller une gifle. Elle est terrorisée mais pour rien au monde, elle ne veut lui montrer. Elle se campe plus fermement sur ses deux jambes et attend car il ne dit plus rien. Il tourne les talons et fait mine de s'en aller. La main sur la poignée de la porte, il hésite un instant. Il se retourne et la regarde. Elle ne dit qu'un mot :

– Sergueï…

Ils se lancent l'un vers l'autre et il l'attrape dans ses bras en la serrant si fort qu'elle croit étouffer. Il la soulève même du sol et enfin l'embrasse avec un sentiment étrange mêlé de bonheur et de désespoir. Il voudrait ne plus penser à rien. Ou rien qu'à elle. Blanche veut se rapprocher encore de lui et se love contre le corps massif de Sergueï. Ils ne seront jamais assez près. Elle sent qu'il la repousse. Doucement au début et puis il se détache d'elle.

– Nous n'aurions pas dû.

– Pourquoi ?

– Tu… vous n'avez que quatorze ans, Belenka.

– Et alors ? Je vous aime depuis la première fois que je vous ai vu !

– C'est impossible ! Vous aviez à peine dix ans.

Elle avance vers lui et il recule.

– Je vous fais peur ?

– Ne soyez pas ridicule !

– C'est à cause de Tatiana ?

– Pas du tout.

– Vous ne m'aimez pas ?

Il ne répond pas.

– Je m'excuse, Belenka. Je n'aurais pas dû faire ça. Ça ne se reproduira pas.

– Oh ! Que si !

– Comment ?

– Je vous dis que nous recommencerons !

– Je vous dis que non. Et puis, je ne vous aime pas.

– Moi, je crois que si. Mais vous ne voulez pas l'admettre car je ne suis qu'une enfant.

– Vous êtes folle. Je m'en vais maintenant.

– Partez, Sergueï. Mais un jour, je vous jure que m'épouserez !

Il éclate de rire.

– Je vais épouser Tatiana.

– Oh ! Non !

Elle se jette à son cou, il la repousse mais elle ne lâche pas prise.

– Regardez-moi, lui dit-elle.

Il plante ses yeux dans les siens et il ne voit plus rien de l'enfant qu'elle est encore. Son regard est celui d'une femme, amoureuse et passionnée.

– Je deviendrai celle dont vous rêvez. Broderie, pas de danse, rougeur aux joues… Je suis prête à tout ! Colifichets, rubans, dentelles… plus rien n'aura de secret pour moi !

Il aimerait lui dire à quel point il se moque de tout ça et combien il la trouve parfaite comme elle est. Mais il ne peut pas.

– Je vous aime, Sergueï.

Cette nouvelle déclaration le rend presque fou et sans plus se retenir il l'embrasse violemment, laissant aller toute la passion qui l'anime depuis qu'il l'a revue. Ses grandes mains parcourent son corps et elle gémit de plaisir. Il s'arrache à son étreinte et sort presque en courant de sa chambre. Il s'appuie un moment sur la porte qu'il vient de refermer. Il reprend ses esprits et lorsqu'il s'en va, il entend son petit rire à travers le bois. C'est un rire de bonheur, le plus beau qui soit. Il sourit.

– Ma diablesse… Mon ensorceleuse… Belenka !

Ils entrent dans Paris à midi. Le soleil est haut et il chauffe beaucoup. Blanche tend son visage vers ses rayons et soupire de bien-être. Armand a tout de suite remarqué un changement entre sa fille et Sergueï. Ils se parlent à nouveau et une tendre complicité semble les réunir comme auparavant. Il les observe avec attention et comprend qu'il s'est passé quelque chose à l'auberge. Quoi ? Il ne sait pas. Mais il est ravi et a, de toute façon, entièrement confiance en son beau-frère. Plusieurs fois, il surprend les regards qu'ils échangent et comme au château, il se demande s'il ne rêve pas.

– Nous verrons bien, se dit-il attentif.

Blanche regarde autour d’elle et semble émerveillée.

– Je n’ai jamais vu autant de maisons !

Ils traversent la rue de Sèvres et elle ne cesse de regarder, à droite, à gauche, en haut, par terre… Elle écoute, elle sent, elle s’exclame…

– Que c’est large !

– Et tu n’as pas encore vu les Champs-Élysées.

– C’est encore plus grand ?

– Oh ! Oui !

– Mais on ne peut pas se parler d’un trottoir à l’autre !

Elle regarde les potences sombres qui s’alignent et comprend que c’est l’éclairage public. Les murs sont bariolés car ils sont tapissés d’affiches en tous genres, colorées et agressives pour certaines. Une femme, un panier sous le bras, sa robe largement ouverte sur une gorge opulente, les regarde passer. Visiblement admirative des deux hommes, elle éclate de rire en voyant Blanche.

– T’es pas d’ici ma jolie ! T’as perdu ta robe en route ?

Blanche rougit car des gens se retournent pour la voir. Sergueï se place devant elle pour la protéger.

– N’as-tu rien d’autre à faire qu’à te moquer ?

– Je veux bien m’occuper de « Monseigneur au bel accent », dit-elle insolente, en exécutant une profonde révérence qui laisse apparaître plus encore, ses deux énormes seins.

Ils reprennent leur chemin et les deux hommes se mettent de chaque côté de Blanche.

– Ne prends pas garde à cette femme, lui dit Sergueï très contrarié par cette scène. Ces Parisiennes sont si irrévérencieuses !

Elle sourit, heureuse qu'il ait pris sa défense.

Alexandra est comme chaque jour devant la fenêtre, à guetter leur retour. Voilà maintenant deux semaines que son père et son oncle ont quitté l'hôtel particulier et depuis, elle n'a pas reçu de nouvelles. Elle est très inquiète, aussi passe-t-elle son temps dans ce fauteuil. Elle brode et bavarde nerveusement avec sa grand-mère Constance, qui lui tient compagnie et la rassure.

– Ils ne tarderont plus, lui dit-elle ce jour-là comme tous ceux qui ont précédé.

Alexandra pose son ouvrage sur ses genoux, en prenant garde de ne pas perdre son aiguille. Elle soupire, lasse d'attendre.

– Mais que se passe-t-il ? Pourquoi ne rentrent-ils pas ?

– Ne vous faites donc pas tant de soucis, votre père est…

La vieille dame est coupée par la cloche.

– Mon Dieu, pourvu que…

Elles se regardent avec espoir. Dans la cour, les domestiques accourent et ouvrent les lourds battants de bois, qui isolent la maison de la rue.

– Ils sont là, crie Alexandra en riant.

Les trois cavaliers entrent et Constance n'a même pas le temps de répondre à sa petite-fille. Elle dévale déjà les escaliers et s'élance dehors pour tomber dans les bras de Blanche. Elles pleurent et rient de bonheur en s'étreignant. Armand et Sergueï les regardent avec émotion, très heureux de les voir enfin réunies. Alexandra va ensuite embrasser son père et lui dit :

– Merci de nous l'avoir ramenée.

L'air grave de son père l'inquiète.

– Il s'est passé quelque chose, père ?

– Comme je l'avais craint, oui. Il nous faut être vigilants car elle a vécu de sombres événements, murmure-t-il à sa fille.

Bouleversée, Alexandra acquiesce. Après avoir salué son oncle, elle retourne près de Blanche. Celle-ci lui prend les mains et la fait tourner devant elle. Le contraste est saisissant entre elles deux. La blonde Alexandra dans sa robe féerique, les cheveux tirés en un chignon savamment étudié et Blanche, habillée comme un homme, de la terre sur une joue et les mèches noires de sa coiffure qui lui chatouillent le nez !

– Alexandra, vous êtes… magnifique ! Cette robe est incroyable.

La création de Worth la déstabilise. Un savant mélange de gris clair et gris foncé la rend métallique. Elle n'a rien d'une robe de demi-deuil malgré la couleur. Les froncés, les bouillonnements et les pinces lui donnent l'air d'un beau nuage, un jour pluvieux.

– Père vous emmènera chez mon couturier. Il est très extravagant mais c'est un génie, je crois. Vous ne pouvez décemment plus vous habiller ainsi maintenant !

– Vous n'allez pas commencer vous aussi ! répond-elle en riant. Vous parlez comme une grande dame, à présent… Mon couturier ! Rien que ça !

– Je n'ai presque rien vu de cette ville mais je m'y sens bien. L'Exposition Universelle a ouvert ses portes il y a quinze jours, on parle de bal, d'empereur, d'impératrice… Il se passe des choses, ici ! Venez, allons saluer grand-mère.

Elles entrent dans un petit salon et Constance se lève pour lui souhaiter la bienvenue.

– Merci, Madame la Comtesse.

– Appelez-moi Constance, ma petite fille, vous me feriez vraiment plaisir. Vous devez être épuisée ? Armand m'a dit que vous avez passé presque trois jours à cheval. C'est beaucoup pour une jeune fille, non ?

– Je vous remercie de vous inquiéter pour moi mais ça va. Je suis cependant soulagée d'être enfin arrivée.

– Et votre famille, comment va-t-elle ? Ma chère amie Isabelle ?

– Armand ne vous l'a pas dit ?

– Non, qu'y a-t-il ? Vous semblez triste.

– Ma grand-mère est au plus mal… Elle m'a dit adieu lorsque nous sommes partis.

– Je suis désolée.

Et elle l'est sincèrement. Cette nouvelle lui cause une grande peine et Blanche s'en veut un peu de le lui annoncer ainsi.

– Ma pauvre enfant, je sais à quel point vous êtes proche d'elle.

– C'est vrai.

– Vous semblez bien morose toutes les trois, dit Armand en pénétrant dans la pièce.

– Nous parlions d'Isabelle.

– Ne soyez pas peinées. Elle est très heureuse de rejoindre enfin son cher mari et elle a eu une belle vie.

– Je le sais bien mais c'est tout de même difficile.

– Allons Blanche, j'aimerais te parler. Je vous l'enlève quelques instants.

– Mais Père, elle vient juste d'arriver !

– Quelques instants, ensuite je vous la rends, c'est promis.

Heureuse de la tendresse que lui prodiguent déjà les deux femmes, elle suit Armand à travers le dédale de pièces.

– Oh ! s'exclame-t-elle en entrant dans une bibliothèque. Je n'ai jamais vu tant de livres.

– La plupart sont en russe.

– Pourquoi ?

– Nous sommes dans l'hôtel particulier d'un compatriote de Sergueï.

Elle parcourt la pièce, laissant traîner ses mains sur les luxueuses couvertures de cuir. Sur les reliures, elle voit de drôles de signes et comprend que c'est ainsi que l'on écrit en russe. Une odeur flotte dans la bibliothèque et Blanche se demande ce que c'est. Elle ne la connaît pas encore car c'est simplement celle des livres.

– Ça vous plaît ? lui demande-t-il.

– Oui, ce n'est pas un endroit comme les autres.

Elle aspire autant d'air qu'elle le peut et soupire d'aise en le regardant. Il sourit.

– Si vous aimez les livres, vous apprendrez vite. C'est d'ailleurs de ça que je dois vous parler.

– Mais nous venons d'arriver ?

– Oui, mais nous devons nous mettre d'accord sur certains points. C'est très important. Pour commencer, vous avez remarqué que je ne vous tutoie plus…

– Pour quelle raison ? J'aime bien quand vous me tutoyez.

– Vous êtes ma fille, Blanche et dans notre monde, nous vouvoyons les membres de notre famille. Ici, vous n'êtes plus la fille de Yann et Marie mais bien la mienne. Je vous veux à l'image d'Alexandra et je ne ferai aucune différence entre vous deux. Qu'en pensez-vous ?

– J'ai peur de vous décevoir, Armand. Alexandra est fine, cultivée, gracieuse… À côté d'elle, j'ai l'air… de ce que je suis d'ailleurs ! J'ai grandi dans une ferme et j'en suis fière, vous savez ?

– Je suis heureux de l'entendre, Blanche et je ne voudrais pas que vous reniiez vos origines. Ce serait comme si vous rejetiez les vôtres ! Ce n'est pas ce que je souhaite, rassurez-vous. Mais vous savez, les gens ne vous épargneront pas malheureusement, surtout ici, à Paris.

– Et que dois-je faire, alors ?

– D'abord essayer de m'appeler Père…

Elle rougit.

– J'aimerais beaucoup mais je ne sais pas si je vais y arriver.

– Je sais que c'est un peu tôt mais si vous m'appelez Armand, alors que je vous présente comme ma fille… ce sera encore plus étrange.

– Je comprends. Je ne veux pas que vous pensiez que je n'en ai pas envie, c'est juste que je dois m'y habituer ! Je ferai des efforts, je vous le promets.

Mais Alexandra, votre mère, votre sœur… Ne seront-elles pas choquées ?

– Alexandra a deviné et je pense que ma mère aussi. Je vais lui parler de toute façon. Quant à ma sœur, je la soupçonne de le savoir depuis longtemps.

– Bon… Vous voulez me dire autre chose ?

– Vous avez hâte de rejoindre Alexandra, n'est-ce pas ?

– Oh ! Oui ! Maintenant que nous savons toutes les deux quels liens nous unissent, j'aimerais la serrer très fort dans mes bras !

– Juste une chose. Vous ne pourrez pas devenir comme Alexandra sans qu'on vous aide…

– Et puis il y a du travail ! !

– Vous aurez donc des professeurs.

– Moi ?

– Qui d'autre ?

Il sourit.

– Ils vous apprendront à lire, à écrire, à compter, la géographie, l'histoire…

– Tout ça ? se réjouit-elle.

– Mais il n'y a pas que ça. Vous devrez aussi connaître la broderie, la danse, les bonnes manières… Ne faites pas la grimace !

– Pardon.

– Je peux compter sur vous pour vous appliquer ?

– Bien sûr. Je serais vraiment ingrate d'y mettre de la mauvaise volonté alors que vous vous donnez tant de mal pour moi ! Je vais vous éblouir !

Elle pense surtout à Sergueï à cet instant.

– Je serai une vraie jeune fille…

– À présent, allez vous changer ! Je ne peux plus supporter vos vêtements !

– À vos ordres, Armand ! ! Heu… Père !

Elle s'enfuit et lorsqu'elle est sortie de la pièce, il éclate de rire.

– Quel phénomène ! !

Ce soir-là, après le repas, Blanche est prise d'une violente migraine. Aude la regarde avec rage en la maudissant. Lorsqu'elle est entrée dans le salon de musique, elle l'a trouvée accoudée au piano écoutant Alexandra jouer. Blanche porte une vieille robe de sa nièce, démodée et trop petite pour elle. Malgré ça, avec ses cheveux tressés comme ceux d'une petite fille et ses manières un peu trop rudes, elle possède une allure aristocratique qui lui est naturelle et on ne peut ignorer l'aura de sa forte personnalité. Son maintien, son port de tête, son sourire éclatant… Tout cela lui est insupportable.

– Je la déteste, pense-t-elle.

Elles se sont à peine adressé la parole et dans leurs yeux passe tout le mépris qu'elles ont l'une pour l'autre. Armand est vigilant car lorsque Blanche s'est plainte d'avoir mal à la tête, il a vu sa sœur sourire. C'est plus fort qu'elle. La jeune fille aussi l'a vu mais elle s'en moque. Elle est concentrée car elle se sent de plus en plus mal. Ses jambes la supportent difficilement et les notes de musique semblent s'échapper loin d'elle. Elle a l'impression d'étouffer et panique un peu. Alexandra s'arrête, alertée par le teint devenu blême de Blanche.

– Vous ne vous sentez pas bien ?

Elle ne l'entend plus, accrochée au bois lisse et brillant de l'instrument. Dans sa tête résonne une voix :

– Blanche ! Je suis là, Blanche ! Tu ne m'échapperas pas !

– C'est Yann ! Il est revenu ! crie-t-elle.

Alexandra ne comprend pas et la soutient.

– Calmez-vous, Blanche !

Yann. Elle sait qu'il est mort car son père lui a raconté une histoire d'échelle dont un barreau aurait cédé sous son poids.

– Yann n'est pas là, Blanche, calmez-vous ! Ma tante, venez m'aider à l'allonger sur ce fauteuil.

Aude se lève avec difficulté et profite de ce moment pour mettre une gifle à Blanche.

– Cessez donc de vous rendre intéressante !

– Mais que faites-vous ?

Blanche sent à peine le coup, totalement absorbée par le cauchemar qu'elle vit. Yann l'a attrapée, il la frappe d'ailleurs et elle n'arrive pas à se débattre.

– Non, dit-elle sourdement. Laisse-moi.

– Arrêtez Blanche, je ne suis pas Yann !

Armand entre dans le salon de musique, alerté par les cris de sa fille. Il découvre Alexandra qui soutient Blanche. Elle a l'air d'un pantin désarticulé. Aude, l'air pincé, regarde son frère.

– Cette fille n'a aucune tenue, vraiment c'est inadmissible.

Il se dépêche de prêter main-forte à Alexandra qui est vraiment soulagée de la lâcher.

– Ma tante, vous êtes odieuse ! Pourquoi ne m'avez-vous pas aidée ?

– Elle fait semblant ! Regardez-la, elle est pitoyable ! continue cette dernière.

– Vous n'étiez pas obligée de la frapper !

– Quoi ? demande Armand furieux. Vous me le paierez Aude ! Alexandra, allez chercher Sergueï. Il faut un médecin, vite.

Blanche ne se débat plus. Elle hurle une dernière fois :

– Non !

Et elle s'effondre comme une poupée de chiffon.

Pendant une semaine, Blanche délire sous l'effet d'une forte fièvre. Le médecin, amené par un Sergueï fou d'inquiétude, l'ausculte pendant un moment et demande à parler à Armand en privé.

– Elle n'a rien de visible. A-t-elle eu un choc récemment ?

Il lui raconte l'agression dont elle a été victime, en omettant de parler de la mort de Yann.

– Est-elle en danger ? demande Armand.

– Non, Monsieur le Comte. Je ne crois pas. Je crois plutôt qu'elle se bat contre ses démons. Elle est jeune et cet homme dont vous m'avez parlé, a dû fortement impressionner son esprit. Mais soyons prudents, on ne sait jamais. Il faut que quelqu'un reste à ses côtés jour et nuit. Je peux vous envoyer une personne de confiance pour s'en charger, si vous voulez.

– Je vous remercie mais nous allons nous relayer, je préfère.

À tour de rôle, ils restent auprès d'elle dans le fauteuil confortable qu'ils ont rapproché du lit. Alexandra lui parle sans cesse, la rassure lorsqu'elle semble paniquée, lui raconte des histoires et lui chante même des berceuses que sa grand-mère, Constance, lui fredonnait lorsqu'elle était enfant. Armand, lui, fait les cent pas et a du mal à se détendre. Il s'en veut de ne pouvoir la sortir de son enfer intérieur. Sergueï la regarde avec une infinie patience, lui éponge le front lorsque la fièvre monte et lui parle en russe. Elle prononce son nom une fois. Un véritable appel au secours qui lui meurtrit le cœur.

– Je suis là, lui dit-il en caressant sa main.

Lorsqu'elle se réveille, c'est Constance qui se trouve à ses côtés.

– Dieu soit loué, mon enfant. Vous voilà revenue parmi nous !

Blanche se sent faible.

– Que… que s'est-il passé ?

– Vous ne vous souvenez pas ?

– Non, rien. J'ai dormi ?

– On peut dire ça ! Laissez-moi appeler les autres, ils sont morts d'inquiétude.

Ils entrent soucieux et avancent doucement pour l'entourer.

– Je ne comprends pas… qu'avez-vous ?

Sa voix est un souffle et elle a perdu beaucoup de poids. Ses cheveux sont ternes et ses joues creuses agrandissent encore ses yeux trop brillants. Armand, fou de joie, lui raconte son malaise et la semaine qu'ils viennent de passer.

– Je vous ai causé bien du tracas. Je suis désolée.

Elle se rendort, épuisée.

– Elle ira mieux dans quelques jours, annonce le médecin ramené à nouveau par un Sergueï débordant de bonheur. Mais il lui faut un repos absolu et une bonne nourriture pour recouvrer ses forces.

Elle passe les deux semaines suivantes à suivre scrupuleusement les conseils du docteur. Elle dort, mange des quantités incroyables qui étonnent les domestiques et fait quelques pas dans sa chambre au début, puis dans le jardin. Un matin, elle se réveille avec le sentiment d'être enfin assez forte. Elle se présente donc au petit-déjeuner, les joues roses, un grand sourire aux lèvres et le pas assuré.

– Ah ! Nous sommes très heureux de vous voir parmi nous ! s'exclame Armand. Comment vous sentez-vous ce matin ?

– Beaucoup mieux… et j'ai faim !

Les fruits, les croissants, les petits pains de toute sorte, la montagne de beurre et l'odeur du café, lui mettent l'eau à la bouche. Elle n'a jamais vu tant de choses sur une table !

– Une jeune fille ne dit pas ça ! Apprenez donc à vous tenir ! lui dit vertement Aude.

– Je m'excuse, je ne le savais pas. J'ai tant de choses à apprendre… ma tante !

– Vous ne m'appellerez jamais comme ça ! Vous m'entendez ? Vous n'êtes rien pour moi ! Rien !

– Aude ! Vous n'allez pas déjà recommencer ? lui dit Armand calmement.

– Alors, apprenez les bonnes manières à cette jeune insolente. Ne peut-elle aller manger en cuisine ? C'est pourtant là qu'est sa place !

– Quittez immédiatement cette pièce, Aude. Je vous l'ordonne.

– Je quitte cette maison plutôt, puisque je ne suis plus la bienvenue.

Blanche s'en veut beaucoup de l'avoir provoquée et tente de se rattraper.

– Excusez-moi Aude, je ne voulais pas…

– Quoi ? la coupe-t-elle folle de rage. Vous n'êtes qu'une…

– Elle s'est excusée, Aude ! Je vous signale qu'elle est ma fille, même si cela ne vous plaît pas ! Elle fait partie de cette famille.

– Je ne l'accepterai jamais, Armand. Elle est votre péché, pas le mien. Le corps de la mère d'Alexandra n'était pas encore froid que…

– Ça suffit ! hurle Sergueï qui ne se maîtrise plus. Allez-vous en ! Quittez cette maison !

Constance éclate en sanglots.

– Pourquoi êtes-vous si méchante, Aude ?

– Je ne suis pas méchante, mère. Je ne suis pas aussi faible que vous, c'est tout. Je m'en vais à présent.

– Et où irez-vous ? lui demande Armand.

– Je vais me marier.

– Quoi ?

– Pendant que vous couriez au secours de votre bâtarde, j'ai beaucoup pensé à mon avenir.

Blanche sursaute en l'entendant l'appeler ainsi. Elle ravale ses larmes et Alexandra lui attrape une main pour la soutenir. Sergueï s'avance vers Aude, menaçant.

– Et vous avez trouvé un homme assez fou pour vous épouser ?

Il la déstabilise un instant mais ne voulant pas perdre la face, elle jette sa serviette de table et lui dit :

– Pensez ce que vous voulez…

Avant de quitter la pièce, elle s'arrête devant Blanche.

– Tout est votre faute. Vous venez de détruire une famille unie. Vous n'attirez que le malheur !

La jeune fille s'approche d'elle et lui lance :

– Je plains celui qui vous a choisie. C'est vous qui ferez son malheur, pas moi.

Aude quitte la pièce, sa mère sur les talons.

– Excusez-moi pour cette dispute sordide. C'est ma faute et je…

– Certainement pas, Blanche. Et ne vous excusez pas ! C'est une folle et elle n'est plus ma sœur.

– Père, vous ne pouvez pas dire ça, intervient Alexandra très pâle.

– Je suis désolé mais je le pense. Je ne vous interdirai jamais de la voir, vous le savez. Je ne pourrai jamais lui pardonner ses paroles.

Blanche s'en veut beaucoup car Alexandra semble vraiment avoir du chagrin.

– Ne vous en faites pas, Blanche, je ne vous en veux pas. Quelle violence dans ses mots… C'est mieux qu'elle parte mais je vais tout de même aller la saluer. Après tout, elle m'a élevée.

Elle quitte la salle à manger à son tour et Blanche reste seule avec les deux hommes. Un silence pesant s'installe, qu'Armand brise avec bonne humeur :

– Allons, c'est un beau jour aujourd'hui. Vous voilà enfin sur pied !

– Et nous sommes débarrassés de votre sœur, continue Sergueï. Oui, c'est une très belle journée qui s'annonce !

Les deux hommes rient et Blanche ne sait pas si elle a le droit de les imiter.

– Vous êtes bien sérieuse, ce matin ? Prête à devenir une exquise demoiselle ?

– Ne le suis-je pas déjà ? demande-t-elle en plaisantant à son tour.

– Oh ! Non, vous n'êtes qu'une petite paysanne effrontée et mal dégrossie !

– Et vous, vous n'êtes qu'un goujat, mon cher Père !

C'est la première fois qu'elle l'appelle ainsi et il est ému. Ils se regardent intensément, heureux d'être enfin réunis pour vivre des jours meilleurs. Blanche pense à sa grand-mère Isabelle.

– Si tu étais là, mon bonheur serait complet. Mais tu as raison, je vais avoir une vie fabuleuse.

Elle regarde Sergueï d'un air espiègle et il lui lance un clin d'œil complice.

Table des matières

Cet ouvrage a été composé par Édilivre
56, rue de Londres, 75008 Paris
www.edilivre.com

Tous nos livres sont imprimés
dans les règles environnementales les plus strictes

Imprimé en France, 2009
Dépôt légal : Mars 2009